Finster die Rache, dunkler die Schuld

Thriller

ANDREA SCHORN

Verlag:
Zeilenfluss
Werinherstr. 3
81541 München
Deutschland

Texte: Andrea Schorn
Cover: Zeilenfluss Verlag
Korrektorat: Dr. Andreas Fischer
Satz: Zeilenfluss Verlag

ISBN: 978-3-96714-416-1

FINSTER DIE RACHE

DUNKLER DIE SCHULD

ANDREA SCHORN

ZEILENFLUSS

Für meine geliebten Kinder
Lydia, Samira und Alex

PROLOG

ES WEHTE ein eisiger Windhauch über die fast menschenleere Straße, auf welcher die junge Frau, nur mit einem dünnen weißen Nachthemd bekleidet, entlangwankte. Ihr bleiches Gesicht, beinahe noch das eines Kindes, war vom Schmerz gezeichnet und tränennass. Ihr dunkles Haar klebte ihr wie ein zerzauster Vorhang auf den feuchten Wangen.

Alles, was sie hervorzubringen vermochte, war ein leises Wimmern.

Unkoordiniert fanden ihre Füße den Weg über den eiskalten Asphalt, ohne dass sie ihre Umgebung wahrgenommen hätte. Blut benetzte den weißen Stoff ihres Hemdes. Der schwarzrote Fleck fraß sich erbarmungslos durch das Leinen und wuchs zu einer verstörenden Größe heran. Es rann ihr an den Beinen herab, färbte ihre Fersen rot ein und ließ sie Spuren hinterlassen. Die eisige Kälte unter ihren nackten Fußsohlen schien sie gar nicht wahrzunehmen.

Die Frau erweckte den Anschein, kein bestimmtes Ziel zu haben. Ihr Blick ging ins Leere; zu verstörend waren die Erlebnisse der letzten Stunden, um noch bei klarem Verstand zu sein.

Zwei Männer und eine Frau verließen das behagliche Café, in welchem sie sich soeben über einen Verkaufsabschluss einig geworden waren. Einer der Männer entdeckte das offensichtlich schwer verletzte Mädchen und eilte ihm zusammen mit seinem

Geschäftspartner zu Hilfe. Die verbliebene Frau zog hektisch ihr Handy aus der Tasche und wählte mit zitternden Fingern den Notruf. In knappen Worten versuchte sie ihrem unsichtbaren Gegenüber in der zentralen Leitstelle ihren Standort durchzugeben und den erbarmungswürdigen Anblick der jungen Frau zu schildern, ohne dabei in Tränen auszubrechen.

Einer der Männer zog seinen warmen Mantel aus und legte ihn der ausgekühlten jungen Frau um die Schultern. Der andere stützte sie. Sie suchten den Blick des Mädchens, welches offensichtlich unter Schock stand und seine Umgebung nicht wahrzunehmen vermochte. Dann verdrehte es plötzlich die Augen, und seine Beine konnten es nicht länger tragen. Es sackte zusammen. Noch bevor es auf den harten Boden aufschlagen konnte, fing es einer der Männer auf und nahm es auf den Arm. Der andere zog ihm den Mantel enger um den blutenden Leib.

DAS LETZTE, was die junge Frau aus der Ferne vernahm, waren leise Sirenen; dann schwanden ihr endgültig die Sinne, und eine gnädige Schwärze umfing sie.

KAPITEL EINS

»DAS RIECHT SO LECKER, ich bin am Verhungern«, rief Ava und rückte erneut ihre Lesebrille zurecht.

Immer wieder war sie den letzten geschriebenen Abschnitt durchgegangen. Die Sätze kamen ihr nicht ganz rund vor, aber sie konnte die Ursache hierfür einfach nicht finden. Die Buchstaben schienen ihr vor der Nase herumzutanzen. Ava beschloss, so schnell wie möglich einen erneuten Sehtest zu absolvieren. Mit dieser Lesestärke kam sie nicht mehr zurecht. Dann setzte sie die Brille ab und rieb sich müde die Augen. Eines ihrer Lider pochte unangenehm in rhythmischem Stakkato.

Komm runter, mach mal einen Cut. Du bist nur unterzuckert, das ist alles.

»Du brauchst eine Pause, Mama. Die gebratenen Eier mit Speck sind fertig«, verkündete Cosima. In beiden Händen hielt sie jeweils einen türkisfarbenen Teller. Beide deponierte sie auf den gelben Platzdeckchen, auf welchen sie schon zwei Gläser kalten Mineralwassers bereitgestellt hatte. In der Mitte des Tischs brannte eine einzelne Kerze.

»Kind, du bist unbezahlbar«, sagte Ava. Sie speicherte ihre Arbeit ab, fuhr alle Programme herunter und streckte sich kurz. Dann begab sie sich zur Küchenanrichte und konnte nur wieder staunen, wie viel Arbeit Cosima ihr bereits abgenommen hatte.

Im Vorbeigehen hauchte sie ihrer vierzehnjährigen Tochter einen Kuss auf die Wange.

»Das sieht richtig lecker aus, mein Schatz. Wo hast du nur so gut kochen gelernt?«, fragte sie mit einem liebevollen Blick auf ihr Mädchen.

»Jetzt übertreib mal nicht, das sind doch nur Eier mit Speck.« Cosima lachte. Dennoch sah Ava ihr an, dass sie sich über das Kompliment freute. Während ihre Tochter einen Kopf Eisbergsalat aus dem Kühlschrank holte, die äußeren Blätter mit den verwelkten Rändern entfernte und den Salat mit einem großen Messer in zwei Hälften teilte, bereitete Ava ein rasches Dressing zu.

»Schreib bitte noch Olivenöl auf die Liste für morgen, es ist fast alle. Ehrlich, Schatz, ich bin so froh, dass ich dich habe. Wenn du dich nicht so um mich kümmern würdest, dann würde ich das Essen so lange ausfallen lassen, bis ich verhungert wäre.« Sie verteilte den fertigen Salat in zwei Glasschälchen und setzte sich ihrer Tochter gegenüber. Dann beugte sie sich über ihren Teller und sog den Duft des Essens ein. »Das riecht so gut. Ist da Thymian dran? Du bist eine Feinschmeckerin.«

Cosima lachte abermals. »Du lobst mich so lange, bis das Essen kalt ist. Jetzt hau rein. Gehen wir nachher noch raus spazieren? Es ist so schönes Wetter, und Jaro muss auch dringend Gassi gehen.«

Ava schaute ihren Dalmatiner Jaro an, der ungeduldig an der Tür kratzte.

»Ich sehe es. Ich würde gerne, aber ...« Ava warf einen verächtlichen Blick auf ihr immer noch aufgeklapptes Notebook.

»Ich verstehe, der Halsabschneider hat dir wieder mal eine Todesfrist gesetzt. Das ist nichts Neues«, meinte Cosima und spießte ein Stück Speck auf ihre Gabel. »Was bist du denn gerade am Schreiben?«

»Einen todlangweiligen Ratgeber über Gicht. Nach dem letzten Prospekt für Diabetiker könnte ich vermutlich selbst glatt Ärztin werden, so gut wie ich recherchiert habe.«

»Vermutlich.« Cosima stopfte sich eine weitere Gabel Salat in den Mund. »Wie viel ist es denn noch?«, fragte sie kauend.

»Zwei, drei Stunden und wie immer wäre es am besten schon vorgestern fertig geworden«, sagte Ava, der Verzweiflung nahe. Hinter ihren Schläfen spürte sie ein leises Pochen.

»Und wenn du das heute Abend erledigst? Ich kann auch allein mit Jaro gehen, kein Thema«, bot Cosima an.

Ava lächelte ihr Mädchen liebevoll an. Was hatte sie da für einen Goldschatz herangezogen?

»Nein, du hast recht. Ich brauche eine Pause«, sagte sie entschieden. »Die Zeilen verschwimmen mir schon wieder vor den Augen. Dann muss ›Jakotz‹ eben eine Stunde länger auf seinen Text warten, das wird er sicher überleben«, meinte Ava leichthin.

Das war ein Witz zwischen ihr und ihrer Tochter. Erwin Jakob war der Inhaber der Schreibagentur, bei welcher Ava seit vielen Jahren angestellt war. Kein angenehmer Zeitgenosse, aber die Bezahlung war okay, und der Job ermöglichte es der alleinerziehenden Frau, von zu Hause aus zu arbeiten und somit jederzeit für ihre Tochter da sein zu können. Als Ava sich eines Tages wieder einmal wegen einer verpassten Abgabefrist Ärger mit ihrem Chef eingehandelt hatte, weil sie mit ihrem fiebernden Kind ohne Termin zum Arzt hatte gehen und dort stundenlang im Wartezimmer verweilen müssen, hatte ihre beste Freundin Mona ihn kurzerhand von Herrn Jakob zu ›Jakotz‹ umbenannt. So war der Chef zu seinem ganz und gar nicht schmeichelhaften Spitznamen gekommen. Wohlverdient, wie Ava fand. Dennoch war sie dankbar, von zu Hause aus arbeiten zu können, und wollte es sich daher nicht mit ihm verscherzen.

»Du musst es wissen. Wenn du es dann noch rechtzeitig mit deinem Text hinbekommst, nehme ich dich gerne mit. Draußen ist es heute so schön«, sagte Cosima lächelnd.

Ava wusste nicht, wie sie ihre Deadline dann noch würde einhalten können, aber das war ihr ihre Tochter allemal wert. Außerdem vermisste sie nach dem langen Winter die Sonne. Ein milder Hauch von Frühling und Blumenduft wehte durch die offene Wohnzimmertür herein und bauschte sanft die feingewebten Gardinen auf. Ava kratzte die letzten Eireste von ihrem Teller und schob sich die Gabel in den Mund.

»Das war lecker. Lass uns abräumen.« Eilig stand sie auf. In der Hektik stieß sie mit der Hand gegen ihr Glas und hätte es um ein Haar umgeworfen. Cosima griff ein.

»Du erleidest irgendwann noch einen Herzinfarkt, wenn du dich so verhetzt, Mama. Auf die drei Sekunden kommt es jetzt auch nicht an. Stell das Glas in die Spüle, und ich wasch das später ab, wenn du wieder schreibst.«

»Danke, mein Schatz.« Ava drückte ihre Tochter kurz an sich.

Sie nahm die Leine von der Kommode. Jaro erkannte diese Schublade schon am Geräusch des Aufschiebens und sprang Ava aufgeregt entgegen. Er ließ sich abwechselnd von ihr und Cosima den Kopf tätscheln und seinen Hals kraulen.

»Dir ist es auch eilig, mein Großer, nicht wahr? Endlich wird es wieder warm.«

Ava legte ihm die Leine um. Cosima schnappte sich den Wohnungsschlüssel auf der kleinen Kommode, dann verließen sie das Haus.

Draußen wärmten die ersten zaghaften Sonnenstrahlen des nahenden Frühlings ihre Gesichter. Ava schob die Gedanken an die Arbeit beiseite und hakte sich bei Cosima unter, welche ihr ein vertrautes Lächeln zuwarf. Schweigend gingen die beiden in den nahen Wald. Dort ließen sie Jaro von der Leine. Der Dalmatiner holte sich seinen so dringend benötigten Auslauf und sprang hakenschlagend über die Wiesen und aufkeimenden Felder. Er rannte wild umher und machte einen ausgelassenen und glücklichen Eindruck.

»Sieh nur, wie er sich freut. Er ist so ein Lieber.«

Ava sog tief den erdigen Waldgeruch durch die Nase ein, was sie augenblicklich entspannte und von ihrem Zeitdruck ablenkte. Hier konnte sie ihre Sorgen und Ängste einen Moment lang vergessen; wenigstens zum großen Teil. Eine sanfte Brise umspielte ihr rotbraunes, langes Haar. Die Sonne tauchte die Landschaft in ein warmes, goldenes Licht, welches die sprießenden Knospen an den Bäumen zum Leuchten brachte. Ihr Blick glitt über die weiten Felder, während die frische Frühlingsluft ihre Sinne belebte. Gräser wiegten sich im Rhythmus des Windes; einige Vögel zwitscherten in den hohen Zweigen. Die Natur erwachte zu neuem Leben. Ava konnte die Energie des Frühlings förmlich spüren. Erneut nahm sie einen tiefen Atemzug und genoss diesen einzigartigen Moment, dabei umschmeichelte ein sanftes Lächeln ihre Lippen.

Cosimas entspannter Gesichtsausdruck verriet ihr, dass auch sie sich hier in der Natur sehr wohlfühlte. Trotz der Freude, welche diese Tatsache in Ava auslöste, zog sich ihr Herz schmerzhaft zusammen. Nur den Bruchteil einer Sekunde lang; aber lange genug, dass Ava es spürte. Damit musste sie allein zurechtkommen.

»Fang mich, wenn du kannst«, lenkte Cosima sie von ihren trüben Gedanken ab. Sie schlug ihrer Mutter spielerisch auf den Arm und rannte los in Richtung ihres Hundes.

»Na warte, du freche Rotzgöre«, erwiderte Ava lachend, und schon jagten sie mit Jaro zusammen ausgelassen über die Felder.

BIS SPÄT ABENDS ARBEITETE AVA NOCH AN DEM Text, bis er endlich so war, wie die junge Frau ihn gerne haben wollte. Gegen zwanzig Uhr rief ihr Chef an.

»Jakob hier. Ava, wie weit sind Sie? Ich warte auf den verdammten Ratgeber. Der muss dringend für den Kunden formatiert werden, das wollte ich heute noch machen.« Seine rauchige Stimme kratzte unangenehm in ihrem Ohr. Auch wollte sie nicht von ihm angerufen werden, erst recht nicht um diese Uhrzeit. Dennoch blieb sie höflich und riss sich zusammen.

»Ich bin bald fertig, Chef. Aber die Deadline habe ich eingehalten. Sie sagten morgen früh«, widersprach Ava.

»Genau genommen sagte ich, der Text solle ›am besten gestern‹ fertig sein«, verbesserte er sie.

»Das sagen Sie immer. Ich bin dran. Geben Sie mir noch eine Stunde zum Korrigieren, dann haben Sie ihn. Er war sehr umfangreich, wie Sie wissen. Eine Stunde, Chef. In Ordnung?«, fragte sie bittend. Sie dachte trotzig, dass sie kein schlechtes Gewissen zu haben brauchte, denn die Deadline war tatsächlich sowieso am Folgemorgen. Aber warum fühlte sie sich dann so schuldig? Sie hasste ›Jakotz‹, jetzt erst recht. Angespannt wartete sie auf seine Antwort.

»Gut, Lubitsch. Noch eine Stunde. Ich warte, beeilen Sie sich«, ordnete er an und legte ohne weiteren Gruß auf. Ava konnte es nicht ausstehen, wenn er sie nur mit dem Nachnamen ansprach. Sie arbeitete schließlich bei einer Schreibagentur und nicht beim Militär.

Mit einem leidvollen Seufzen setzte sie sich erneut ihre Lesebrille auf die Nase und vertiefte sich wieder in ihren Text. Unter solchem Zeitdruck fiel es ihr wahnsinnig schwer, sich auf ihre Zeilen zu konzentrieren. Es war mehr als fraglich, ob sie die Korrektur wirklich in einer Stunde schaffen würde. Das Thema ›Gicht‹ ging ihr mittlerweile dermaßen auf die Nerven; sie vermutete, dass sie nach ihrer gründlichen Recherche fast eine Doktorarbeit über diese Krankheit schreiben könnte, so umfassend war sie informiert. Ava ging noch einmal Wort für Wort durch, so schnell sie irgendwie konnte.

Eine Stunde und siebenunddreißig Minuten später hatte sie endlich die Mail mit dem fertig korrigierten Text an ihren Chef rausgeschickt. Müde klappte sie ihr Arbeitsgerät zu, legte die Brille ab und rieb sich die schmerzenden Augen. Sie ging zum Zimmer ihrer Tochter und sah das eisblaue Licht ihrer LED-Beleuchtung unter dem Türspalt hindurchschimmern. Sie klopfte leise an.

»Komm rein«, rief Cosima.

Ava öffnete die Tür und bemerkte zu spät, dass ihre Tochter am Telefonieren war.

»Ich bin endlich fertig, Maus«, verkündete sie.

»Freut mich, Mama.« Cosima schien kurz angebunden zu sein, aber lächelte dennoch freundlich und wies auf ihr Handy.

»Wer ist dran?«, flüsterte Ava.

»Celine«, informierte Cosima sie knapp. »Morgen schreiben

wir Englisch«, fügte sie erklärend hinzu. Das war für Ava das Stichwort, zu gehen.

»Ich wollte dich nicht stören, Maus. Wollte dir nur sagen, dass ich endlich fertig bin«, meinte sie entschuldigend. »Um zweiundzwanzig Uhr gibst du das Handy ab, denk daran, Süße.«

»Ja, wie immer unter der Woche – leider …« Cosima grinste frech und warf ein Kissen nach ihrer Mutter. Diese lachte und schaffte es noch rechtzeitig, die Tür zu schließen, ohne davon getroffen zu werden. Cosima brauchte ihre Freunde, das verstand Ava und gönnte sie ihr von Herzen. Dennoch hätte sie jetzt lieber den Rest des Abends mit ihrer Tochter verbracht.

Seufzend ging sie zum Kühlschrank und schenkte sich ein Glas Weißwein aus der angebrochenen Flasche ein. Sie nippte an dem kalten Getränk und fragte sich zum wiederholten Mal, wie es wohl sein würde, wenn Cosima eines Tages erwachsen wäre und auszöge. Wie lange würde sie ihr Kind zu Hause behalten dürfen? Bis sie achtzehn war? Zwanzig? Dreißig vielleicht? Ava musste angesichts dieser utopischen Hoffnung über sich selbst lachen. Sie wünschte Cosima ein wundervolles Leben mit einer großartigen Familie und später eigenen Kindern, aber es fiel ihr wahnsinnig schwer, ihr Mädchen Stück für Stück loszulassen und hilflos dabei zuzusehen, wie die Jahre ihrer Kindheit dahinrasten und aus ihrem süßen kleinen Baby eine wunderschöne junge Frau heranwuchs. Cosima hatte sich von klein auf prächtig entwickelt.

Während Ava ihren Gedanken nachhing, schnappte sie sich eines von mittlerweile fünf mit Kinderbildern vollgeklebten Alben. Mit ihrem Glas Wein setzte sie sich gemütlich im Schneidersitz auf die Couch und blätterte die Seiten um, wie sie es schon so viele Male zuvor getan hatte.

Gleich auf der zweiten strahlte ihr ein kleiner Wonneproppen in einem pinken Tutu entgegen. In ihrer Hand hielt Cosima stolz einen knallgelben Ballon, der etwas größer als ihr eigener Kopf war. Auf ihren Fingern und in ihrem Gesicht waren noch kunterbunte Überreste der Fingerfarben zu sehen, mit welchen sie zuvor gemeinsam ihre Fensterscheiben verschönert hatten. Ava konnte sich an diesen besonderen Moment so lebhaft erinnern, als wäre es erst gestern gewesen. Sie selbst hatte Fingerfarbe an den Händen gehabt, während sie diesen niedlichen Schnappschuss gemacht hatte.

Sie wollte jede Sekunde ihres Lebens mit ihrer Tochter genießen, jedoch ohne sie dabei einzuengen und ihr ihre Nähe aufzuzwingen. Sie wünschte sich für Cosima alles, was jede gute Mutter ihrem Kind wünschte – es sollte glücklich sein und seinen eigenen Weg finden.

Schenke deinem Kind Wurzeln, wenn es klein ist, und Flügel, wenn es groß ist. Mit dem Wurzeln-Schenken hatte Ava niemals Probleme gehabt, doch mit den Flügeln … da tat sie sich schwer. Aber auch das würde sie Cosima zuliebe hinbekommen.

KAPITEL ZWEI

EINIGE TAGE später kam Cosima von der Schule nach Hause.

»Ich habe eine Drei in Englisch«, meinte sie mit genervtem Blick und warf ihren Rucksack lustlos in die Küchenecke.

»Ist doch gut, was beschwerst du dich?«, wollte Ava wissen. Sie hatte noch niemals dazu geneigt, Cosima zu Bestleistungen anzutreiben. Ihre Tochter war sehr selbstständig. Sie kümmerte sich allein um ihren Schulkram. Eine Drei war befriedigend, und genau das war Ava – zufrieden damit.

»Na ja, das wäre noch etwas besser gegangen. Infinitiv und Gerundium, ich kapier es einfach nicht richtig«, meinte Cosima und stibitzte sich eine der dampfenden Ofenkartoffeln aus der steinernen Auflaufform, welche Ava gerade auf die Korkplatte in der Tischmitte gestellt hatte; pünktlich für die Heimkehr ihrer Tochter.

»Finger weg, geh dir erst mal die Hände waschen«, wies Ava sie an und schlug ihr lachend auf die Hand.

»Du willst wohl, dass ich verhungere. Ich geh schon.« Damit trottete Cosima ins Badezimmer. Gefolgt von Jaro, der wild um ihre Beine sprang und nach der stundenlangen Trennung seinen Teil der Aufmerksamkeit einforderte.

»Na du kleiner Racker.« Cosima ließ sich vor dem Dalmatiner auf die Knie fallen. Sie drückte ihn fest an sich. Der Hund quittierte es, indem er dem Mädchen das Gesicht von oben bis unten ableckte.

»Komm essen, Maus. Der Lachsquark ist fertig«, unterbrach Ava die beiden. Cosima wischte sich mit dem Ärmel ihres dünnen Shirts die vom Hundesabber feucht gewordene Wange ab, was ihr einen gespielt strengen Blick ihrer Mutter einbrachte. Dann aßen die beiden.

»Was steht heute an?«, wollte Cosima kauend wissen.

»Ich bin schon fast durch mit meinem Schreibpensum; habe mich für dich beeilt. Den Rest kann ich auch heute Abend erledigen. Ich dachte, wir könnten später mit Jaro in den Park. Was meinst du?«, fragte Ava.

»Total gerne, aber ich habe meinen Zirkel geschrottet. Meinst du, wir könnten vorher noch einen neuen kaufen gehen?«

»Können wir, ist nicht zu ändern. Dann fahren wir mit dem Auto in die Stadt und lassen Jaro zu Hause. Nachdem wir den Zirkel gekauft haben, tauschen wir das Auto gegen Jaro und gehen in den Park, einverstanden?«

Cosima nickte kauend.

»Hast du heute nicht so viele Hausaufgaben auf?«, wollte Ava wissen.

»Nein, es hält sich in Grenzen. Die mach ich heute Abend, wenn du schreibst«, erwiderte Cosima.

Kurz darauf brachen sie auf und kauften im Schreibwarenladen nicht nur einen neuen Zirkel, sondern auch einen Vorrat an Zeichenpapier und Kohlenstifte für die Schule.

Später im Park gingen die beiden gemütlich nebeneinanderher. Jaro trottete an der Leine den schmalen Weg entlang und beschnupperte hier und da interessiert das Gebüsch, als gäbe es dort etwas Spannendes zu entdecken.

»Morgen treffe ich mich mit der Clique«, verkündete das Mädchen.

»Gut, dann gebe ich dir etwas Geld mit. Ihr wollt euch sicher unterwegs was zu trinken kaufen oder was Süßes«, sagte Ava lächelnd. Sie war glücklich darüber, dass Cosima so gute Freunde hatte. Sie kannte sie alle. Keiner von ihnen nahm Drogen oder schwänzte die Schule. Ab und an rauchten sie heimlich, das hatte ihr Cosima selbst anvertraut. Ava hieß das nicht gut, war aber so dankbar für das Vertrauen, welches ihr ihre Tochter entgegenbrachte, dass sie sich nicht allzu sehr darüber beschweren wollte.

»Mama?«

»Hm?«

»Du hast dich gestern Abend gar nicht nach dem Treffen erkundigt. Soll ich dir erzählen, wie es bei Oma war?«, fragte Cosima zögerlich und blickte ihre Mutter prüfend von der Seite an. Ava versteifte sich unwillkürlich.

»Klar, wie war es denn?«, murmelte sie leichthin, dabei bemühte sie sich, Cosima nicht spüren zu lassen, dass sie es eigentlich gar nicht wissen wollte. Sie ahnte, dass sie die Antwort zu sehr aufwühlen würde.

»Es geht ihr nicht so gut. Ihr Rücken ist steif, und sie wirkte etwas verwirrt«, meinte Cosima.

Jetzt blieb Ava stehen und sah ihr besorgt ins Gesicht.

»Sie war verwirrt? Inwiefern?«, forschte sie nach.

»Na ja, sie wollte mehrfach wissen, welchen Tag wir haben. Und sie hat mich auch ansonsten immer wieder die gleichen Dinge gefragt. Ein Lieferant aus dem Supermarkt hat ihr gerade einige Mineralwasserkästen nach Hause geschleppt. Wenigstens weiß sie sich noch allein zu helfen«, meinte Cosima.

»Oh, das klingt nicht so gut – also, dass sie verwirrt ist. Und … hat sie auch nach mir gefragt?«, wollte Ava zögerlich wissen.

»Mensch, Mama, sie fragt immer nach dir, das weißt du doch. Ständig tut sie das, und du weißt auch, dass du sie viel zu lange nicht mehr besucht hast. Du rufst sie nicht mal an. Sie vermisst dich. Ich weiß, du willst nicht drüber reden, was damals zwischen euch vorgefallen ist, aber das muss im letzten Jahrhundert gewesen sein. Gib dir einen Ruck und geh mal wieder mit mir hin«, redete Cosima ihrer Mutter ins Gewissen. Warum musste das Mädchen nur immer so verdammt vernünftig sein?

»Ich weiß, dass du recht hast, aber ich mag das Haus nicht … ich fühle mich da einfach nicht wohl«, widersprach Ava.

»Das weiß ich. Obwohl es dein Elternhaus ist, wenn ich das anmerken darf. Aber du lädst sie auch nie zu uns nach Hause ein. Nicht mal an Weihnachten. Ich weiß, dass du alle sozialen Kontakte so gut wie möglich vermeidest und introvertiert bist. Das haben wir so oft durch, aber sie ist deine Mutter, meine Oma. Du kannst sie doch nicht allein dasitzen und verkommen lassen. Sie ist alt, sie braucht dich jetzt«, insistierte Cosima energisch.

»Das stimmt, aber du weißt auch nicht, was sie alles falsch gemacht hat …«, setzte Ava hilflos an.

»Nein, das weiß ich nicht, weil du es mir nicht erzählst und auch Oma darüber schweigt wie ein Grab.«

»Du hast jetzt nicht Oma danach gefragt, oder?«, wollte Ava entsetzt wissen und bedachte ihre Tochter mit einem durchdringenden Blick, doch die schüttelte beruhigend den Kopf.

»Quatsch, aber früher mal.«

Ava war über diese Information nicht besonders glücklich.

»Wir werden sie bald mal zusammen besuchen«, tat sie das Gespräch ungeduldig ab.

»Versprichst du es mir?«, bohrte Cosima nach.

Ava nickte unwillig. »Ich weiß, dass du es nur gut meinst, mein Schatz. Aber ich brauche Zeit. Ich kann da nicht von heute auf morgen über meinen Schatten springen. So einfach geht das nicht.«

»Du bist sechsunddreißig, Mama. Wenn Oma tot ist, ist es zu spät, um sich zu versöhnen«, konterte Cosima.

Ava dachte einen Moment über das Gesagte nach und nickte es dann fast schon trotzig ab. Cosima verstand, dass sie nun besser das Thema wechseln sollte.

Sie spazierten eine ganze Weile schweigend nebeneinanderher. Gedankenversunken lauschten sie ihren knirschenden Schritten auf dem Kiesboden. Ava fühlte sich plötzlich nicht mehr wohl in ihrer Haut. Der Gedanke an ihre Mutter hatte wieder einmal unschöne und eiternde Wunden aufgerissen. Sie fröstelte und rieb sich über die Unterarme.

»Alles okay, Mama?«

Ava nickte und drehte sich unbehaglich um. Sie hätte schwören können, dass sie stechende Blicke in ihrem Rücken gespürt hatte. Sie sah viele Menschen, doch keinen, welcher sie beobachtet hätte.

Cosima verwickelte sie in ein Gespräch über die Schule und ihre Freunde, doch Ava war nicht mehr ganz bei der Sache und konnte sich nur schlecht auf die Worte ihrer Tochter konzentrieren. Sie hatte ein mulmiges Gefühl. Als wenn ihr Unterbewusstsein ein drohendes Unheil unterschwellig wahrnehmen könnte und Alarm schlug.

Wieder drehte sich Ava abrupt um, doch ihr stach nichts Ungewöhnliches ins Auge. Da waren Mütter mit ihren spielenden Kleinen oder welche, die ihre Babys im Kinderwagen umherschoben, Jogger und natürlich zahlreiche Hundebesitzer. Doch niemand davon schien Ava besondere Beachtung zu schenken.

»… Da habe ich gesagt, er solle die Mappe gefälligst wieder rausrücken … Mama? Warum drehst du dich dauernd um? Was ist denn los mit dir?«

Ava schüttelte kurz den Kopf, um ihre surrealen Gedanken wieder loszuwerden. Dann blickte sie Cosima irritiert an. »Ich weiß nicht … ich dachte, da wäre jemand, der uns anstarrt.« Sie lächelte entschuldigend. »Es tut mir leid, jetzt habe ich dir gar nicht richtig zugehört.«

Cosima drehte sich nun ebenfalls um.

»Mama, da ist keiner. Wer sollte uns denn anstarren? Du hast dich nur wegen deiner Mutter aufgeregt, das bringt dich immer ganz aus dem Konzept. Das wollte ich nicht, sorry.«

Ava nickte geistesabwesend und versuchte nun, sich auf das Gespräch mit ihrer Tochter zu konzentrieren und gleichzeitig zu verhindern, dass der an der Leine ziehende Jaro sein Geschäft in einem der angelegten Blumenbeete des Parks verrichtete. Die brennenden Blicke in ihrem Rücken konnte sie jedoch immer noch spüren, auch wenn sie dies nun geschickter vor Cosima verbarg. Es stellten sich ihr die Nackenhaare auf, etwas war ganz und gar nicht in Ordnung.

Am Abend telefonierte Ava mit ihrer besten Freundin Mona.

»Musst du heute nicht mehr arbeiten, Süße?«, wollte die wissen.

»Nein, glücklicherweise bin ich mit allem durch. Ich war heute Mittag lange mit Cosima und Jaro im Park. Die Kleine braucht mich; ich muss mir mehr Zeit für sie nehmen. In den letzten Wochen habe ich einfach zu viel gearbeitet. Manchmal habe ich das Gefühl, dass sie plötzlich erwachsen wird, ohne dass ich es bemerkt hätte.«

Mona lachte laut auf.

»Du bist einfach unverbesserlich. Die ›Kleine‹ ist vierzehn und vermutlich ganz froh, wenn sie mal ein paar Stunden Ruhe vor dir hat. Aber was anderes – wenn wir jetzt zum Quatschen hier am Telefon hängen … Soll ich nicht auf ein Glas Wein rüberkommen?«, schlug Mona vor.

Ava überlegte einen Moment lang, gab sich dann einen Ruck und stimmte freudig zu. »Allzu spät wollte ich heute nicht zu Bett gehen, aber für ein Stündchen gerne.«

»Gib mir fünfzehn Minuten. Ich muss mich rasch umziehen, bin schon im Schlafanzug.«

Kurz darauf klingelte es. Ohne wie sonst einen prüfenden Blick durch das kleine integrierte Zierfenster zu werfen, öffnete Ava die Haustüre.

»Das ging aber schnell …«, setzte sie an und verstummte erschrocken, als sie ihren Chef vor sich stehen sah. Verwirrt schaute sie ihn an, dann wurde ihr Blick misstrauisch.

»Ich weiß, ich sollte nicht zu so später Stunde ungefragt bei Ihnen vorbeischauen.«

Sie sollten niemals *ungefragt vor meiner Tür stehen,* dachte Ava bei sich und schluckte schwer ihren aufkeimenden Ärger hinunter. Fragend musterte sie ihren Chef.

»Aber ich habe noch Unterlagen für Sie«, fuhr dieser unbeirrt fort. »Und da ich sowieso gerade in der Nähe war, dachte ich, ich könnte sie Ihnen auch eben persönlich vorbeibringen. Komme ich ungelegen?«, wollte er wissen und spähte an Ava vorbei in deren Wohnung. Die junge Frau rieb sich unbehaglich über die Unterarme.

»Also, um ehrlich zu sein …«, setzte sie an.

»Kein Problem, ich störe auch nicht lange. Wollen wir diese Papiere gerade durchgehen? Mit diesem Auftrag müssen Sie unbedingt morgen früh anfangen, am besten noch heute Abend. Der Kunde sitzt uns im Nacken; es ist besonders dringlich. Wollen wir eben kurz hineingehen?« Der Mann wies mit dem Kinn in Richtung der offenen Eingangstür. »Wir können das doch schlecht hier draußen vor den Nachbarn besprechen. Sie wissen schon, Geheimhaltung und Datenschutz und so.«

Ava blieb einen Moment lang der Mund offen stehen. *Das kann doch nicht sein Ernst sein.*

»Entschuldigen Sie bitte, Herr Jakob, aber das passt leider gerade gar nicht. Bitte geben Sie mir die Unterlagen, ich werde sie mir morgen früh durchlesen und Sie bei Rückfragen gerne anrufen«, sagte Ava verunsichert und fürchtete sich im nächsten Moment vor einem Donnerwetter von ihrem allseits als Choleriker bekannten Chef. Unentschlossen, was sie nun tun sollte, zupfte sie sich unsichtbare Fusseln von ihrem Westenärmel.

»Guten Abend, meine Liebe. Herzlichen Dank für die Einladung. Die anderen vier sind auch schon auf dem Weg. Ich freue mich schon sehr auf den leckeren Braten. Guten Abend, der Herr«, wandte sich nun Mona an Herrn Jakob. Sie hatte die für Ava so unangenehme Unterhaltung offenbar mit angehört und beschlossen, einzugreifen.

Ava schickte dankbar ein Stoßgebet gen Himmel.

»Es tut mir leid, Herr Jakob. Aber wie Sie sehen, erwarte ich Gäste zum Essen. Wir können das gerne morgen früh besprechen. Wenn dies von Angesicht zu Angesicht geschehen muss, dann komme ich eben im Büro vorbei«, wies Ava den lästigen Mann ab.

Mit hochrotem Kopf und einem wütenden Gesichtsausdruck

drückte er Ava die Papiere in die Hand und dampfte ohne weiteren Gruß ab.

»Danke, Mona, du hast mich gerettet«, sagte Ava erleichtert und zog ihre Freundin am Ärmel mit sich in die Wohnung. Dort schenkte sie zwei Gläser Wein ein. Dann entzündete sie ein paar Kerzen und verteilte diese auf dem Tisch.

»Was will der Jakotz denn abends bei dir? Das geht mal gar nicht; ich glaube, der spinnt. Das darfst du nicht einreißen lassen, sonst steht der nachher ständig bei dir auf der Matte. Du musst dich da einfach mehr durchsetzen, Süße. Solche Typen verstehen es nur auf die harte Tour, da darfst du nicht so ängstlich sein.«

Mona und stieß klirrend mit Ava an.

»Ich weiß, aber ich bin nicht aus deinem Holz geschnitzt. Du kannst dich da viel besser ausdrücken, aber ich leider nicht. Mir fehlt der Mumm, diesem unverschämten Kerl die Meinung zu geigen, wenn ich ehrlich sein soll. Und dann ist er ja auch mein Chef. Ich will ihn nicht so verärgern, dass er mich am Ende noch rausschmeißt. Du weißt doch, nur so kann ich bei Cosima zu Hause bleiben«, erklärte Ava sanft.

»Versteh ich wirklich alles, Süße. Gar kein Ding.« Mona hob beschwichtigend die Hände in die Höhe und sah ihre Freundin maßregelnd an. »Dennoch hat er gefälligst deine Privatsphäre zu achten. Was nimmt er sich raus, hier abends einfach bei dir vor der Tür aufzutauchen? Ungefragt und ohne Vorwarnung. Lernt der denn nie, dass du kein Interesse an einem solchen Vollpfosten hast? Arrogantes Arschloch«, schimpfte sie weiter.

»Wer ist ein arrogantes Arschloch?«, wollte Cosima wissen. Die Frauen hatten sie gar nicht kommen hören. Das Mädchen trug einen gemütlichen Frotteepyjama mit Karomuster und dicke, weiche Kuschelsocken an den Füßen. Im Vorbeigehen hauchte sie Mona einen Kuss auf die Wange. Dann nahm sie ohne Vorwarnung das Glas ihrer Mutter und trank schnell einen Schluck Wein daraus.

»Was fällt dir ein, du freche Rotzgöre?«, empörte sich diese sogleich lachend.

»Nimm dir lieber eine Milch aus dem Kühlschrank«, riet ihr

Mona. Doch dann wurde ihr Gesicht ernst. »Jakotz ist das arrogante Arschloch«, klärte sie Cosima auf. Sie kannte das Mädchen seit seinem vierten Lebensjahr. Seit Ava damals mit der Kleinen in Monas Straße gezogen war. Die beiden Frauen hatten von Anfang an einen guten Draht zueinander gehabt, und obwohl Ava sehr zurückgezogen lebte und alle Sozialkontakte auf ein Minimum beschränkte, galt dies niemals für Mona. Sie waren eng befreundet und erzählten einander fast alles.

Zusammen berichteten sie Cosima, was sich zugetragen hatte.

»Mensch, das kann er doch nicht machen? Ich hatte die Klingel gar nicht bemerkt« Cosima wies erklärend auf ihren Kopfhörer, welcher ihr noch immer um den Hals hing. »Spinnt der? Der kann doch nicht einfach so hier auflaufen und abends bei dir klingeln, Mama«, empörte sich das Mädchen.

»Das habe ich deiner Mutter auch gesagt und dass sie dem einen Riegel vorschieben muss, bevor es an der Tagesordnung ist, dass er sie hier behelligt«, meinte Mona stirnrunzelnd.

»Der will immer noch was von dir. Vielleicht erklärt das auch dein komisches Gefühl im Park«, platzte es aus Cosima heraus, während sie sich ein Glas Milch einschenkte und sich zu den Frauen an den Tisch setzte.

»Was für ein komisches Gefühl?«, wollte Mona alarmiert wissen.

»Das wollte ich dir noch erzählen, eigentlich war nichts. Ich fühlte mich nur heute Mittag im Park beobachtet. Aber dafür gab es gar keinen Grund. Es war niemand da, den ich gekannt hätte – erst recht nicht Jakotz«, schwächte Ava ab.

»Du hättest sie sehen müssen. Sie war plötzlich total paranoid und hat sich andauernd umgedreht. Das war gruselig«, berichtete Cosima und fing sich mit dieser Bemerkung einen verärgerten Blick ihrer Mutter ein.

»Komm schon, jetzt übertreibst du aber«, verteidigte sich Ava.

»Tu das nicht so ab. Du hast feine Antennen für so was. Wenn du was gespürt hast, dann war da auch etwas. Also pass gut auf dich auf. Bist du sicher, dass dir der Jakotz nicht im Park nachgeschlichen ist?«, hakte Mona nach. Doch das tat Ava mit einem Abwinken ab.

Cosima verzog sich wieder in ihr Zimmer, und die Frauen unterhielten sich noch eine Weile angeregt bei einem weiteren Glas Wein. In Monas Gesellschaft fühlte sich Ava wohl.

»… jedenfalls ist dieser Karim wirklich sehr süß. Er wollte gestern die Mittagspause mit mir verbringen«, berichtete Mona und ließ ihren Zeigefinger verträumt über den Rand ihres Glases gleiten.

»Jetzt wird es spannend, wie sieht er aus?« Ava musterte ihre Freundin grinsend.

»Na groß ist er und schlank, aber mit breiten Schultern. Obwohl ich selbst nicht klein bin, überragt er mich noch um einen ganzen Kopf. Er hat so dunkelbraune Augen, dass seine Iris schon fast schwarz zu sein scheint. Und natürlich tiefschwarze Haare und gebräunte Haut. Es ist schon ein Mann zum Verlieben …«, schwärmte Mona.

»Aber …?«

»Aber ich will jetzt einfach keine Beziehung. In der Arbeit läuft alles gerade echt gut und dann ein Techtelmechtel mit dem neuen Kollegen? Das geht doch immer schief, denkst du nicht auch? Außerdem genieße ich meine Freiheit und bin nach Bernd recht dankbar, keinem Mann mehr Rechenschaft ablegen zu müssen. Verstehst du das?« Mona trank noch einen Schluck Wein.

»Klar verstehe ich das, mir geht es doch selbst so. Wenn man lange allein ist, ist man gar nicht mehr zu Kompromissen bereit, finde ich.«

Mona nickte zustimmend. »Genau. Und darum wird aus dem hübschen Karim und mir auch nichts werden.«

Die beiden plauderten noch eine Zeitlang angeregt über dies und das und genossen den Abend. In Monas Gesellschaft konnte sich Ava richtig entspannen. Doch kaum war ihre beste Freundin aus dem Haus, kamen ihre Zweifel wieder zurück. Konnte es vielleicht doch sein, dass ihr Chef im Park gewesen war und sie beobachtet hatte? Immerhin hatte sie schon oft deutlich gespürt, dass er mehr von ihr wollte als nur ihre Arbeitskraft. Und wenn sie dann nicht auf seine Avancen einging, bekam er Wutanfälle und beschimpfte sie bei nächster Gelegenheit wegen nichtig kleiner Fehler. Aber wäre es wirklich möglich, dass er ihr aufgelauert hatte? Nein, ganz sicher nicht, entschied Ava für sich.

Und dennoch … Sie hatte die Blicke wie Messerstiche gespürt, und *das* hatte sie sich ganz sicher nicht eingebildet.

KAPITEL DREI

»LUBITSCH«, meldete sich eine gebrechliche Stimme am Telefon.

»Mama, ich bin es, Ava«, sagte sie und versuchte, das Zittern ihrer Hände unter Kontrolle zu bringen.

»… Ava.« Cäcilia Lubitsch klang überrascht, geradezu geschockt, ihre Tochter am Telefon zu haben. Sie brauchte einen Moment, um sich zu fassen. Dann räusperte sie sich. »Geht es dir gut, Kind? Ist was passiert?«

Ihre Stimme klang dünn und brüchig. Alt. Ava versuchte sich das Gesicht ihrer Mutter vor ihrem geistigen Auge vorzustellen. Wie viele Jahre war das her, dass sie sie zuletzt gesehen hatte?

»Nein, Mama, ich wollte … ich wollte mich einfach nur mal wieder bei dir melden und dich fragen, wie es dir geht.« Ava atmete tief durch. Der Anfang war geschafft. Sie war stolz auf sich, sich überwunden zu haben.

»Ich freue mich wirklich so sehr, von dir zu hören, mein Liebling. Es ist lange her. Wann kommst du mich denn wieder mal besuchen? Du fehlst mir, Kind.«

»Ich weiß, Mama. Ich komme bald. Ich … Es ist nicht so einfach.«

»Das verstehe ich. Aber lass uns die letzte Zeit noch nutzen, welche uns bleibt. So schnell geht das Leben vorüber.« Ein tiefes Seufzen, dann Stille.

»Die letzte Zeit? Mama, bist du etwa krank?«, wollte Ava besorgt wissen.

»Nein, nicht dass ich wüsste. Aber eine alte Schachtel bin ich, die ihre Familie vermisst. Ava, ich weiß, dass ich viel falsch gemacht habe. Ich habe mich an dir versündigt, und das ist nicht wiedergutzumachen. Und an –«

»Mama, bitte nicht. Ich kann nicht. Ich bin noch nicht so weit.« Ava widerstand dem Drang, sich die Ohren zuzuhalten. Aber innerlich betete sie, ihre Mutter möge nicht weitersprechen. Sie wollte es nicht hören. Sie wollte nicht daran denken. Der Schmerz pulsierte wie flüssige heiße Lava dicht unter einer hauchdünnen Erdkruste. Ein weiteres Wort und er hätte sich seinen zerstörerischen Weg an die Oberfläche gebahnt.

»Ist gut, Kind, dann lass uns über was anderes sprechen. Wie geht es euch?«, wollte die alte Frau wissen.

»Es geht uns gut. Ich arbeite viel, aber wer tut das nicht? Cosima hat mir erzählt, dass du Probleme mit dem Rücken hast. Ist es wieder schlimmer geworden?«, erkundigte sich Ava.

»Cosima? Meine kleine Cosima …« Cäcilia seufzte mit einem Hauch Nostalgie in der Stimme. »Ich habe sie schon lange nicht mehr gesehen. Sie ist sicher wieder sehr gewachsen.«

»Mama, Cosima war erst vor wenigen Tagen bei dir zu Besuch«, erinnerte Ava ihre Mutter. Der Gedächtnisverlust war offensichtlich noch schlimmer, als ihre Tochter ihn bei deren Besuch wahrgenommen hatte.

»Ach ja richtig, sie hat mir noch geholfen, die Getränkekisten in den Keller zu tragen, das gute Kind. Sie ist ein feines Mädchen. Sie soll mich bald wieder besuchen kommen. Ich habe hier noch einige Goldketten herumliegen. Die möchte ich ihr schenken, oder hättest du sie lieber?«

»Mama, du machst mir Angst. Du brauchst uns nicht deinen wertvollen Goldschmuck zu schenken, behalte ihn bitte für dich«, widersprach Ava. Ein unangenehmes Pochen setzte hinter ihren Schläfen ein. Gedankenverloren rieb sie mit der Hand darüber und massierte dann sanft ihren Hinterkopf, welcher plötzlich ebenfalls zu schmerzen schien.

»Ich bin eine alte Frau, ich brauche mich nicht mehr zu behängen wie einen Weihnachtsbaum.«

»Cosima trägt nicht mal Goldschmuck.« In Gedanken sah Ava ihre Tochter, wie sie ihr lautstark erklärte, wie uncool Goldschmuck sei. Ein Lächeln stahl sich auf ihre Lippen. Cosima hatte sich ihr langes Haar blauschwarz gefärbt und trug am liebsten Silberschmuck, der entfernt an rockigen Punkschmuck erinnerte, nur etwas unauffälliger. Cosima, die mit löchrigen Jeanshosen ihre Individualität zum Ausdruck brachte.

»Wir werden sehen. Wann kommst du mich mit der Kleinen besuchen?«, hakte ihre Mutter erneut nach.

»Bald, Mama. Ich verspreche es dir.«

»Dann verlasse ich mich auf dein Wort, mein Schatz. Pass gut auf dich und die Kleine auf. Ich habe dich lieb.«

»Ich habe dich auch lieb, Mama«, brachte Ava gepresst hervor und legte schnell auf, bevor die aufsteigenden Tränen sie übermannen konnten.

Kaum war die Verbindung unterbrochen, schluchzte sie laut. Sie rieb sich mit einem Taschentuch über das Gesicht, sobald sie sich beruhigt hatte. Dann ging sie ins Bad und schminkte sich dezent nach. So verheult würde sie unmöglich das Haus verlassen können.

Das Telefonat mit ihrer Mutter beschäftigte sie noch den ganzen Tag über.

Sie konnte ihr nicht vergeben, aber würde sie es schaffen, die schrecklichen Ereignisse aus der Vergangenheit ruhen zu lassen? Würde sie es schaffen, ihr verhasstes Elternhaus zu betreten und an dem Ort ihres persönlichen Verderbens mit einer Frau Kaffee zu trinken, welche an ihrem emotionalen Dilemma schuld war?

Mitschuldig, erinnerte sich Ava. *Nicht daran denken. Krieg es endlich aus dem Kopf, es ist so lange her.*

Nun stand die junge Frau in ihrem Badezimmer und hielt sich doch die Ohren zu, als ob sie damit die innere Stimme zum Schweigen brächte. Die Augenlider presste sie fest zusammen; *nur nicht daran denken. Nicht daran denken.*

KAPITEL VIER

ES WAR EINE ZUFALLSBEGEGNUNG GEWESEN. Er hatte sie gesehen, und die Erkenntnis hatte ihn wie ein Blitz getroffen. Der Schock fuhr ihm durch alle Glieder, nur mühsam konnte er seinen Atem kontrollieren. Er ballte seine Hände zu Fäusten, um sein Zittern zu verstecken.

Er hatte sie sofort erkannt. Sie war wunderschön. Still hatte er dagestanden und nicht aufhören können, sie anzustarren, während sein Herz weiterhin in einem harten Staccato gegen seine Rippen hämmerte. Es gab keinen Zweifel. Das wusste er von der ersten Sekunde an, als er sie gesehen hatte.

Wie lange hatte er auf diesen Moment gewartet? Und nun überrollten ihn seine Gefühle gnadenlos. Er durfte sie nicht mehr aus den Augen lassen – nie mehr.

Er war sich sicher, dass sie ihn nicht bemerkt hatte. Der Moment war zu rasch vorübergegangen. Also war es ihm ein Leichtes gewesen, ihre Adresse herauszufinden. Er hatte sie nur unauffällig verfolgen müssen. Dies tat er von der ersten Begegnung an. Er durfte sie nicht mehr verlieren, diesmal nicht.

Diese Augen.

Dieses Lachen.

Er würde sie auf Schritt und Tritt beobachten; ihre Lebensgewohnheiten herausfinden und sie in- und auswendig kennenlernen. Jetzt wusste er, wo sie wohnte.

Er würde mit ihr zusammen sein bis ans Ende seiner Tage. Das stand ihm zu. Sie war sein Engel, welcher von Gott zu ihm gesandt worden war. Er heftete sich an ihre Fersen. Jeden verdammten Tag.

KAPITEL FÜNF

NACHTS WARF sich Ava wild in ihrem Bett herum. Das Telefonat mit ihrer Mutter hatte zu sehr an ihren Nerven gezerrt und alte Wunden aufgerissen. Sie hatte wieder mal einen heftigen Alptraum.

Sie schrie und weinte. Jemand versuchte, ihr Baby aus ihren Armen zu reißen. Sie konnte sein Gesicht nicht erkennen. Sie zog und zerrte an dem Kind, doch ihr Gegenüber war stärker. Er raubte ihr das Baby und rannte mit ihm in einen schwarzen, undurchsichtigen Nebel.

»Cosima!« Ava kreischte ihre Verzweiflung laut heraus und wurde von ihrem eigenen Schrei geweckt. Sie war schweißgebadet. Ihre kastanienbraunen Locken klebten ihr in zerzausten Strähnen im verschwitzten Gesicht. Ihr Atem war keuchend und kam stoßweise. Ihr Herz schien ihr bis in den Kopf zu klopfen; der Puls war viel zu schnell. Ava versuchte die Panik loszuwerden, welche ihr Herz mit eisiger Faust umklammerte.

»Atme, ganz ruhig«, sprach sie sich selbst Mut zu.

Nach einer Weile entspannte sich ihr Inneres wieder. Ava konnte allmählich wieder richtig durchatmen. Langsam, tief und kontrolliert. Sie wischte sich ihr Haar aus dem Gesicht und richtete sich auf. Sie setzte sich an die Bettkante und ertastete mit den Füßen im Dunklen ihre flauschigen Hausschuhe. Dann stand sie auf. Sie musste etwas tun. Ihre Angst davor, wieder einzuschlafen und erneut in diesem abscheulichen Alptraum gefangen zu sein, trieb sie aus dem Bett. Ohne das Licht anzuschalten, tastete sie sich langsam durch ihr finsteres Schlafzimmer und hinaus durch den Flur in die Küche. Dort betätigte sie den kleinen Schalter über der Spüle. Die eingebaute Halogenröhre sprang mit zwei Sekunden Verzögerung an und spendete kaltweißes Licht. Sie war nur zum sauberen Spülen angebracht worden, aber jetzt allemal besser als die große Deckenbeleuchtung.

Ava goss sich am Hahn ein Glas eiskalten Leitungswassers ein und trank es in gierigen Schlucken. Sie hatte viel geschwitzt, und ihre Kehle fühlte sich ausgedörrt an. Vermutlich auch von dem Schrei, welchen sie ausgestoßen hatte. Zum Glück schien Cosima sie nicht gehört zu haben. Sie warf einen Blick auf Jaro, welcher friedlich in seinem Hundekorb döste. Müde hob er den Kopf an und blinzelte wegen des plötzlichen Lichteinfalls.

»Schlaf weiter, mein Süßer, ich trinke nur ein Glas Wasser«, erklärte Ava, und der Hund tat, wie ihm geheißen worden war. Er legte den Kopf wieder ab und schloss die Augen.

»Brav, Jaro. Brav«, lobte ihn Ava und stellte ihr benutztes Glas in der Spüle ab. Sie überlegte kurz, ob sie es wagen könnte, wieder unbehelligt schlafen zu gehen, ohne weitere Alpträume. Ein Blick auf die Küchenuhr verriet ihr, dass es drei Uhr in der Früh war. Sie konnte nicht aufbleiben, sonst würde sie sich am Morgen wie gerädert fühlen. Also kehrte sie in ihr Schlafzimmer zurück. Hier war es heiß und stickig. Sie schüttelte ihr Bett auf, die Laken waren klamm. Ava ging im Dunkeln zum Fenster hinüber und öffnete dieses weit, um die kühle frische Nachtluft hereinzulassen. Sie lehnte sich mit dem Oberkörper hinaus, nahm einige tiefe Atemzüge.

Eine Bewegung in den Augenwinkeln erschreckte sie. Hektisch suchte ihr Blick die düsteren Büsche auf der gegenüberliegenden Straßenseite ab. Ohne zu wissen, warum, raste Avas Herz plötzlich.

Mensch, du Angsthase, das ist sicher nur eine herumstreunende

Katze gewesen. Was ist los mit dir? Reiß dich verdammt nochmal zusammen.

Ava schüttelte den Kopf und versuchte erneut, mit tiefen Atemzügen ihren Puls zu beruhigen. Im Kopf zählte sie die Sekunden mit, wie sie es damals in der Therapie gelernt hatte.

Tief in den Bauch hineinatmen, eins, zwei, drei, vier – Luft anhalten, eins, zwei, drei, vier – langsam und kontrolliert ausatmen, eins, zwei, drei, vier, fünf, sechs, sieben – und von vorne.

Dann schloss sie ihr Fenster, legte sich hin und fiel zwanzig Minuten später in einen unruhigen Schlaf.

DIE DUNKLE GESTALT auf der anderen Seite, welche sich im Schatten verborgen und ihren schwarzen Kapuzenpulli tief ins Gesicht gezogen hatte, war rechtzeitig weiter zurück in die Hecken gekrochen, um nicht entdeckt zu werden. Aber schon bald würde sie dafür sorgen, nicht mehr unsichtbar zu sein. Bald schon würde sie sich holen, was ihr gehörte.

KAPITEL SECHS

AUCH IN DEN nächsten Tagen hatte Ava zunehmend das Gefühl, beobachtet zu werden. Ein dunkler Schatten schien ihr ständiger Begleiter zu sein. Sie sah ihn nicht, und trotzdem spürte sie seine Präsenz. Doch wann immer sie sich umdrehte, konnte sie niemand Verdächtiges erblicken.

Die Situation belastete sie zunehmend und zerrte an ihren Nerven. Zudem war ihr Chef noch sehr viel unfreundlicher geworden seit dem Zwischenfall neulich abends an ihrer Haustür.

»Das ist eine verdammt unsaubere Arbeit, Lubitsch«, blaffte er sie am Telefon an, obwohl Ava sich alle Mühe gegeben hatte, vernünftig zu schreiben. Tatsächlich musste sie für sich selbst einräumen, dass sie in letzter Zeit Schwierigkeiten hatte, sich zu konzentrieren. Sie schlief schlecht und fühlte unterschwellig eine Art permanente Bedrohung, welche ihr inzwischen extrem zusetzte. Das hätte sie Jakotz gegenüber allerdings niemals zugegeben.

»Es tut mir leid, dass Sie mit dieser Arbeit nicht ganz zufrieden sind, Herr Jakob. Ich kann den Text gerne noch einmal überarbeiten«, bot sie an, wenn auch widerwillig.

»Überarbeiten? Der ist so schlecht, dass er komplett neu geschrieben werden müsste«, plärrte er in den Hörer.

»Aber wieso denn das? Was stört Sie daran?« Ava verstand

die Welt nicht mehr. Sie war den Text mehrfach durchgegangen. Er stellte vielleicht keine absolute Glanzleistung dar, aber schlecht und unbrauchbar war er ganz sicher nicht.

»Gehen Sie nochmal alles durch. Ich will das Ding in vier Stunden auf meinem Schreibtisch sehen, haben Sie das verstanden? Und zwar anständig ausformuliert und ohne diese ganzen unnötigen Phrasen und Füllwörter.«

»Bei allem Respekt, ich habe jetzt keine Zeit dafür. Meine Tochter muss heute ihr Schulprojekt mit sich herumschleppen. Die Nachbildung eines Fachwerkhauses, bestehend aus Eisstielen; ein schweres und zudem sehr instabiles Konstrukt. Das kann sie unmöglich allein nach Hause tragen, und ich habe ihr versprochen, sie abzuholen. Im Anschluss hat sie einen Kontrolltermin beim Zahnarzt. Ich komme erst heute Abend dazu. Bitte, Chef«, flehte Ava fast.

»Das ist nicht mein Problem, der Kunde wartet nicht gerne. Vier Stunden, sonst fangen Sie sich eine Abmahnung ein. Ich diskutiere nicht«, rief er erbost und legte grußlos auf.

Ava schlug mit der flachen Hand auf die Tischplatte und fluchte laut. Sie verstand sein Problem nicht. Oder doch? Sie hätte ihn die Tage abends nicht so abweisen dürfen. Sie wusste, dass er ein Egomane war. Sie hätte sich gleich denken können, dass er ein solches Verhalten nicht tolerieren würde.

Und was schließt du daraus, Ava? Dass du ihm das nächste Mal Tür und Tor öffnest und ihn freundlich auf ein Rendezvous hereinbittest? Ihn draußen stehen zu lassen, war die einzig vernünftige Entscheidung.

Ava versuchte die boshafte Stimme in ihrem Kopf zu ignorieren und machte sich seufzend an eine weitere Überarbeitung des Textes. Sie las sich die einleitenden Zeilen durch, dann die folgenden Absätze. Sie fand alles gut. Sie konnte keine nennenswerten Schwachstellen entdecken, allenfalls Kleinigkeiten. So war Ava doch schneller damit durch als zunächst befürchtet. Als sie ihn letztendlich abschickte, hatte sie kaum Veränderungen daran vorgenommen. Sie sah Jakotz' Kritik einfach als Schikane an. Sie besaß ein feines Sprachgefühl, der Text war in Ordnung, Punkt. Aus. Ende.

Eilig verließ sie das Haus, um Cosima gerade noch rechtzeitig von der Schule abzuholen. Dabei warf sie einen flüchtigen Blick in den Briefkasten und beförderte einen dünnen Stapel Umschläge daraus hervor. *Sicher alles wieder nur Rechnungen, wie sollte es an einem solch beschissenen Tag auch anders sein?*

Dann sperrte sie, die Post durchblätternd, die Haustüre wieder auf, um die Briefe im Flur abzulegen. In aller Eile überflog Ava die Absender: Werbung von einem Möbelhaus; wieder Werbung, aber diesmal vom Discounter; die Telefonrechnung, aber die würde per Lastschriftverfahren sowieso automatisch von ihrem Konto eingezogen werden; ein Infoblatt von einem neueröffneten Optiker mit Angebot für einen kostenlosen Sehtest. Das war interessant, vielleicht würde sie da hingehen und nachschauen lassen, wie dringend die Stärke ihrer Lesebrille angepasst werden musste.

Dann fand sie einen dünnen weißen Umschlag. Dieser erregte Avas Neugier, denn er wies weder eine aufgeklebte Briefmarke mit Poststempel auf noch einen Absender. Nur ihr Name stand in mit Kugelschreiber geschriebenen Druckbuchstaben auf dem Kuvert.

Ava warf einen Blick auf die Uhr. Mist, Cosima hatte schon in zwei Minuten Schulschluss; verdammte Textkorrektur. *Das hier muss warten.* Ava schmiss den Brief auf den Stapel mit ungelesener Post und vergaß ihn im nächsten Moment wieder. Vorerst.

»Nach dem Mittagessen geh ich rüber zu Alina. Wir wollten zusammen Mathe üben. Celine kommt auch«, sagte Cosima, kaum dass sie das Monstrum von Fachwerkhaus umständlich auf die klapprige Rückbank gehievt und vorne neben ihrer Mutter auf dem Beifahrersitz Platz genommen hatte.

»Du meinst, nach dem Kontrolltermin beim Zahnarzt, Schnecke«, erinnerte Ava.

»Och nö, den habe ich vergessen. Wann ist der denn nochmal?«, fragte Cosima mit gerunzelter Stirn.

»Direkt nach dem Essen. Nur kurz Zähne putzen und dann

los. Der wird sowieso nur nachschauen, deine Zähne sind sicher in Ordnung, das sind sie doch immer. Du kümmerst dich ja auch sorgfältig drum, mein Schatz. Mit Termin ist das sicher schnell über die Bühne gebracht.«

»Trotzdem Mist, das bringt meinen ganzen Lernplan durcheinander. Setzt du mich nach dem Termin bei Alina ab, damit es schneller geht?«

»Gerne, wann bist du wieder zu Hause?«

»Um sieben«, meinte Cosima kauend, während sie die Reste ihres Pausenbrotes im Auto verdrückte. Kleine Krümel fielen auf ihren Schoß.

Ava warf ihr einen liebevollen Blick zu. *Sie ist so groß geworden, aber sie kann machen, was sie will: für mich ist und bleibt sie für immer mein kleines Mädchen.*

»Einverstanden, mein süßes Krümelmonster, schön, dass du dich allein um deinen Schulkram kümmerst. Es entlastet mich sehr, dass du so selbstständig bist. Aber du kannst jederzeit fragen, wenn du meine Hilfe brauchst, das weißt du, oder?«

»Klar, dann frage ich dich Mathegenie, ob du mir die Aufgaben erklären kannst«, zog Cosima ihre Mutter lachend auf. Ava stimmte in das Gelächter mit ein. Sie hatte ohne Frage ein ausgeprägtes Gespür für Sprache, aber das Talent zum Schreiben, welches sie in die Wiege gelegt bekommen hatte, hatte ihr eine höhere Macht wohl beim Verständnis für Mathe wieder weggenommen.

»Dabei kann ich dir leider wirklich nicht helfen, das stimmt«, erwiderte sie lächelnd.

»Was machst du, wenn ich nachher weg bin?«

»Ich wollte die Einkäufe erledigen und für morgen vorkochen. Da ist ein größerer Auftrag reingekommen, der wird mich die nächsten Tage ordentlich beschäftigen. Vielleicht treffe ich mich später noch auf einen Kaffee mit Mona. Mal schauen. Ich werde die paar Stunden ohne dich schon aushalten, mein Schatz.« Die beiden lachten.

Cosimas Projekt trugen sie diesmal zusammen ins Haus, damit es heil in der Wohnung ankäme.

»Soll ich dieses Teil wirklich hier in die Wohnzimmervitrine stellen? Sicher?«

Ava blickte ihre Tochter überrascht an. »Natürlich, das soll ruhig jeder sehen. Du hast schließlich wochenlang daran gearbeitet, diese Eisstiele so kunstvoll zusammenzukleben. Es ist toll geworden und hat den Transport von der Schule nach Hause gut überstanden. Und dann willst du es verstecken?«

Cosima nickte und fühlte sich offensichtlich geschmeichelt.

Nach dem Mittagessen räumten die beiden zusammen den Essenstisch ab. Während Ava das Geschirr abwusch, machte sich Cosima kurz im Bad zurecht. Schon war es Zeit, zum Zahnarzt aufzubrechen.

»Bis nachher, Mama«, sagte das Mädchen eine Stunde später, nachdem Ava mit dem Auto vor Alinas Haustüre angehalten hatte.

»Ist gut, Schatz, ich warte noch, bis sie dir geöffnet haben.« Das ließ sich Ava nicht nehmen, egal, wie groß ihre Tochter schon war. Sie gab ihr einen Kuss auf die Wange und blickte ihr nach, bis Alinas Mutter Miriam ihr zugewunken hatte und Cosima im Haus verschwunden war.

Daheim angekommen fiel Ava erneut der seltsame Brief ins Auge, während sie ihre Jacke an die Garderobe hängte. Sie hatte ihn auf dem Schränkchen vor der Haustüre abgelegt, auf welchem auch eine kleine Tonschale zur Schlüsselablage stand, welche Cosima früher in der Grundschule für sie gebastelt, mit Acrylfarben hübsch angemalt und ihr zu Weihnachten geschenkt hatte. Jaro huschte ihr aufgeregt um die Beine und kratzte dann winselnd an der Tür.

»Gleich gehen wir kurz Gassi, mein Süßer. Ich will das hier noch schnell lesen. Habe bitte einen Augenblick Geduld.« Beschwichtigend tätschelte sie Jaros großen Kopf. Mit dem Zeigefinger riss Ava den Umschlag auf und hatte plötzlich, ohne es sich rational erklären zu können, ein ganz flaues Gefühl im Magen. *Komm schon, das ist sicher nur eine Einladung oder so was. Aber wer sollte mich denn einladen? Keine Ahnung, der Stadtrat beruft vielleicht eine Bürgerversammlung ein oder die Einladung zum Elternabend oder so.*

Ava schüttelte den Kopf, um die nervige Stimme ihres Unterbewusstseins zum Schweigen zu bringen. Tief im Inneren wusste sie, dass es sich weder um die Einladung der Stadtverwaltung handelte – *wozu auch in aller Welt?* – und auch nicht um die Einladung zum Elternabend, denn die hätte Cosima persönlich von der Schule mitgebracht. *Mach das Ding auf, dann weißt du es.*

Endlich hatte sie den Umschlag aufgerissen. Sie faltete ein weißes Blatt Papier auseinander und erkannte die Handschrift von dem Umschlag wieder. Der Brief war mit Kugelschreiber und in ziemlich akkuraten Buchstaben verfasst worden. *Da hat sich aber jemand verdammt viel Mühe gegeben, seine eigene Schreibweise zu verstellen.*

Als Ava die ersten Zeilen gelesen hatte, wurde sie kreidebleich. Es passierten mehrere Dinge gleichzeitig. Zuerst fingen ihre Hände unkontrolliert zu zittern an, dazu bekam sie feuchte Handinnenflächen. Ihr Magen rebellierte, und sie hatte plötzlich keine Kraft mehr in den Beinen. Ihre Knie drohten, einfach zusammenzusacken. Rückwärts, die Augen keine Sekunde vom Brief abgewendet, schwankte sie durchs Wohnzimmer, bis sie ihren gemütlichen Sessel an den Kniekehlen spürte. Dann ließ sie sich kraftlos darauf niedersinken.

KAPITEL SIEBEN

»ICH VERSTEHE IMMER NOCH NICHT, warum du mich unbedingt jetzt schon abholen wolltest. Ich hätte noch fast zwei Stunden Zeit zum Üben gehabt. Was war denn los? Ist was passiert?« Ava wusste, dass Cosima die Welt nicht mehr verstehen konnte, aber fühlte sich unfähig, ihr die Verwirrung zu nehmen. Sie selbst war nach dem Brief völlig durch den Wind und konnte kaum einen klaren Gedanken fassen. Sie hatte ihrer Tochter ohne weitere Erklärung per Textnachricht mitgeteilt, dass sie sie jetzt gleich abholen käme. Auf Cosimas Anrufe hatte sie nicht reagiert. Wenige Minuten später hatte sie bereits mit dem Auto vor dem Haus der Freundin gestanden und ungeduldig gehupt. Geistesabwesend schüttelte Ava nun den Kopf.

»Mama, komm schon. Was ist los? Rede mit mir. Du siehst aus, wie wenn du ein Gespenst gesehen hättest.« Die Stimme ihres Kindes hörte sich nun eher besorgt als verärgert an. Ava konnte die sanfte Berührung ihrer schmalen Hand auf ihrem Unterarm spüren und den eindringlichen Seitenblick ihrer Tochter wahrnehmen, doch sie hielt die Augen starr auf die Straße gerichtet.

Erneut schüttelte sie den Kopf, diesmal energischer. »Ich kann es dir nicht sagen. Oder doch, ich muss es dir sagen, damit du dich schützen kannst.«

Selbst in ihren eigenen Ohren hörten sich ihre Worte verworren an, wie sollte Cosima sie so verstehen können?

»Was denn sagen? Jetzt bleib doch endlich mal stehen, damit wir reden können«, forderte das Mädchen und bedachte Ava mit einem anklagenden Blick.

Ava parkte am Straßenrand und drehte sich endlich zu ihrer Tochter um. »Ich habe einen Stalker. Einen wahnsinnigen, bekloppten Stalker anscheinend. Du musst dich gut vorsehen. Ist dir irgendein Fremder aufgefallen in letzter Zeit?«

Verständnislos schüttelte Cosima den Kopf. »Wie kommst du darauf, dass du einen Stalker hast? Nur wegen der Sache im Park neulich? Da hast du doch nicht mal gesehen, dass dir jemand nachgeschlichen wäre, das war doch nur so ein Gefühl, oder nicht? Was ist los, Mama? Du verheimlichst mir schon wieder was, oder?«

Ava wich dem durchdringenden Blick ihrer Tochter aus und schwieg.

»Verdammt, ich weiß, dass du mich nur beschützen willst, aber das geht mir tierisch auf die Nerven. Du willst nicht sagen, warum du einen Stalker hast – oder besser, warum du denkst, einen zu haben? Gut, dann sag es der Polizei, wenn du dir sicher bist. Lass uns hinfahren, ich begleite dich.«

»Ich werde mich auf keinen Fall an die Polizei wenden«, erwiderte Ava erschrocken. Für diese Aussage fing sie sich einen noch verständnisloseren Blick ihrer Tochter ein.

»Du willst keine Polizei einschalten, obwohl du einen Stalker hast? Wieso nicht? Nenn mir dafür einen vernünftigen Grund«, verlangte Cosima.

Dafür gibt es so einige Gründe, aber die kann ich dir nicht verraten, weil ich ein dunkles Geheimnis mit mir herumschleppe, welches die Polizei niemals herausfinden darf. Ava versuchte diesen Gedanken sofort im Keim zu ersticken. Laut sagte sie: »Ich vertraue der Polizei einfach nicht. Sie haben kein großes Interesse an Stalking-Fällen.«

»Willst du mir jetzt nicht erst mal erzählen, was überhaupt

passiert ist?«, bohrte Cosima weiter nach, aber ihre Mutter schüttelte energisch den Kopf.

»Schluss jetzt mit deinen ganzen Fragen. Wir gehen die Einkäufe zusammen erledigen. Ich habe keine Geduld mehr, länger darüber zu diskutieren.« Wütend fuhr sie los.

»Schön, dann hat es sich ja wirklich mal so richtig gelohnt, dass du mich von den beiden anderen abgeholt hast und ich jetzt allein zusehen muss, wie ich mit den scheiß Matheaufgaben zurechtkomme. Danke, Mama«, erwiderte Cosima eingeschnappt und wandte den Blick demonstrativ von ihrer Mutter ab, um aus der Seitenscheibe zu schauen.

Ava fühlte sich elend. Sie und Cosima stritten sich – wenn man bedachte, dass das Mädchen ein Teenager war – wirklich ausgesprochen selten. Aber diesmal dafür umso heftiger. Ava konnte es nicht gut ertragen, wenn ihre Tochter sauer auf sie war, doch sie konnte es in diesem Fall leider nicht ändern. Das Mädchen durfte niemals davon erfahren, welch schrecklichen Fehler Ava in der Vergangenheit gemacht hatte. Keine Polizei und auch das mit dem Brief würde sie vorerst lieber für sich behalten.

KAPITEL ACHT

DER INHALT des Briefes verfolgte Ava in dieser Nacht bis in ihre Träume. Wieder einmal konnte sie kaum schlafen, und in den Phasen, in welchen sie die Müdigkeit dann doch übermannte und sie wegdämmerte, hatte sie schreckliche Alpträume und wälzte sich in wildem Kampf hin und her. Viel zu früh erwachte sie am Morgen wieder und fühlte sich wie gerädert.

»Wie geht es dir heute, Mama? Konntest du wenigstens ein bisschen schlafen und hast dich wieder beruhigt?«, erkundigte sich Cosima am Frühstückstisch.

Ava goss sich eine weitere Tasse des extrastarken Kaffees ein – bereits die dritte – und hatte keine Ahnung, wie sie den heutigen Tag überstehen sollte.

»Es geht. Nein, um ehrlich zu sein, nicht. Ich habe kaum geschlafen, schrecklich geträumt und überhaupt keine Ahnung, wie ich heute auch nur ein einziges vernünftiges Wort auf den Bildschirm bringen soll, mein Schatz. Tut mir leid, dass ich gestern so panisch reagiert habe. Es ist gerade einfach ein bisschen viel auf einmal.«

Cosima blickte sie mitfühlend an und seufzte. Ava rieb sich ihr müdes Gesicht.

»Ist schon gut. Du musst dich heute ausruhen. So kannst du nicht schreiben, Mama.«

»Das geht nicht, das weißt du doch. Ich kann mir nicht

einfach freinehmen, wann immer es mir passt. So läuft das nicht. Ich habe dir doch von diesem neuen Großauftrag erzählt. Ich werde Texte schreiben müssen, bis mir die Finger bluten. Daran führt kein Weg vorbei.« Allein schon bei dem Gedanken daran wurde Ava schlecht.

»Ich spreche nicht von Freinehmen, Mama. Ich spreche von einer Krankmeldung. Das wäre übrigens die erste seit vielen Jahren, wenn ich mich recht entsinne. Du bist nicht unendlich belastbar. Es geht dir nicht gut, und du bist übermüdet. So kann man nicht schreiben, und wenn das dein Chef nicht versteht, dann hat er eben Pech gehabt. So einfach ist das.« Cosima sah ihrer Mutter mit festem Blick in die Augen.

»Du bist keine Arbeitnehmerin. So einfach ist das eben nicht, mein Schatz. Ich bin nicht krank, ich bin übermüdet, und das ist nicht das Problem meines Chefs. Er hat sonst gerade niemanden, der eine solche Menge an Text bewerkstelligen könnte, und ich bin froh, dass seine Firma so gut läuft. Wenn ich jetzt schlappmache, stellt er eben zwei zusätzliche Kräfte ein, und wir müssen uns die Arbeit in Zukunft teilen. Am Schluss bin ich dann nur noch drei Stunden am Tag beschäftigt, und wir müssen verhungern«, klärte Ava ihre Tochter auf und brachte dabei ein schiefes Lächeln zustande.

Cosima schüttelte verständnislos den Kopf.

»Dir kann man wirklich nicht helfen«, sagte sie und verschwand im Bad.

Zwei Stunden später hatte sich Ava – als wirklich gar nichts mehr lief – bei ihrem unwilligen Chef abgemeldet und war zum Arzt gegangen. Sie hatte Symptome einer klassischen Magen-Darm-Grippe vorgetäuscht, und ohne sie auch nur richtig zu untersuchen, hatte der Arzt sie für die restliche Woche krankgeschrieben.

»Kann ich Ihnen sonst noch irgendwie helfen, Frau Lubitsch?«, erkundigte er sich und musterte sie besorgt.

Die junge Frau ihm gegenüber sah nicht gut aus. Sie war bleich und wirkte bedrückt.

»Nein, vielen Dank, Herr Doktor Star, Sie haben mir wirklich schon mehr als genug geholfen. Ich brauche wohl nur ein, zwei Tage Ruhe«, sagte Ava und seufzte tief.

»Sie wissen, wo Sie mich finden. Jederzeit, wenn ich helfen kann, dann gerne. Ich verordne Ihnen eine Mütze voll Schlaf. Sie sehen aus, als könnten Sie ihn gebrauchen. Aber im Ernst. Soll ich Ihnen etwas Leichtes zum Einschlafen aufschreiben?«

»Sieht man mir das wirklich an …?«, wollte Ava wissen.

»Haben Sie heute schon mal in den Spiegel geschaut, Frau Lubitsch? Ich erkenne Schlafmangel aus einem Kilometer Entfernung an der fahlen Haut und den dunklen Augenringen.«

Ava lächelte verlegen.

»Sie haben recht, ich habe gerade einige private Probleme zu bewältigen. Aber ich kriege das hin. Vielleicht sollte ich was nehmen. Aber nichts zu Starkes, ich möchte am Folgetag nicht müde sein«, bat Ava.

Der Arzt nickte. Er zückte einen Zettel aus seinem Rezeptblock und verschrieb ihr ein Präparat. »Das hier wird Ihnen helfen. Es ist stark genug, dass Sie die Nacht über durchschlafen sollten, aber dennoch wirkt es am Folgetag nicht unangenehm nach. Sie werden sehen, nach einer kompletten Nacht Schlaf geht es Ihnen gleich wieder viel besser. Möchten Sie vielleicht über das Problem sprechen?«

Ava sah ihr Gegenüber zögerlich an.

»Also nicht unbedingt mit mir. Ich habe einen guten Freund und Kollegen, der ist Psychologe. Falls Sie jemanden zum Reden brauchen, der nicht zum engen Freundes- und Familienkreis gehört. Oder auch gerne mit mir, wie Sie möchten.«

»Ich denke, das wird nicht nötig sein. Aber ich danke Ihnen ganz herzlich. Ich werde dieses Angebot im Hinterkopf behalten und gegebenenfalls später darauf zurückkommen, wenn das in Ordnung ist?«, fragte Ava vorsichtig.

»Immer sehr gerne, Frau Lubitsch. Das wird schon alles wieder. Bleiben Sie bitte noch einen Augenblick. Ich schicke Martina zu Ihnen rein, die soll Ihnen eben noch ein großes Blutbild abnehmen, nur damit wir auch wirklich nichts übersehen. Drei Werktage nach der Abnahme liegen uns die Ergebnisse vor.

Dann reicht es, wenn Sie in der Praxis anrufen, sofern uns nichts Negatives auffällt.«

Ava nickte. Vielleicht war das gar nicht mal so schlecht, sich ein wenig durchchecken zu lassen, immerhin fühlte sie sich in letzter Zeit oft müde und abgeschlagen.

Dann verabschiedete sich der Mann mit einem freundlichen Kopfnicken von ihr, und sie konnte endlich gehen. Kaum saß sie in ihrem Auto, kramte sie ihr Handy aus ihrer Handtasche. Mit zittrigen Fingern fuhr sie über das Display und suchte Mona in ihren Kontakten. Nach einem viel zu langen Freizeichen meldete sich ihre Freundin schließlich. Sie hörte sich abgekämpft an.

»Hey Süße, alles gut? Ich bin noch in der Arbeit«, sagte sie kurz angebunden.

»Ich weiß … Es tut mir leid. Ich wollte nur mal deine Stimme hören.«

»Was ist passiert, Ava?« Nun klang Mona alarmiert.

»Das muss ich dir in Ruhe erzählen. Ich war gerade bei meinem Hausarzt, und ich bin krankgeschrieben. Meinst du, es wäre möglich, dass wir uns heute noch kurz sehen könnten? Ich habe ein Problem, welches ich gerne mit dir besprechen würde«, fragte Ava zögerlich.

»Oh Gott, du bist aber hoffentlich nicht ernsthaft krank?«, erkundigte sich Mona besorgt.

»Nein, gar nicht. Genau genommen bin ich nicht mal krank, sondern einfach nur übermüdet.«

»Wieder die Alpträume?«

Ava bejahte.

»Pass auf, Süße, ich kann jetzt leider wirklich nicht sprechen. Aber ich habe noch Überstunden gut. Ich versuche früher Schluss zu machen und komme dann gleich bei dir vorbei. In Ordnung? Egal was es ist, das kriegen wir wieder hin. Mach dir bitte keinen Kopf.«

»Danke, Mona, du bist wirklich die beste Freundin, die ich mir nur wünschen kann. Geh schnell, bevor du wegen mir noch Ärger kriegst.« Ava schickte ihr zum Abschied einen Kuss durchs Handy, dann legte sie auf.

Sie fuhr nach Hause. Dort angekommen zog sie die schweren, blickdichten Übergardinen über die transparenten Vorhänge und sperrte damit das hereinbrechende Tageslicht aus. Sie wollte von der Welt da draußen nichts mehr hören und sehen. *Gib es zu, vor allem willst du nicht heimlich von deinem kranken Stalker beobachtet werden.*

Sie kochte Wasser und brühte sich einen Pfefferminztee auf. Sie ließ zwei Stücke Zucker in die Tasse fallen. Jaro kam zu ihr in die Küche getrottet und holte sich ein paar Streicheleinheiten sowie einen Hundekeks ab. Dankbar leckte er über ihre Hände, als spürte er genau, dass es ihr nicht gutging. Sein mitfühlendes Wesen rührte Ava fast zu Tränen.

»Ist ja alles in Ordnung, mein Großer, bald geht es mir sicher wieder besser. Und wenn mir einer was Böses will, dann habe ich immer noch dich. Du passt schön auf uns auf, habe ich recht?« Während dieser Worte kraulte Ava den Hund am Kopf und hinter seinen Ohren, wo er es am liebsten hatte. Jaro sah sie aufmerksam an, als wenn er jedes einzelne Wort verstünde.

»Du bist ein guter Junge. Du hast sicher noch mehr Hunger, nicht? Und in deinem Wassernapf ist auch nicht mehr viel drin.« Ava füllte großzügig seinen Futternapf auf und goss ihm frisches Wasser in seine Schale.

»Das ist dein Lieblingsfutter. Das extra Feine mit den großen Fleischstücken. Das hast du dir verdient, du Lieber«, murmelte Ava.

Während sich Jaro gierig über das Futter hermachte, nahm Ava ihre Teetasse mit ins abgedunkelte Wohnzimmer. Ihr Kopf pochte unangenehm. Sie war sich unschlüssig, was sie tun sollte, bis Cosima von der Schule nach Hause käme. Sollte sie sich tatsächlich schlafen legen? Aber dafür fühlte sie sich irgendwie viel zu unruhig und innerlich aufgewühlt. Außerdem würde sie in der Nacht nur noch schlechter schlafen können, wenn sie das jetzt schon täte.

Sie zog unter dem Wohnzimmertisch einen Thriller heraus. Dieser war ungefähr in der Buchmitte mit einem Lesezeichen versehen. Dennoch hatte Ava ihn aus Zeitgründen schon so lange nicht mehr in der Hand gehabt, dass sie einige Details der Handlung vergessen hatte und sie erst noch einmal nachlesen musste. Immer wieder nippte sie vorsichtig an ihrem heißen Tee. Die Lider wurden ihr schwer, und sie musste sich auf den Text konzentrieren, um nicht einzuschlafen. Erneut machten ihr ihre Augen Probleme. Die Zeilen schienen etwas verschwommen zu sein. Ava legte das aufgeklappte Buch falsch herum auf ihren kleinen Couchtisch und ruhte sich einen Moment lang aus.

Sie dachte darüber nach, dass es ihr sicher schon sehr viel besser ginge, wenn sie erst mal die neusten Ereignisse mit Mona besprochen hatte. Dann würde sie nicht mehr allein mit diesem Ballast dastehen. Mit Cosima konnte sie nicht darüber sprechen, denn sie wollte ihrem Kind nicht unnötig Angst einjagen. So taff wie Cosima auch war, sie war immer noch ein Kind. Dass das Mädchen inzwischen von Avas Stalker wusste, war schon schlimm genug.

In ihren Gedanken versunken machte Ava es sich auf dem Sofa bequem. Die flauschige Wolldecke bis zur Nasenspitze hochgezogen übermannte sie nun doch die Müdigkeit. Kaum war sie eingeschlafen, schreckte sie vom Klingelton ihres Handys wieder auf. Völlig erschöpft fokussierte sie ihren verschwommenen Blick auf das Display und seufzte dann frustriert, als sie erkannte, wer sie da schon wieder störte.

»Hallo Chef«, meldete sich Ava schlaftrunken.

»Lubitsch. Was soll das? Sie wollten sich nach dem Arztbesuch doch melden«, bellte ihr die aufgebrachte Stimme ihres Arbeitgebers entgegen.

»Stimmt, Herr Jakob, entschuldigen Sie bitte. Ich hatte es völlig vergessen. Ich wurde für den Rest der Woche krankgeschrieben. Es tut mir leid«, sagte Ava und seufzte schwer, während sie sich innerlich auf das nächste Donnerwetter einstellte.

»Das ist nicht Ihr Ernst. Das können wir jetzt gar nicht gebrauchen. Der Großauftrag. Wie haben Sie sich das vorgestellt, Lubitsch? Wer soll diese Menge denn schaffen, wenn Sie ausfallen? Nicht diese Woche. Sie müssen sicherlich keine acht Stunden reißen, aber so geht das nicht. Dann muss ich mir jemand Kompetenteres suchen, daran führt kein Weg vorbei.«

Ava konnte sich das vor Wut gerötete Gesicht ihres Chefs nur zu gut vorstellen. In ihrer Fantasie hatte Jakotz Schaum vorm Mund und spuckte Gift und Galle.

»Es tut mir leid, Herr Jakob. Wirklich. Ich versuche, morgen wenigstens ein paar Stunden zu arbeiten. Das werde ich schon schaffen. Dann lass ich Ihnen am Nachmittag die ersten Texte zukommen«, versprach Ava und wusste jetzt schon, was sie sich hierfür von Mona und Cosima würde anhören müssen. *Bist du bescheuert? Du ruinierst dir deine Gesundheit noch ganz. Krank ist schließlich krank …* Aber genau das war der Punkt – sie war nicht krank. Nur müde, also konnte sie auch arbeiten, oder?

»Das hoffe ich doch schwer, ansonsten können Sie sich einen neuen Job suchen. Fangen Sie mit der Gliederung an, wir haben eine zu kurze Deadline und keine Zeit zu verlieren.«

Ava wollte noch etwas erwidern, aber da hatte ihr Chef sie schon weggedrückt. *Schreib ihm doch auch noch eine schriftliche Entschuldigung dafür, dass du nicht nach seiner Pfeife tanzt. Selten so was Unterwürfiges gesehen wie dich. Hast du kein Rückgrat?*

Ava ignorierte die selbstzerstörerische Stimme und stand seufzend auf. Wenigstens die Arbeitsunterlagen durchgehen könnte sie schon mal im Voraus, damit sie es morgen mit der Gliederung einfacher hätte. Doch sooft sich Ava wieder und wieder von vorne auch einlas, in ihrem übermüdeten Zustand ergab das Briefing einfach keinen Sinn. Es verursachte nur noch mehr Hirnmatsch in ihrem Kopf. Letztendlich sah sie ein, dass es heute keinen Sinn machte. Sie legte die Unterlagen seufzend zu ihrem Buch auf den Couchtisch und ergab sich endlich dem längst überfälligen Schlaf.

Erst das Geräusch, welches Cosimas Schlüssel beim Aufschließen der Haustür verursachte, und ihr lautes »Ich bin wieder zu Hause!« weckten Ava aus ihrem tiefschlafähnlichen Zustand. Sie streckte sich und musste zugeben, dass ihr die Ruhe wirklich gutgetan hatte.

Cosima freute sich sehr darüber, dass ihre Mutter ihren Rat bezüglich der Krankmeldung befolgt hatte.

»Du lernst ja doch noch dazu, Mama«, lobte sie.

Ava verschwieg ihr lieber, welche Vereinbarung sie mit ihrem Chef getroffen hatte. Sie könnte das mit der Gliederung morgen früh erledigen; dann wäre Cosima mindestens fünf Stunden aus dem Haus und würde nicht mal bemerken, dass sie heimlich arbeitete.

ALS MONA wenige Stunden später vor der Tür stand, ließ Ava sie eilig herein.

»Danke, dass du dir die Zeit nimmst. Das passt gerade super, weil Cosima bei einer Freundin ist.«

»Du machst es ja geheimnisvoll. Was ist passiert?«, wollte Mona wissen und küsste Ava zur Begrüßung herzlich auf beide Wangen.

»Das ist passiert. Lies dir diesen Scheiß mal durch.« Ava hielt ihrer Freundin den Brief hin, noch bevor sie ihr etwas zu trinken angeboten hatte. Stirnrunzelnd nahm Mona am Küchentisch Platz, ohne auch nur ihre Jacke auszuziehen.

»Von wem ist der?«, wollte sie wissen.

»Wenn ich das mal wüsste. Lies einfach!«, drängte Ava.

Mona las den Brief laut vor.

Ich weiß, wo du wohnst, Dreckstück. Und ich weiß, wer du bist. Von nun an wirst du keine Ruhe mehr finden. Ich mache dir das Leben zur Hölle. Du siehst mich nicht, aber ich habe dich ständig im Blick. Ich folge dir auf Schritt und Tritt, ich beobachte dich. Ich bin immer in deiner Nähe. Gerade dann, wenn du es am wenigsten vermutest. Du wirst dich nie wieder sicher fühlen können. Sieh dich vor. Die Luft wird dünn für dich. Ich bin dein persönlicher Alptraum. Du bist nirgendwo sicher.

Hochachtungsvoll, dein Schatten

Erschrocken hielt sich Mona die Hand vor den Mund.

»Um Gottes willen, Ava, das hier ist keine Kleinigkeit. Lass uns sofort zur Polizei gehen. Das kann man fast schon als Morddrohung oder so verstehen. Du hast ein Kind, geh kein Risiko ein. Wer kann dir so was denn antun und warum? Hast du keine Vermutung, wer dir solche Dinge schreiben könnte?«

Ava zuckte resigniert mit den Schultern und seufzte schwer.

»Ich weiß es nicht. Vielleicht einfach ein Spinner. Keine Ahnung«, meinte Ava. Dabei hatte sie sehr wohl eine Ahnung, zumindest eine ganz leise, aber die war so schrecklich … Darüber wollte sie nicht mal nachdenken.

»Das hier hört sich nicht nur einfach nach einem Spinner an. Hast du jemanden verärgert? Oder jemandes Avancen abgewiesen? Hinter solchen Psychospielchen stecken oft zurückgewiesene Männer. Wollte sich vielleicht einer mit dir treffen, und du hast ihm einen Korb gegeben?«

»Nein, gar nicht. Du weißt doch, wie zurückgezogen ich mit Cosima lebe. Auf solche Dinge würde ich mich gar nicht erst einlassen; ein Mann hat keinen Platz in meinem Leben«, erklärte Ava.

»Kann Jakotz nicht dahinterstecken? Er hat dich doch erst neulich abends zu Hause aufgesucht, und nachdem du ihn abgewiesen hast, wurde er noch doofer zu dir, als er es sonst schon ist. Du hast doch des Öfteren erwähnt, dass er offensichtlich Gefühle für dich entwickelt hat, die nicht auf die Arbeit gehören. Diese späte Stippvisite war für mich schon eine deutliche Grenzüberschreitung. Da musst du echt aufpassen.«

Ava hatte an diese Möglichkeit tatsächlich auch schon kurz gedacht, aber sie gleich wieder verworfen.

»Ich weiß nicht. Der lässt seinen Frust offen und ohne jegliche

Hemmungen an mir aus, warum sollte er dann plötzlich einen anonymen Brief schreiben?«, mutmaßte sie.

»Egal wer es war, das hier ist eine Warnung. Lass uns sofort Anzeige erstatten. Ich begleite dich auf das Revier. Komm schon, das hat keine Zeit«, drängte Mona und stand von ihrem Stuhl auf.

»Nein, ich möchte nicht zur Polizei«, widersprach Ava und blickte unschlüssig auf ihre Hände hinab.

»Das musst du aber. Das hier ist kein Spiel. Und du bist auch nicht für dich allein verantwortlich. Denk doch nur mal an Cosima. Du weißt doch gar nicht, mit wem du es hier zu tun hast. Stell dir vor, dieser Psycho vergreift sich an deiner Tochter, um sich für was auch immer an dir zu rächen. Das hier ist auch keine Liebesbekundung. Da hat es anscheinend jemand auf dich abgesehen, der dich bis auf den Tod hasst.« Mona schüttelte den Kopf und schien fassungslos darüber zu sein, dass Ava nicht zur Polizei wollte.

»Ich … Es ist mir einfach noch zu früh. Ich möchte das erst mal allein regeln«, widersprach sie.

»Ava, was zur Hölle willst du da denn allein regeln? Du weißt nicht mal, vor wem du dich in Acht nehmen musst, wenn dir der Verfasser des Briefes unbekannt ist. Wer kann sich denn ›dein Schatten‹ nennen und dich ständig im Blick haben? Ein kranker Nachbar mit Fernrohr vielleicht? Bist du irgendwem auf die Füße getreten? Denk nach. Mir fällt da nur Jakotz ein«, ereiferte sich Mona und gestikulierte dabei aufgebracht mit den Händen.

»Mir doch auch, aber der war es sicher nicht«, nahm Ava ihren Chef weiter in Schutz.

»Warum nicht? Woher willst du das denn wissen?«, bohrte Mona nach.

»Weil ich ihm so einen kranken Scheiß einfach nicht zutraue. Er ist ein Kotzbrocken, ohne Frage. Aber er ist sehr direkt und sagt mir auf den Kopf zu, was ihm nicht passt. Warum soll er einen anonymen Brief verfassen, wenn er mir schon mündlich ständig Frechheiten nachwirft?«, wollte Ava wissen.

»Dein Vergleich hinkt, meine Liebe. Gegenfrage: Gibt es denn sonst irgendjemanden, dem du ein solches Verhalten zutrauen würdest?«

Ava überlegte angestrengt.

»Nein, wirklich niemanden«, sagte sie und wich dem Blick ihrer Freundin aus.

»Du musst diesen Typen auch nicht unbedingt kennen. Ist dir außer neulich im Park denn irgendwer unangenehm aufgefallen?«

»Nein, auch niemand. Ich habe mit niemandem Streit. In meinem Leben vermeide ich alle Konflikte, das weißt du doch«, sagte Ava verzweifelt, dann seufzte sie schwer und rieb sich über die Schläfen, hinter welchen ein nur allzu vertrautes Pochen einsetzte.

»Ja, überhaupt gehst du fast allen Menschen permanent aus dem Weg. Daher verstehe ich erst recht nicht, wer es auf dich abgesehen haben sollte. Du sprichst nie über Cosimas Papa.« Mona zögerte einen Moment, bevor sie fortfuhr, so als würde sie genau abwägen, ob sie es wagen konnte, ihre Gedankengänge laut auszusprechen; ob sie es ihrer Freundin zumuten wollte, sie noch einmal nach deren Vergangenheit zu fragen.

»Ich will dich wirklich nicht bedrängen, Süße, aber bist du mit ihm vielleicht im Bösen auseinandergegangen? Könnte sich hier vielleicht ein Sorgerechtsstreit anbahnen oder etwas in der Art?«

Mona suchte verzweifelt nach einer möglichen Lösung, wofür Ava ihr auch ausgesprochen dankbar war. Doch in diesem Punkt würde sie keine Informationen preisgeben. Selbst Cosima kannte nicht die Wahrheit über ihren Vater.

»Ich möchte nicht über ihn sprechen, aber nein. Er hat sich niemals für das Mädchen interessiert, das ist alles, was ich dir sagen kann«, blockte Ava ab.

»Menschen ändern sich, Ava. Du warst sehr jung; er vielleicht auch. Aber jetzt ist er ein erwachsener Mann und vielleicht reif genug dafür, Vater sein zu wollen.«

»Verdammt, Mona, du bist auf der falschen Spur. Er ist ins Ausland verschwunden und längst tot. Ein Junkie, ein Taugenichts. Ich will nicht über ihn sprechen«, entgegnete Ava ungewohnt energisch. Monas Unnachgiebigkeit überforderte sie gerade völlig, dabei wusste sie doch, dass sie es nur gut meinte.

»Das tut mir leid«, stammelte Mona. Ergriffen legte sie ihre Hand auf die ihrer Freundin. »Weiß Cosima nicht mal, dass er tot ist?«

Ava schüttelte schuldbewusst den Kopf. Dass Mona sich so sehr um eine Lösung bemühte, rührte sie, doch all das ging in die falsche Richtung.

»Okay, sorry. Ich frag nie wieder danach. Es war nur einfach so eine Idee, vergiss es bitte schnell wieder«, entschuldigte sich Mona.

»Schon okay, du willst mir ja nur helfen. Aber bitte keine Polizei. Das ist mir einfach alles zu viel«, bat Ava.

Mona nickte verständnisvoll. »Ich weiß ja, wie du tickst, Süße. Aber pass gut auf euch auf, hörst du? Und wenn es noch einen weiteren Vorfall gibt, dann gehen wir doch zur Polizei. Versprichst du mir das?«

»Versprochen«, sagte Ava und notierte sich im Geiste, dass sie zukünftige Vorfälle dieser Art nicht mehr mit ihrer besten Freundin bereden würde, denn sie würde auch weiterhin keine Anzeige erstatten. Sie *konnte* nicht. Niemals. Sie würden ermitteln und vielleicht Dinge herausfinden, von denen sie nichts wissen durften. Von nun an stand Ava allein mit ihrem Problem da.

KAPITEL NEUN

AM NÄCHSTEN MORGEN WARTETE AVA, bis Cosima sich auf den Schulweg gemacht hatte. Am Abend zuvor hatte sie eine der neuen Tabletten ausprobiert und war innerhalb einer Viertelstunde fest eingeschlafen. Dieser wünschenswerte Zustand hatte tatsächlich die ganze Nacht lang angehalten. Avas Schlaf war tief und traumlos gewesen. Der Arzt hatte ihr nicht zu viel versprochen. Das Medikament wirkte nicht nach, und Ava fühlte sich endlich wieder fit und gestärkt.

Nun hatte sie – trotz Krankschreibung – die Gliederung und die ersten Texte vor sich liegen. Da kam ihr ein Gedanke. Einige Jahre zuvor hatte sie es stets sehr genossen, ihre tägliche Arbeit ab und an zur Auflockerung in einem nahegelegenen Café zu erledigen. Irgendwann war diese Gewohnheit dann eingeschlafen, doch an diesem Morgen spielte sie mit dem Gedanken, sie wieder in ihr Leben zu integrieren.

Sie würde sich nicht von einem verrückten Stalker dermaßen in ihrer persönlichen Freiheit einschränken lassen. Ihr gestriger Gedanke, ihre schreckliche Vermutung, kam ihr heute – ausgeschlafen und im Vollbesitz ihrer geistigen Kräfte – vollkommen absurd vor. Mona hatte vermutlich recht. Vielleicht fühlte sich in letzter Zeit doch jemand von ihr auf irgendeine Art und Weise vor den Kopf gestoßen. Oder es steckte tatsächlich ein durchgeknallter Nachbar hinter der ganzen Sache, oder eben wirklich

Jakotz. So oder so, davon würde Ava sich nicht mehr beeindrucken lassen. Gut, sie hatte einen Brief erhalten. Nicht schön, aber solange nicht mehr geschah, war das kein Grund, sich selbst so fertigzumachen.

Ava fuhr mit dem Auto in die Stadt. Wenn sie trotz ihrer Krankmeldung schon zur Arbeit gezwungen war, dann wollte sie diese wenigstens in einer netten Umgebung verbringen. Trotz ihres neu gewonnenen Mutes warf sie ab und an einen besorgten Blick in den Rückspiegel, um sich zu versichern, dass ihr niemand folgte.

Reiß dich am Riemen, Ava. So interessant bist du auch wieder nicht, dass dir ein geheimer Verfolger im Nacken hängt. Wir sind hier nicht in einem Krimi.

Sie suchte sich einen Parkplatz und betrat kurz darauf mit ihrem Notebook unterm Arm das Café. Ein vertrauter und beruhigender Duft stieg ihr in die Nase. Der Duft nach frisch gebrühtem Bohnenkaffee und goldbraun gebackenen Hefeteilchen.

»Ciao Bella«, ließ Angelo, der Kellner, verlauten und freute sich offenkundig sehr, sie wiederzusehen. Ava winkte ihm lächelnd zu und stellte dann zu ihrer Überraschung fest, dass sogar ihre Lieblingsnische frei war. Wie in guten alten Zeiten, hier hatte sich nichts verändert. Wie viele Stunden hatte Ava schon in dieser schlecht einsehbaren Ecke gesessen und Texte auf ihrem Laptop verfasst? Dort war sie vor allen Blicken geschützt und konnte in Ruhe arbeiten. Die einzigen Hintergrundgeräusche waren das Brummen des Kaffeeautomaten, das leise Klappern von Geschirr und sanfte, einlullende Musik, wie man sie aus jedem Kaufhaus kannte. Ava fragte sich, warum sie mit dieser liebgewonnenen Angewohnheit überhaupt gebrochen hatte. Sie wusste keine Antwort darauf. Sie setzte sich auf die bunt gemusterte Eckbank. Angelo ließ nicht lange auf sich warten.

»Buongiorno, wunderschöne Signora, ich habe Sie lange nicht mehr gesehen«, sagte er mit seinem umwerfenden italienischen Akzent.

»Ich weiß, Angelo, es war einfach zu viel zu tun in letzter Zeit. Aber ich werde jetzt wieder regelmäßiger hierherkommen, ich verspreche es.«

Angelo quittierte das mit einem erfreuten Lächeln und einer übertriebenen Verbeugung, was Ava zum Kichern brachte. Dann nahm er ihre Bestellung auf. Ava hatte nicht vorgehabt, etwas zu essen. Doch bei dem Duft frisch gebackener Kaffeestückchen konnte sie nicht widerstehen.

»Ich empfehle unsere Apfeltaschen mit Zimt. Die sind sogar noch heiß«, meinte Angelo mit einem vielsagenden Blick.

»Da kann ich nicht widerstehen. Und ein Kännchen Kaffee bitte.«

Dann packte Ava ihr Notebook aus und machte sich sogleich an die nächste Gliederung. Nach zwei Tassen Kaffee war sie damit so gut vorangekommen, dass sie schon mit dem Schreiben des ersten Textes beginnen konnte. Die Arbeit ging ihr heute leicht von der Hand, es gab reichlich davon. Was eine einzige Nacht Schlaf bewirken konnte. Selbst die üblichen Alpträume waren Ava erspart geblieben.

Angelo hatte ihr nicht zu viel versprochen, das servierte Gebäck war ein Traum aus Apfel, Vanille und Zimt. Wenn sich Ava getraut hätte, hätte sie gerne noch ein zweites Stückchen bestellt, aber wie verfressen hätte das wohl gewirkt? Sie begnügte sich mit einem weiteren Kännchen Kaffee.

Beim Schreiben kam sie richtig in Fahrt. Die Worte schienen sich wie von Zauberhand in ihrem Kopf zu formen. Sie musste nicht bewusst nachdenken, sondern einfach nur tippen, so schnell sie eben konnte. Jakotz würde von den Texten begeistert sein. Gut, das vielleicht nicht – das war er schließlich nie –, aber er würde zumindest zufrieden sein. Ava geriet regelrecht in einen Schreibrausch; sie vergaß Raum und Zeit um sich herum. Sie liebte das Gefühl, wenn der Flow sie übermannte. Es lief richtig gut, doch dann wurde sie jäh aus diesem Zustand der völligen Konzentration und Effektivität herausgerissen. Hektisch drehte sie sich um. Sie saß zwar in einer versteckten Nische, dennoch befanden sich hinter ihr große Glasfenster. Sie starrte durch die

Panoramascheibe nach draußen. Durch die transparenten weißen Gardinen konnte Ava nichts Ungewöhnliches entdecken, außer zahlreicher Tauben, die zufrieden gurrend fallengelassene Krümel aufpickten oder sich flatternd in die Luft erhoben, um davonzufliegen. Der große Marktplatz lag fast verlassen da. Nur ab und an spazierte ein Mensch vorbei. Meist Rentner, welche ihre Rezepte in der Apotheke im Nachbarhaus eingelöst hatten.

Trotzdem war es mit der Ruhe vorbei. Ava drehte sich wieder zum Tisch zurück, trank einen weiteren Schluck Kaffee. Dann wandte sie sich erneut zum Fenster um, ruckartig diesmal. Misstrauisch ließ sie ihren Blick noch einmal über den Marktplatz schweifen.

Und da sah sie ihn auf der Treppe zur Dorfkirche, etwa hundert Meter vom Café entfernt. Er starrte genau in Avas Richtung, stand im Gegenlicht und war für ihre nachlassenden Augen nur schemenhaft zu erkennen. Es war ein großer Mann; schlank, soweit Ava das aus der Distanz beurteilen konnte. Ihr Herz raste. Sie versuchte herauszufinden, ob ihr diese Gestalt bekannt vorkäme, doch sie konnte es nicht mit Sicherheit sagen. Der Mann trug ein schwarzes Langarmshirt und hatte die Kapuze tief ins Gesicht gezogen. So war es unmöglich, seine Identität herauszufinden, selbst wenn Ava ihn gekannt hätte. Nichts an diesem Fremden kam ihr vertraut vor, dennoch spürte sie instinktiv, dass er sie penetrant beobachtete, auch wenn seine Augen im Schatten lagen. Ihre Hand, welche die Kaffeetasse hielt, zitterte unkontrolliert. Ava musste die zerbrechliche Porzellantasse abstellen, bevor sie noch einen Schaden daran anrichtete. Der Kaffee schmeckte ihr auf einmal sowieso zu bitter.

Entgegen ihrer Gewohnheit stand sie hektisch auf und ging zum Bezahlen an den Tresen. Ihr Platz in der Nische kam ihr plötzlich nicht mehr sicher vor.

»Alles in Ordnung, Signora?«, erkundigte sich Angelo besorgt, nachdem er ihr die korrekte Summe abgezogen hatte. In der Hand hielt er ihr das Rückgeld hin, doch sie bat ihn, es als Trinkgeld zu betrachten.

»Alles in Ordnung, danke«, sagte Ava hastig, doch ihr ängstlicher Blick strafte sie Lügen. »Wir sehen uns sicher bald wieder.«

Ohne eine Antwort abzuwarten, verließ sie das Café. Eilig bog sie um die Ecke, um einen letzten Blick auf die Treppe zu werfen, auch wenn sie das all ihren Mut kostete. Sie musste Gewissheit haben. Wer war dieser Mann, und hatte er sie wirklich beobachtet? Oder hatte er vielleicht einfach nur auf jemanden gewartet, und ihre angespannten Nerven hatten ihr wieder mal einen Streich gespielt? Endlich hatte sie die Rückseite des Cafés erreicht und war erleichtert und enttäuscht zugleich, die Treppe zur Kirche leer vorzufinden. Sie ließ den Blick weiter umherschweifen, doch niemand beobachtete sie. Keiner der Passanten trug einen schwarzen Kapuzenpulli oder schien auch nur im Entferntesten Notiz von ihr zu nehmen. Der Mann war verschwunden. Nun würde Ava nie herausfinden, ob er wirklich ihretwegen dagestanden war.

Die junge Frau beschloss, dass es in nächster Zeit wohl doch sicherer wäre, wieder von zu Hause zu arbeiten. *Schön, das hast du dir nun also auch nehmen lassen. Gratulation zu deinem Mut.* Niedergeschlagen machte sich Ava auf den Heimweg.

KAPITEL ZEHN

IN DEN NÄCHSTEN Tagen hatte die junge Frau mehr als genug zu tun. Der Auftrag erforderte ihre volle Aufmerksamkeit. Die ersten Texte schickte sie ihrem Chef schon während des Krankenstandes zu, und in der Folgewoche musste sie sich richtig ranhalten. Zu ihrer Überraschung verlief alles ruhig. Ihr Stalker ließ nichts mehr von sich hören, und auch ihr Chef schien recht zufrieden mit ihrer Arbeit zu sein. Dies sagte er zwar nicht; es war einfach nicht seine Art, sie zu loben. Aber er bekam immerhin keine cholerischen Anfälle, was Ava als sehr angenehm empfand. Endlich schien es bei ihr wieder rundzulaufen.

Freitags schaffte sie es unter großer Anstrengung, den Rest des Auftrages pünktlich in der Schreibagentur abzuliefern und die Deadline damit sogar noch um einen Tag zu übertreffen. Sie war glücklich, denn seit Langem lag ein komplett freies Wochenende vor ihr.

»Ich bin tatsächlich fertig geworden, Schatz«, verkündete sie erleichtert, als Cosima nachmittags von einer Freundin nach Hause kam.

»Wow, ich bin stolz auf dich. Das müssen wir feiern, Mama.«

Ava lächelte sie freudig an. »Du hast also Zeit für deine alte Mutter?«

Das Mädchen warf lachend mit einem der Sofakissen nach ihr.

»Übrigens habe ich heute in der Praxis meines Hausarztes angerufen, wegen der Blutuntersuchung.«

Cosima blickte ihre Mutter neugierig an.

»Ich bin eigentlich fit wie ein Turnschuh, nur zwei der Werte sind ein wenig aus dem Rahmen gefallen. Ich habe einen Vitamin-D- und einen Eisenmangel. Er hat mir zwei Aufbaupräparate aufgeschrieben, damit sollte es mir bald wieder besser gehen. Daher vermutlich auch die Schlafstörungen, aber nichts, was nicht wieder in Ordnung käme.«

»Das sind doch mal gute Neuigkeiten. Kein Wunder, dass du immer müde bist. Du solltest dich mehr in die Sonne legen. Wir haben das Thema Vitamin D erst in Bio durchgenommen. Da hängt ein ganzer Rattenschwanz dran, wenn das fehlt. Was machen wir heute eigentlich? Ich will nicht wieder zu Hause sitzen. Komm schon, lass uns was zusammen unternehmen«, schlug Cosima vor.

Bei dem Gedanken an den unbekannten Briefverfasser hatte Ava zwar Bedenken, aber sie freute sich trotzdem sehr auf die freie Zeit mit Cosima und wollte die ausgelassene Stimmung unter keinen Umständen durch ihre Ängste und Sorgen verderben.

»Du darfst dir was aussuchen, Schatz. Was immer du willst«, sagte sie daher leichthin.

»Egal was?«, fragte Cosima schelmisch. Ava nickte.

»Dann gehen wir zu unserem Lieblingsitaliener und danach ins Kino«, bestimmte das Mädchen und beobachtete gespannt die Reaktion seiner Mutter.

»Einverstanden. Aber jetzt wirst du sicher statt einer Liebesschnulze einen gruseligen Schocker vorschlagen, und dann muss ich dich bei jeder erschreckenden Szene in den Arm kneifen, willst du das riskieren?«, fragte Ava, was ihr ein Bombardement mit weiteren Sofakissen einbrachte.

»Es ist ein Actionfilm, und der ist ab zwölf Jahren freigegeben. Also ja, das Risiko gehe ich ein«, meinte Cosima grinsend.

»Ich weiß, du hattest mir den Trailer gezeigt; hat sich wirklich spannend angehört. Ich bin dabei«, verkündete Ava.

Cosima fiel ihr jubelnd um den Hals und gab ihrer Mutter einen Kuss auf die Wange.

Am Abend machten sie sich zum Ausgehen richtig schick. Das hatten sie schon viel zu lange nicht mehr getan. Doch so ein Abend verlangte Ava auch viel Kraft ab. Dennoch freute sie sich auf die unbeschwerte Zeit mit ihrer Tochter.

»Kann ich mir deine Ohrringe ausleihen? Die neuen silbernen?« Cosima stand in einem schwarzen Minikleid vor Ava.

»Maus, wo hast du diesen Fummel denn her?«, fragte sie und warf einen skeptischen Blick auf die Kleidung ihrer Tochter.

»Von Lissy geborgt«, antwortete Cosima knapp. Ava schluckte eine aufsteigende Tirade darüber herunter, dass dieser Rock in der Tat viel zu kurz war. Sie wollte nichts tun, was die Stimmung zwischen ihnen trüben könnte. Sie würde Cosima begleiten, somit konnte dem Mädchen nichts geschehen – auch wenn der Saum des Kleides nicht mal ihre Knie erreichte. Aber allein würde sie sie so sicher nicht auf die Straße lassen.

»Ausnahmsweise erlaube ich dir dieses Kleid, aber nur unter zwei Bedingungen. Erstens wechselst du die Strumpfhose. Eine transparente ist bei dieser Rocklänge viel zu freizügig. Zieh dir bitte diese blickdichten Leggins drunter, die ich dir neulich gekauft habe. Und zweitens trägst du dieses Kleid wirklich nur heute ein einziges Mal, dann gibst du es Lissy zurück. Deal?« Damit hielt sie Cosima ihre offene Handfläche entgegen. Widerwillig schlug das Mädchen ein.

Ava selbst entschied sich für einen gediegenen Hosenanzug aus senfgelbem Leinen. Schick, aber nicht overdressed, wie sie fand. Dazu steckte sie ihre langen rotbraunen Locken lässig hoch und schminkte sich dezent. Für ihr Alter konnte sie sich durchaus sehen lassen, vor allem ihre grünen Augen fand sie hübsch. Doch das war ihr gar nicht wichtig. Sie wollte keine Männer aufreißen. Cosima war die einzig wichtige Person ihn ihrem Leben, und der war es völlig egal, wie Ava aussah.

Wie auf Kommando pfiff das Mädchen anerkennend.

»Mensch, Sie Fremde, Sie. Was haben Sie denn mit meiner Mutter gemacht?«, fragte Cosima lachend.

»Ach danke, Schatz. Denkst du, dass ich so gehen kann? Also, ohne dich zu blamieren?«, wollte Ava wissen.

»Aber klar doch, ich finde, du solltest dich viel öfter ein wenig stylen. Der Unterschied ist gigantisch, Mama.«

»Na ja, jetzt übertreib mal nicht. Für wen soll ich mich denn aufbrezeln, wenn ich bloß zu Hause rumsitze und Texte schreibe?«, wollte Ava wissen.

»Für dich selbst, Mama.«

BEIM ITALIENER BESTELLTE sich Ava eine Salamipizza, welche sich als wagenradgroß entpuppte. Cosima entschied sich für Tortellini Panna mit extra Käse überbacken.

»Du musst mir hier von der XXL-Pizza unbedingt noch was abnehmen, die schaff ich nie im Leben.«

»Mama, lass mal. Ich krieg die restlichen Nudeln kaum noch herunter. Superlecker, aber die machen so satt. Hier, probier mal.« Mit diesen Worten schob Cosima ihrer Mutter ihren Pasta-Teller entgegen. Ava spießte eine der Tortellini auf, pustete darauf und nahm sie in den Mund.

»Die sind aber wirklich sehr gut«, sagte sie kauend.

»Bitte sie doch darum, uns die Reste einzupacken. Dann hast du dir morgen das Kochen gespart.«

»Ach, ich weiß nicht. Das macht man doch eigentlich nicht.« Unschlüssig schaute Ava auf ihre Armbanduhr. »Wir müssen los, wenn wir pünktlich zum Filmbeginn im Kino sein wollen. Mist, Pipi muss ich vorher auch noch dringend«, bemerkte Ava.

»Dann flitz du schnell zur Toilette, und ich bezahl eben und lass uns die Reste einpacken.«

»Superlieb von dir, hier hast du den Geldbeutel.« Ava kramte in ihrer Handtasche nach dem Portemonnaie. Sie reichte es Cosima und stand eilig auf. Die Toiletten lagen im Keller. Dies war Ava zwar nicht unbedingt recht, aber nicht zu ändern. Sie stieg die Treppe hinab und betrat eine der Kabinen. Hier unten fühlte sie sich nicht wohl.

Ihr fiel wieder ihr Stalker ein. Diesen Abend würde sie sich nicht von ihm kaputtmachen lassen. Oder hatte er sie längst auf dem Weg zum Restaurant verfolgt? Ava war so ins Gespräch mit Cosima vertieft gewesen, dass sie gar nicht darauf geachtet hatte.

Sie entleerte rasch ihre Blase und wusch sich im Anschluss die Hände. Eilig verließ sie die Damentoilette und erlitt fast einen Herzinfarkt vor Schreck, als ihr im schummrigen Flur ein Mann begegnete.

Groß und breitbeinig stand er da, er trug einen dunklen Kapuzenpulli. Er hatte stur die Arme vor der Brust verschränkt und musterte sie von oben bis unten. Ava blieb einen Moment lang bewegungslos vor ihm stehen und starrte ihn an. *Da guckst du, wie das Kaninchen, wenn es die Schlange sieht. Flucht oder Kampf? Tu verdammt nochmal was.*

»Was wollen Sie von mir?«, fragte sie verunsichert. Ihr Herz pochte heftig; ihre Stimme hörte sich in ihren eigenen Ohren piepsig und verschüchtert an wie die eines kleinen Mädchens.

Der Mann räusperte sich geräuschvoll. »Entschuldigen Sie bitte, meinen Sie mich?«

Ehe Ava antworten konnte, öffnete sich erneut die Tür der Damentoilette. Eine Frau mittleren Alters verließ sie und hakte sich bei dem Mann unter.

»Danke fürs Warten, Emil«, sagte sie. Als er an ihr vorüberging, konnte Ava, welche noch immer verwirrt war, einen besseren Blick auf den Mann erhaschen. Sie hatte ihn noch nie zuvor gesehen und schätzte ihn auf über sechzig. Er betrachtete sie vorwurfsvoll von der Seite und flüsterte seiner Frau etwas zu. Ava hatte ihn genau verstanden: ›So eine Verrückte.‹

Genauso hast du dich gerade benommen, wie eine Verrückte. Hör auf, fremde Männer zu verdächtigen. Oben sitzt Cosima weiterhin allein, während du hier dumm rumstehst.

Ava ignorierte die Stimme und stieg in aller Eile die Treppe hinauf. Ihr Herz pochte noch immer von dem eben Erlebten. Hektisch versuchte sie sich in dem Lokal zurechtzufinden. Ihr Tisch war doch dort gewesen, oder etwa nicht? Hatte sie die Orientierung verloren? Doch, der Tisch da gegenüber dem Zimmerbrunnen. Aber da saßen fremde Leute. Ava drehte sich panisch im Kreis. Wohin sie auch blickte, Cosima war verschwunden. *Er hat sie. Der Stalker hat sie geholt.*

Diese vernichtenden Gedanken waren alles, was Ava in dieser Sekunde zustande brachte. Ihr wurde schwarz vor Augen. Ihr Herzschlag schien einen Moment lang auszusetzen. Ein stechender Schmerz flammte hinter ihren Schläfen auf, sie hörte das eigene Blut in ihren Ohren rauschen. Sie schnappte panisch nach Luft, hatte aber das Gefühl, nicht mehr atmen zu können.

Dann verlor sie das Bewusstsein.

WENIGE SEKUNDEN später kam Ava allmählich wieder zu sich. Eine schwarzhaarige Frau hielt ihr ein Glas mit eiskaltem Wasser an die Lippen. Ava nippte widerwillig daran. Sie saß auf einem Stuhl mitten in der Pizzeria. Zwei starke Arme waren von hinten halb um sie geschlungen, damit sie nicht herunterkippte.

»Wo ist meine Tochter?«, fragte sie mit angstvoller Stimme, sah sich erneut hektisch um und versuchte vom Stuhl aufzuspringen.

»Mama, hier, ich bin hier. Alles gut. Mensch, du hast mir solche Angst eingejagt. Wir haben einen Krankenwagen gerufen.«

Cosima ging neben ihr in die Hocke und umarmte ihre Mutter ganz fest. Ava wurde vor Erleichterung schwach, sodass sie lieber noch einen Moment länger sitzen blieb. *Alles ist gut, dein Kind ist bei dir. Egal was hier geschieht, du hast deine Tochter. Das sind nur deine verdammten Nerven. Reiß dich endlich zusammen.*

»Ich brauche keinen Krankenwagen. Das war nur der Kreislauf, oder eine Panikattacke, ich weiß es nicht genau. Cosima, wo warst du? Ich habe mich so erschrocken, weil du nicht mehr an unserem Tisch gesessen hast und ich dich nirgends sehen konnte.«

»Mama, das tut mir so leid. Ich habe unser Essen bezahlt und die Reste einpacken lassen. Danach standen hier schon weitere Gäste Schlange, da wollte ich den Tisch schnell freigeben und habe draußen vor der Tür gewartet. Ich dachte, dass du dir das denken könntest. Entschuldige bitte.«

Cosima sah ihre Mutter reuevoll an. Ava wollte antworten, als die schwer bepackten Rettungssanitäter ins Restaurant gestürmt kamen. Ava versuchte sie von jeglichen Maßnahmen abzuhalten, doch da hatte man ihr bereits eine Blutdruckmanschette um den Arm gelegt. Man stellte ihr tausend Fragen.

»Ihr Blutdruck ist erheblich zu niedrig. Haben Sie das öfter?«

Ava berichtete von der Einnahme der neuen Schlaftabletten, auch wenn sie sich den ganzen Tag über fit gefühlt hatte. Die Sanitäter bestätigten, dass diese sehr wohl eine mögliche Ursache darstellen könnten. Von dem Schrecken unten im Keller und der Panikattacke, weil sie Cosima nicht gesehen hatte, erzählte Ava lieber nichts. Sie wollte sich mit ihrer Paranoia nicht lächerlich machen. Unter normalen Umständen hätte sie sich niemals derart erschreckt. Diese Stalker-Geschichte nahm sie seelisch schlimmer mit, als sie es erwartet hatte.

Die Sanitäter boten ihr an, sie für eine nächtliche Beobachtung mit ins Krankenhaus zu nehmen, doch da es offensichtlich nur ein kleines Kreislaufproblem gegeben hatte, weigerte sich Ava. Sie war froh, dass mit Cosima alles in Ordnung war, da würde sie das Mädchen sicherlich nicht über Nacht allein lassen.

»Mensch, Mama, du hättest dich mal sehen müssen. Du warst weiß wie die Wand. Ich habe den Tumult im Inneren des Restaurants mitbekommen und hatte sofort ein ungutes Gefühl. Ich habe mich so erschrocken. Was war denn los?«, wollte Cosima auf dem Nachhauseweg wissen. Die beiden saßen in einem Taxi, da Avas Knie sich noch immer wie mit Pudding gefüllt anfühlten.

»Ach, ich weiß auch nicht. Du warst nicht mehr da, als ich von der Toilette zurückkam. Ich hatte Panik, dann wurde mir schwarz vor Augen. Da drin war es aber auch so warm und stickig. Vielleicht sind wirklich die neuen Schlaftabletten schuld. Ich werde heute Abend nur eine halbe einnehmen. Es tut mir so leid, dass ich uns jetzt das Kino verdorben habe. Das holen wir nach«, versprach Ava.

»Mach dir keine Sorgen wegen dem Kino. Wir können uns auch zu Hause noch einen Film zusammen ansehen, wenn es dir gutgeht.«

Ava nickte dankbar. Sie lächelte Cosima an.

»Habe ich dir schon gesagt, dass du die tollste Tochter auf der ganzen Welt bist?«, wollte sie wissen.

»Ja, schon tausend Mal. Du bist als Mutter auch ganz okay«, scherzte Cosima und fing sich einen sanften Seitenhieb ein. »Du bist die Beste, ich habe dich lieb«, versicherte sie dann.

»Ich dich auch, meine Süße. Mehr als alles andere auf der Welt.«

Zu Hause angekommen machten sich Ava und Cosima noch einen schönen Abend, soweit es ihre Stimmung nach den vorangegangenen Ereignissen zuließ. Ava bemühte sich um ein Lächeln, doch innerlich fühlte sie sich wie eine miese Versagerin. Einen Moment lang hatte sie gedacht, ihr Kind wäre weg. Und was tat sie, anstatt sich sofort um ihr Problem zu kümmern? Sie fiel in Ohnmacht. *Wirklich, eine großartige Mutter bist du. Wäre dies eine reale Notsituation gewesen, hättest du Cosima wegen deiner Unzulänglichkeit verloren, weil du dem Stalker einen viel zu großen Vorsprung verschafft hättest.*

Je mehr Ava darüber nachgrübelte, umso mehr Kopfzerbrechen bereiteten ihr diese zermürbenden Gedanken. Sie konnte den Abend kaum genießen. Die bloße Vorstellung, dass Cosima etwas zustoßen könnte, machte sie wahnsinnig. Sie hatte, wenn sie es genau betrachtete, schon einige Tage nichts mehr von ihrem vermeintlichen Stalker gehört. Dennoch spürte sie ununterbrochen eine bedrohliche Atmosphäre. Als wenn dies nur die Ruhe vor dem Sturm wäre. Sie drückte fest die Hand ihrer Tochter. Diese betätigte die Pausentaste und hielt den Film an.

»Was ist los, Mama? Du wirkst so besorgt.« Cosima wandte sich ihr nun ganz zu und schaute sie prüfend an.

»Ich bin nur einfach froh, dass dir nichts passiert ist und dass du hier bei mir bist«, sagte Ava und umarmte ihre Tochter. Sie schloss die Augen und atmete den süßen Duft ihres Kindes ein, welcher sich in den letzten Jahren kaum verändert hatte. Cosima drückte sie herzlich zurück. Seufzend löste sich Ava wieder von ihr.

»Mama, es ist alles gut. Ich kenne dich so gar nicht. Klar machst du dir immer Sorgen um mich, aber komm mal wieder runter. Alles ist gut. Wir sind zusammen und haben Spaß. Das Kino holen wir nach. Okay?«, versicherte sich Cosima.

Ava nickte.

»Bitte sag mir ehrlich, ob es an diesem Kerl liegt. Wirst du immer noch verfolgt?«

»Nein, es gab keine weiteren Vorfälle mehr. Es ist manchmal so ein Gefühl, als wenn da jemand wäre. Das ist nicht so einfach zu erklären. Es liegt sicher nur an meinen überspannten Nerven«, tat Ava die Sache ab. Dass sie den Mann bereits gesehen und einen Drohbrief von ihm erhalten hatte, verschwieg sie lieber.

Reiß dich zusammen. Wenn du jetzt heulst, machst du den Abend endgültig kaputt. Ava atmete tief durch und versuchte sich wieder auf die Komödie zu konzentrieren, für welche sie sich entschieden hatten.

Eine Stunde später nahm Ava eine Hälfte ihrer geteilten Schlaftablette. Sollte ihr plötzliches Kreislaufproblem mit diesen Pillen zusammenhängen, würde sie eben mit einer halben auskommen müssen.

Eine weitere Stunde später hatte sie dann die nötige Bettschwere erreicht, um entspannt in den Schlaf finden zu können. »Ich bin müde, sollen wir langsam Schluss machen?«

Cosima nickte.

»Ich bin auch müde. Ich ruf in meinem Zimmer noch Celine und Alina an. Die warten schon auf mich. Morgen können wir endlich ausschlafen«, meinte sie und zupfte ihre Chipskrümel von der Wolldecke, unter welcher sich die beiden zusammen eingekuschelt hatten.

»Mach das, mein Schatz, aber nicht zu lange. Du brauchst deinen Schlaf auch. Ich habe dich lieb. Lässt du mich bitte zuerst ins Bad?« Leicht schwankend kam sie zum Stehen.

»Geh du nur, Mama, ich füttere schnell Jaro. Der bettelt schon.«

Während sich Ava im Bad abschminkte, ihr Gesicht mit Antifaltencreme einschmierte und sich die Zähne putzte, kümmerte sich Cosima liebevoll um Jaro. Ava fand die beiden raufend auf dem Wohnzimmerteppich vor.

»Mach ihn heute Abend nicht mehr zu wild. Ich will direkt schlafen. Das Mittel schlägt an. Er soll auch runterkommen.«

Cosima begleitete den Hund zu seinem Korb. Dann küsste sie ihre Mutter flüchtig auf die Wange und wünschte ihr eine gute Nacht. Ava kuschelte sich so bequem wie möglich in ihrem Bett ein. Da das Medikament bereits seine Wirkung entfaltet hatte, fiel ihr das Einschlafen leicht. Leise hörte sie Cosima in der Ferne telefonieren, dann dämmerte sie in eine traumlose Schwere.

KAPITEL ELF

PANISCH und mit wild klopfendem Herzen erwachte sie drei Stunden später und nahm die Welt um sich herum nur schemenhaft wahr, so schlaftrunken wie sie war. Im Flur war das Licht angeschaltet. Cosima stand mit zerzaustem Haar über sie gebeugt da und rüttelte sie mit vor Angst verzerrtem Gesicht an den Schultern wach. Ava sah ihr Antlitz verschwommen vor sich und hatte Mühe, zu sich zu kommen.

»Was ist?«, brachte sie träge hervor.

»Mama, es ist jemand an der Tür«, flüsterte Cosima. Geistesgegenwärtig wies Ava sie an, sofort das Licht zu löschen und leise zu sein. Mit einem Satz war Cosima im Flur und legte den Schalter um. Im Dunkeln tastete sie sich zurück ins Schlafzimmer ihrer Mutter.

Ava hatte sich mittlerweile im Bett aufgerichtet und verfluchte dieses Schlafmittel, durch welches sie sich nun so benommen fühlte, dass sie kaum einen klaren Gedanken fassen konnte. Ihr Kopf schien mit Watte gefüllt zu sein. Cosima schlüpfte zu ihr unter die Bettdecke.

»Was war denn?«, fragte Ava gedämpft und strich ihr beruhigend übers Haar.

»Jemand hat mehrfach geklopft und geklingelt wie verrückt. Hast du das nicht gehört?«, wollte sie flüsternd wissen.

Ava wollte ihr gerade erklären, dass sie das sicher nur

geträumt hätte, doch dann hörte sie Jaro bellen und winseln. Mit einem Satz sprang sie aus dem Bett und musste sich einen Moment lang an ihrem Nachttisch festhalten, um ihren verrücktspielenden Kreislauf ins Gleichgewicht zu bringen. Sie atmete ein paarmal tief durch, dann ging es wieder.

»Jaro, komm sofort her«, raunte sie wispernd in den dunklen Flur, doch ihr Hund gehorchte ihr nicht. Aufgeregt bellte er die Haustür an. Seine gespitzten Ohren zuckten und lauschten nach draußen in die Nacht. Er fletschte die Zähne, aus seinem Bellen wurde ein grollendes, kehliges Knurren, welches Ava bei diesem sanftmütigen Tier bisher nur sehr selten vernommen hatte. Sie wandte sich zu ihrem Bett um.

»Du bleibst hier, Cosima. Ich sehe nach dem Rechten.«

»Aber bitte öffne nicht die Tür. Lass sie zu, versprochen?«

Allein die Tatsache, dass Cosima so panisch reagierte, versetzte Ava in absolute Alarmbereitschaft. Ihre Tochter war kein ängstlicher Mensch, jedenfalls viel weniger als sie selbst. Leise und immer noch etwas schwankend schlich sie durch den finsteren Flur. Sie konnte ihren Dalmatiner mehr erahnen als richtig sehen. Warnend knurrte er noch immer die Haustüre an.

»Ist gut, mein Großer. Beruhige dich. Wer ist denn da draußen?«, sprach sie im Flüsterton mit Jaro. Sie tätschelte beschwichtigend seinen Kopf. Doch diese Geste verfehlte ihre Wirkung, weil Ava ihre eigene Panik auf den Hund übertrug.

Das kleine, in der Haustür eingelassene Guckfenster lag nur wenige Zentimeter von ihrem Gesicht entfernt, und dennoch scheute sich Ava, hindurchzusehen. Zu groß war ihre Angst davor, was sie erblicken könnte. Millimeter für Millimeter näherte sie sich dem gläsernen Quadrat; draußen lag nur die dunkle Straße vor ihr, welche dürftig von einer einzelnen Laterne beleuchtet wurde.

Sie spähte so angestrengt in die Nacht hinaus, dass sie nicht mal wahrnahm, wie Jaro hektisch kehrtmachte und zum anderen Ende der Wohnung sprang. Als sie mit dem Gesicht förmlich an der winzigen Scheibe klebte, hörte sie ein lautes, aggressives Klopfen an der Balkontür im Wohnzimmer. Sie erschrak derart heftig, dass ihr Herz einen Moment lang auszusetzen schien. Ihre Hände zitterten unkontrolliert.

Cosima hatte im Schlafzimmer nun doch das Licht eingeschaltet und eilte ihrer Mutter zur Hilfe. Sie war in diesem Moment wieder das kleine Mädchen von früher. Bleich und verschreckt klammerte sie sich an den Arm ihrer Mutter. Die beiden betraten das Wohnzimmer zusammen. Die frei zugängliche Balkontür schien unbeschädigt und verschlossen zu sein. Voller Panik schob Ava ihre Hand zwischen die Abtrennung beider Gardinen und rüttelte probehalber an den gläsernen Schiebetüren. Jaro knurrte noch immer bedrohlich. Die beiden Frauen fuhren entgeistert auseinander, als es erneut an der Haustür klingelte.

Das war zu viel für Cosima. Panisch schaltete sie alle Lichter in der Wohnung an.

»Hör auf, man sieht uns so von außen«, warnte Ava.

»Mir egal, lass uns bitte die Polizei rufen«, flehte Cosima, den Tränen nahe. »Mama, der spielt mit uns. Wenn wir an einer Tür sind, macht er sich an der anderen bemerkbar. Ich halte das nicht aus«, schrie Cosima nun. Jaro sprang aufgeregt bellend durch die Wohnung.

»Keine Polizei, Schatz. Bis die da sind, ist der Kerl längst über alle Berge. Der wird sicher nicht brav vor der Tür warten, bis er festgenommen wird. Und das würde er nicht mal werden. So was sieht man doch immer mal wieder in Fernsehberichten – solange nichts Schlimmes passiert ist, wird uns auch niemand helfen«, sagte Ava.

»Aber du kannst doch nicht einfach nichts machen. Wir haben zwei Uhr nachts, da veranstaltet niemand ohne Grund einen solchen Terror«, protestierte Cosima aufgebracht.

»Vielleicht ist es einfach nur ein Besoffener, der es lustig findet, uns zu ärgern«, wiegelte Ava ab, doch sie wusste selbst, dass mehr dahinterstecken musste. Sie fühlte, dass *er* es war, ihr Schatten. Bei dem Gedanken daran lief ihr ein eiskalter Schauer über den Rücken.

»Ich brauche meinen Bademantel«, sagte sie und ging in ihr Schlafzimmer.

»Was machen wir jetzt? Was hast du vor?«, wollte Cosima empört über die Untätigkeit ihrer Mutter wissen und stapfte ihr hinterher.

»Ich weiß es nicht. Lass uns in der Küche einen heißen Tee trinken und überlegen.«

»Du willst einen Tee trinken? Draußen steht vielleicht ein Irrer mit einem Messer, der uns umbringen will, und dir fällt nichts Besseres ein, als einen Tee zu trinken?« Cosimas Stimme überschlug sich fast vor Aufregung.

»Wer sagt dir, dass der Typ ein Messer hat? Es wollte uns jemand ärgern. Wenn er hätte reinkommen wollen, hätte er uns sicher nicht durch die Klingel gewarnt. Er wäre ums Haus geschlichen und hätte die Balkontür aufgehebelt. Kein Einbrecher macht sich die Mühe, uns erst zu erschrecken, Cosima.«

Ava war dicht von ihr gefolgt in die Küche gegangen und stellte soeben Teewasser auf. Sie nahm zwei große Tassen aus dem Schrank und versah beide mit einem Beutel beruhigenden Kräutertees.

»Da ist Lavendel drin und Passionsblume, das sollte uns beim Entspannen helfen.«

Cosima hatte resigniert am Küchentisch Platz genommen.

»Ich verstehe nicht, warum wir nicht die Polizei einschalten. Wovor hast du Angst?«, drängte ihre Tochter sie.

»Ich habe keine Angst vor der Polizei«, log Ava. *Keine Polizei.* Die würden ihre Papiere verlangen. Dieses Risiko konnte sie nicht eingehen. »Die können einfach nichts machen. Wir müssten hier ewig rumsitzen, bis die kämen. Dann würden sie alles aufnehmen und unverrichteter Dinge wieder gehen. Was sollen sie schon machen? Uns ist nichts passiert, außer dass uns jemand wach geklingelt hat.«

Ava stellte eine dampfende Tasse vor Cosima ab und pustete dann in ihren eigenen Tee, um ihn schneller zum Abkühlen zu bringen.

»Gut, und was gedenkst du stattdessen zu tun?«, wollte das Mädchen skeptisch wissen.

»Schatz, so viele Optionen haben wir nicht. Wir trinken unseren Tee aus und gehen dann ins Bett. Entweder haben wir danach Ruhe, oder es klingelt wieder. Dann sehen wir weiter. Ich werde mich jedenfalls schnellstmöglich darüber informieren, wie wir unsere Balkontüre sichern können. Die Haustür ist okay, aber im Wohnzimmer … Diese Schiebetür ist mir nicht geheuer. Da gibt es bestimmt eine Lösung für.«

»Das beruhigt mich jetzt nicht wirklich. Eben meintest du noch, der Typ wolle keinesfalls hier einbrechen.« Cosima warf ihr aus ängstlichen Augen einen vorwurfsvollen Blick zu.

»Das glaube ich auch immer noch, aber ›Vorsicht‹ heißt die Mutter der Porzellanschüssel, nicht?«

»Kann ich dann wenigstens heute Nacht bei dir schlafen?«, wollte Cosima wissen.

»Sicher, mein Liebling.«

Ava hätte das nicht zugegeben, aber auch sie fühlte sich mit ihrer Tochter an ihrer Seite wesentlich wohler in dieser Nacht. Um die Polizei auf Abstand zu halten, gab sie sich gelassen, aber in ihrem Inneren hatte sie regelrecht Panik vor weiteren solcher Vorkommnisse. Sie lag noch lange wach und lauschte Cosimas tiefen, regelmäßigen Atemzügen. Wenigstens eine von ihnen hatte Schlaf finden können. Den Rest der Nacht über blieb alles ruhig. Ava schlief erst ein, als es draußen bereits dämmerte.

KAPITEL ZWÖLF

ER HATTE DAS DRECKSTÜCK GESEHEN, wie sie ihre neugierige Nase an der Scheibe plattgedrückt hatte. Wären sie nicht durch das Glas getrennt gewesen, hätte er sie an ihrem Hals gepackt, bis sie keine Luft mehr bekommen hätte. Er stellte sich vor, wie sich seine Hand um ihren Hals schloss und erbarmungslos zudrückte. Seine Hände ballten sich vor Anspannung zu Fäusten. Er würde sie in den Wahnsinn treiben, um sie dann richtig fertigzumachen.

Er konnte ein hysterisches Lachen nicht zurückhalten, als er über das feuchte Gras zur Terrasse des Hauses schlich und dort heftig an die Balkontüre hämmerte. Er konnte sie von innen kreischen hören, was ihm ein weiteres grunzendes Kichern entlockte. Sie würde bezahlen für alles, was sie ihm angetan hatte. Er würde mit ihr spielen, wie eine Katze mit einer Maus. Jeder Idiot wusste, dass dieses Spiel niemals gut für die Maus ausging.

Dann hörte er auf – nur für diese Nacht. Doch er ging nicht weg. Er blieb, im dunklen Schatten verborgen, auf der anderen Straßenseite stehen und ergötzte sich beim Gedanken daran, wie viel Angst sie wohl haben musste. Er würde sie vernichten, früher oder später. In den Wahnsinn treiben und dann kaputtmachen wie eine Puppe, derer man überdrüssig geworden war. Grinsend harrte er für Stunden dort im Schatten aus und starrte das Haus an.

KAPITEL DREIZEHN

AM NÄCHSTEN TAG fühlten sich die beiden wie gerädert. Wenigstens konnten sie ausschlafen. Als Ava erwachte, lag Cosima nicht mehr neben ihr im Bett. Müde gähnend rieb sie sich die Augen und verließ übernächtigt ihr Schlafzimmer, um nach dem Mädchen zu sehen. Cosima stand übellaunig am Herd und briet Eier mit Speck.

»Alles okay, Schatz?«, wollte Ava besorgt wissen. Sie trat zu ihrer Tochter und umarmte sie flüchtig.

»Sofern man irgendwas nach dieser Nacht als okay bezeichnen kann …« Cosima seufzte resigniert. Sie verteilte das Rührei mit dem knusprigen Speck auf zwei Teller. Trotz der ernüchternden Umstände dieses frustrierenden Morgens knurrte Ava beim Duft des Essens augenblicklich der Magen. Sie schenkte sich und ihrer Tochter jeweils ein großes Glas Orangensaft aus dem Kühlschrank ein, dann setzten sie sich an den Tisch.

»Das Problem ist anscheinend größer, als ich gedacht habe. Aber wir finden eine Lösung«, versprach Ava.

»Ich habe das Gefühl, nicht mal die Wahrheit darüber zu kennen, wie groß das Problem wirklich ist. Neulich, als du mich so überstürzt bei Alina abgeholt hast, da hatte ich die Vermutung, dass du mir was verschweigst.« Cosima sah ihre Mutter ernst an.

»Ich verschweige dir nichts. Warum sollte ich das tun?«

»Um mir keine Angst zu machen, Mama. Aber es jagt mir mehr Angst ein, wenn du mir nur die Hälfte sagst und ich die ganze Zeit raten muss, worum es hier überhaupt geht. Kennst du den Typen? Oder anders – weißt du, mit wem wir es zu tun haben? Oder kannst du es dir wenigstens denken?« Cosimas Blick ruhte durchdringend auf den Augen ihrer Mutter, als versuchte sie, die Wahrheit darin zu lesen.

»Ich weiß auch nicht mehr als du, Schatz. Und nein – ich habe keine Ahnung, mit wem wir es hier zu tun haben. Ich wüsste auch nicht, wen ich so verärgert haben könnte, dass er mir nun auf diese Weise nachstellt. Ich habe doch niemandem was getan. Ich bin mir auch nicht sicher, wie wir da weiter vorgehen sollen.« Ava zuckte hilflos mit den Schultern.

»Was ist an diesem Tag vorgefallen, Mama?«, bohrte das Mädchen weiter nach.

Ava seufzte schwer und fasste sich ein Herz.

»Ich hatte einen Drohbrief erhalten, anonym natürlich. Es tut mir leid, dass ich dir das nicht gleich gesagt habe, aber ich war so geschockt davon, dass ich selbst nicht wusste, wie ich darauf reagieren sollte. Auf der einen Seite will ich dich vor solch unangenehmen Vorfällen schützen, aber auf der anderen fürchte ich mich auch davor, dass du vielleicht nicht wachsam genug bist, wenn du die Wahrheit nicht kennst. Bist du mir jetzt böse, Schatz?«

Cosima schüttelte den Kopf.

»Dann verstehe ich umso weniger, warum wir uns nicht endlich an die Polizei wenden. Willst du warten, bis der Typ nachts bei uns einsteigt und uns umbringt? Du kannst doch diesen Brief auch einfach den Beamten zeigen, als Beweismittel. Was stand denn drin?«, fragte Cosima auf ihre direkte Art, welche Ava für gewöhnlich sehr an ihr schätzte.

»Nein, natürlich will ich nicht, dass er uns etwas antut. Es stand drin, dass er mich beobachtet und verfolgt, so wirres Zeug halt. Ach, ich weiß auch nicht. Ich habe da kein Vertrauen in die Polizei. Was sollen sie denn schon machen? Lass uns morgen eine Firma raussuchen, welche unsere Türen absichert. Das wäre für mich ein sinnvoller Schritt. Mit dieser Balkontür fühle ich mich wie auf dem Präsentierteller. Wenn wir dort wenigstens einen Rollladen hätten. Einverstanden, Maus?«

»Du bist die Mutter.«

An der Stimme des Mädchens konnte sie deutlich erkennen, dass Cosima ganz und gar nicht einverstanden war und weiterhin gerne zur Polizei gegangen wäre, aber diese Option kam für Ava auf keinen Fall in Frage. Auch weiterhin nicht. Schweigend frühstückten die beiden.

»Ich treffe mich später mit Mona zum Kaffee in der Stadt. Was machst du? Magst du vielleicht mitkommen?« Ava schob sich noch eine Gabel Ei mit Speck in den Mund und kaute lustlos darauf herum.

»Nein, ich muss für Französisch ein Referat vorbereiten. Vielleicht mach ich das mit Celine zusammen, mal sehen. Ich ruf sie nachher an.« Cosima hatte keine Lust auf Small-Talk. Sie sah ihrer Mutter fest in die Augen. »Was, wenn er heute Nacht wiederkommt?«

»Ich weiß es nicht«, gab Ava ehrlich zu und legte die Gabel zur Seite. Jetzt war ihr der Appetit endgültig vergangen. Klar konnten sie die Klingel abstellen, aber auch das Klopfen hätte ihre Tochter aus dem Schlaf gerissen. Ihr selbst kreisten diese Gedanken an die vergangene Nacht unaufhörlich im Kopf herum. Was, wenn der Kerl das nächste Mal einbrechen würde? Die Bremsleitungen an ihrem Auto zerschneiden würde? Ava schüttelte den Kopf, um die unliebsamen Gedanken zum Verstummen zu bringen.

»Wir müssen uns mit diesem Thema auseinandersetzen. Mir hat der Typ echt richtig Angst gemacht, Mama.«

»Ich weiß, Schatz. Morgen kümmere ich mich erst mal darum, wie wir uns hier drinnen besser schützen können. Das Panoramafenster im Wohnzimmer ist tatsächlich eine Schwachstelle. Zu dumm, dass wir keinen Rollladen haben«, bedauerte Ava erneut.

»Mach das, vielleicht kommt er auch nicht wieder. Wir werden sehen«, sagte Cosima. Auch wenn sie es zu überspielen versuchte, hatte sie schreckliche Angst, das konnte Ava ihr an den Augen ablesen. Sie konnte es ihrer Tochter nicht verdenken. Sie fühlte sich wegen der nicht eingeschalteten Polizei ungemein schuldig, doch sie konnte ihr keine schlüssige Erklärung für ihr Verhalten liefern.

»Möchtest du heute Nacht vielleicht lieber bei Celine schlafen, bis das mit der Scheibe geklärt ist? Du könntest bestimmt auch bei Alina unterkommen, falls sich das länger hinzieht. Als ihre Mutter neulich in der Klinik lag, haben wir sie schließlich auch spontan bei uns aufgenommen. Du kannst sie nachher gerne fragen, wenn du dich dann sicherer fühlst«, bot sie stattdessen an.

»Wir sollten beide nicht mehr hier schlafen, bis das mit der Scheibe erledigt ist. Aber das funktioniert nicht, allein schon wegen Jaro. Wir können ihn hier nicht alleinlassen. Ist schon okay, Mama. Wir müssen jetzt zusammen da durch, bis wir mehr wissen. Ich helfe dir.« Cosima drückte liebevoll die Hand ihrer Mutter. Ava traten Tränen der Rührung in die Augen.

»Danke, mein Schatz, du bist wirklich die Beste«, wisperte sie. In Cosimas Blick konnte sie dennoch den unausgesprochenen Vorwurf lesen, dass sie sich nicht einfach Hilfe von der Polizei holte. Das konnte sie allerdings nicht ändern.

»DAS WIRD HEUTE NICHTS MEHR. Um ehrlich zu sein, wird das auch die nächsten zwei Wochen nichts – vorsichtig geschätzt. Wir haben gerade alle Hände voll zu tun und sind weit im Voraus ausgebucht. Ich hätte hier in einer Woche ein kleines Zeitfenster zwischen zwei Aufträgen übrig, da könnte ich mir die Sache zumindest mal vor Ort ansehen, Frau Lubitsch. Dann könnte ich Ihnen schon mehr dazu sagen, wie sich das Problem beheben ließe. Das tut mir leid, gute Frau«, erklärte der Typ der Sicherheitsschlossfirma am Telefon.

Dies war bereits die vierte Absage von Firmen aus der näheren Umgebung. Avas Hoffnungen zerschlugen sich, zeitnah eine Sicherheitsvorrichtung für ihre Schiebetür zu erhalten. Dies war die letzte Firma, die für den Auftrag in Frage gekommen wäre.

»Bitte, das ist wirklich sehr wichtig. Kann man da denn gar nichts machen? Wissen Sie, ich habe da ein ernstes Problem … mit einem Stalker, wenn ich ehrlich sein soll. Meine Tochter und ich wohnen allein hier; der Typ jagt uns verdammt viel Angst ein«, vertraute sich Ava in ihrer Not ihrem fremden Gesprächspartner am Telefon an.

»Das ist in der Tat ein fieses Problem. Damit sollten Sie sich in erster Linie an die Polizei wenden. Die können Ihnen sicher sagen, wie Sie da weiter verfahren sollen«, meinte der Mann mit einem Seufzen.

»Ich war schon dort, und die haben mir dringend zu einer Sicherung der besagten Scheiben geraten«, log Ava.

»Das glaub ich Ihnen, gute Frau. Es tut mir leid, der Terminkalender ist trotzdem proppenvoll. Soll ich Sie jetzt dafür in einer Woche vormerken oder nicht?«

»Ja bitte.« Ava seufzte und gab dem Mann ihre Adresse durch. Unzufrieden legte sie auf, nachdem sie den Termin in ihrem Kalender eingetragen hatte. Lief denn alles nur noch schief? Eine schlechte Nachricht schien die nächste zu jagen.

»Lass uns Oma heute besuchen«, schlug Cosima am Mittag vor, während sie rastlos durch die Wohnung tigerte.

»Ich habe dafür nicht auch noch Nerven, Schatz. Das hier ist schon alles schlimm genug, da möchte ich mich nicht noch mit meinem verhassten Elternhaus konfrontieren. Bitte«, sagte Ava und sah ihre Tochter flehend an.

»Immer zählen nur du und deine Wünsche. Was mit mir ist, ist dir egal. Ich fühle mich hier gar nicht mehr wohl. Seit der Nacht fühlt sich das hier alles nicht mehr wie ein Zuhause an. Wer weiß, was als Nächstes passiert?«

»Ich weiß, Schatz. Ich fühle mich doch genauso ruhelos. Aber ein Besuch bei Oma wird uns da auch nicht weiterhelfen.«

»Ein Besuch bei der Polizei hingegen schon eher«, konnte sich Cosima eine spitze Bemerkung nicht verkneifen. Doch es tat ihr gleich leid, als sie das klägliche, blasse Gesicht ihrer Mutter sah.

»Dann lass uns wenigstens was unternehmen. Ich kann hier nicht länger rumsitzen. Du bist mit der Arbeit fertig, und ich habe heute nichts auf. Draußen scheint die Sonne, komm schon.«

»Na schön, was schlägst du vor, Kleines?«

»Zoo?«, fragte Cosima.

»Eine super Idee. Das wird uns beiden guttun. Dann lass uns los, sonst wird es zu spät. Pack die Tasche. Hier hast du zwei kleine Flaschen Mineralwasser, und ich schmiere uns ein paar Sandwiches.«

Ava machte sich sogleich in der Küche zu schaffen. Der Zoobesuch würde es ihnen gestatten, ihren Sorgen und der drohenden Gefahr wenigstens für einige Stunden zu entfliehen. Dort konnten sie zur Ruhe kommen und ungestört Zeit miteinander verbringen.

Tiere hatten schon immer eine magische Anziehung auf Cosima ausgeübt. Seit vielen Jahren ließ Ava regelmäßig ihre Jahreskarten für den Zoo erneuern. Dies war wesentlich günstiger als ständig Eintritt zu bezahlen. Mit Cosima lohnte sich der Besitz dieser Karten auch wirklich. Wann immer das Mädchen aufgewühlt war, fand es im Zoo Ruhe und Frieden.

Ava fühlte sich dort ebenfalls wohl. Vor allem aber genoss sie die Zeit mit ihrer Tochter. Sie liebte es, Cosima dabei zuzusehen, wie sie schweigend und lächelnd die Tiere beobachtete, immer wieder aufs Neue fasziniert. Wie sie – ganz das kleine Mädchen von früher – einen Zeigefinger auf die kühle Glasscheibe drückte, wie um eine unsichtbare Verbindung zu dem Lebewesen im Inneren des Geheges herzustellen. Vor allem zu den Gorillas hatte Cosima einen guten Draht und eine Engelsgeduld beim Beobachten der Tiere. Ja, das würde ihr heute guttun. Das war genau das, was ihr Kind brauchte.

»Fertig?«, wollte das Mädchen wissen und schnallte sich seinen Rucksack um.

Ava bejahte. Sie schloss die schweren Gardinen, um ihr Zuhause vor fremden Blicken zu schützen. Sie nahm den wild umherspringenden Jaro an die Leine, welchen sie zuvor noch ordentlich gefüttert hatte.

»Du freust dich auch, mein Großer. Aber du weißt, im Zoo musst du an der Leine bleiben«, erklärte Ava dem aufgeregten Tier. Jaro schien das egal zu sein, sofern er sie verstanden hatte. Ava schloss ihre Wohnungstür im Erdgeschoss des Mehrfamilienhauses sorgfältig ab. Dann stieg sie mit Cosima und Jaro in ihr klappriges Auto und fuhr zwei Orte weiter zum Zoo.

Es wurde – nach dem Schrecken der vergangenen Zeit – ein erfreulich unbeschwerter Nachmittag. Auch Jaro tat die Bewegung gut. Verspielt sprang er herum, so weit wie seine Leine dies zuließ. Ava und Cosima gönnten sich jede ein Eis. Sie hatten Spaß daran, sich die Tiere anzusehen und ihnen Namen zu geben, so wie sie es vor vielen Jahren schon gerne getan hatten.

»Wie willst du das Kamel heute nennen?«

»Immer noch Bob, Mama«, sagte Cosima lachend. Dann riss sie Grashalme aus und fütterte Bob damit, der seinen Kopf ohne Mühe weit über das Geländer ausstrecken konnte. Dankbar nahm er das saftige Büschel an und kaute es träge mit seinen riesigen Zähnen. Cosima musste bei seinem Anblick lachen und riss gleich das nächste Büschel aus, um es dem großen Tier zu servieren.

Ava betrachtete ihre Tochter glücklich. Endlich hatten sie wieder einmal eine unbeschwerte Zeit zusammen.

Doch wann immer Cosima es nicht mitbekam, drehte sie sich heimlich um und suchte in der Ferne nach verdächtig wirkenden Menschen. Sie konnte jedoch niemanden entdecken, der ihr besonders aufgefallen wäre. Jeder ging seiner eigenen Beschäftigung nach. Keiner schien sich für sie und ihre Tochter zu interessieren.

Sie fragte sich, ob diese neue Unsicherheit jemals enden würde. Dennoch bemühte sie sich sehr, dass Cosima nichts von ihren Ängsten mitbekam.

WANN IMMER DAS Mädchen Bob ein neues Grasbüschel vors Maul hielt, konnte sie in den Augenwinkeln sehen, wie ihre Mutter sich ängstlich in alle Richtungen drehte und nach dem unbekannten Stalker Ausschau hielt. Doch um diesen schönen Ausflug nicht zu ruinieren, tat Cosima so, als würde sie die Unsicherheit ihrer Mutter nicht bemerken. Heimlich schaute sie sich selbst immer mal wieder verstohlen um, doch niemand schien ihnen zu folgen.

KAPITEL
VIERZEHN

EINIGE TAGE LANG HERRSCHTE RUHE. Cosima und Ava konnten wieder ungestört durchschlafen. Niemand hatte sie beobachtet; zumindest war ihnen nichts dergleichen aufgefallen. Kein Mensch in Kapuzenpulli war ums Haus geschlichen; keine Briefe; kein nächtliches Klingeln; nichts. Ava fing langsam an zu hoffen, dass sich ihr seltsamer Verfolger von allein eingekriegt hätte. Seit dieser schrecklichen Nacht vergangene Woche hatte es keine weiteren ungewöhnlichen Vorfälle gegeben.

Gegen Ende der Woche werkelte Cosima gleich nach der Schule geschäftig in der Küche herum.

»Du bleibst draußen, Mama«, sagte das Mädchen entschieden und schloss die Tür vor Avas Nase. Diese lächelte versonnen. Sie hatte am Folgetag Geburtstag, und ihr war klar, dass Cosima es sich nicht nehmen ließ, ihr einen Kuchen zu backen. Das hatte sie schon im letzten Jahr so gemacht – zum ersten Mal allein.

»Oh, ich kann mir gar nicht denken, was du da drinnen machst«, rief Ava neckend durch die geschlossene Tür.

»Das ist sehr gut, denn es soll ja eine Überraschung werden«, rief Cosima zurück.

»Wie lange brauchst du denn, Schatz?«

»Ein, zwei Stunden. Mal sehen, ob mir jemand beim Aufräumen hilft.«

»Ich helfe dir später gerne, aber dann habe ich noch etwas

Zeit. Ich geh eine Runde mit Jaro Gassi. Kann ich dich allein lassen?«, wollte Ava wissen.

»Auf keinen Fall, Mama. Ich werde den Ofen in die Luft sprengen und das ganze Haus in Schutt und Asche legen!«, rief Cosima zurück.

»Gut, ich bin in spätestens einer Stunde wieder hier.« Damit nahm sie Jaros Leine aus der Kommode. Der Dalmatiner sprang ihr aufgeregt um die Beine. »Schatz, ich bin weg. Hast du deinen Schlüssel bei dir?«

Cosima steckte den Kopf aus der Küchentür. Verwundert sah sie Ava an. »Mein Schlüssel ist in meinem Rucksack, warum fragst du, Mama?«

»Ich schließe dich zur Sicherheit ein, aber du sollst jederzeit das Haus verlassen können, wenn was ist«, erklärte Ava schlicht.

»Du hast immer noch Angst vor diesem Arsch, oder?«, wollte Cosima besorgt wissen.

»Nein … ja schon. Ich fühle mich sicherer, wenn ich die Wohnungstür abschließe. Und wie gesagt – du hast den Schlüssel und kannst jederzeit raus, okay?«

»Okay, Mama. Mach dir keine Sorgen um mich. Ich back meinen Kuchen zu Ende und lass schon keinen rein.« Sie drückte Ava einen flüchtigen Kuss auf die Wange.

Diese verließ mit Jaro die Wohnung und schloss hinter sich ab. *Übertreibst du da nicht vielleicht ein wenig?* Nein, auf keinen Fall.

Ava schlenderte mit Jaro die Straße entlang und unterhielt sich mit ihrem im Garten arbeitenden Nachbarn. Sie mochte diese Art von Small-Talk zwar nicht, aber manchmal ließ es sich nicht vermeiden, wenn man nicht für unhöflich gehalten werden wollte. Jaro markierte sein Revier, indem er ein Bein am nächsten Laternenpfosten hob.

Sobald die beiden auf dem Feld angekommen waren, verrichtete der Hund sein Geschäft. Ava sammelte seine Hinterlassenschaft mit einem Hundekotbeutel ein. Hier auf dem Feld fühlte sie sich weniger wohl als in der Straße. Es waren für dieses schöne Wetter viel zu wenige Menschen unterwegs. Dennoch entfernte sie ihrem Hund die Leine und gönnte ihm eine Viertelstunde lang großzügig Auslauf. Er sprang aufgeregt über die Felder und schien einem Kaninchen hinterherzujagen. Dabei blieb er jedoch immer in Avas Sichtfeld. Sie beobachtete ihn lächelnd. Liebe lag in ihrem Blick. *Wäre er dazu in der Lage, mich zu beschützen, wenn mich hier jemand überfallen würde? Dalmatiner sind schon gut als Wachhunde zu gebrauchen, aber Jaro? Er ist so lieb und sanftmütig. Ich weiß nicht, was er tun würde, wenn mich jemand angreifen würde.*

Wie aufs Kommando kam er zurückgerannt und stürmte übermütig auf Ava zu. Er leckte ihr, immer noch schnaubend, die Hände ab. Sie lachte, streichelte beruhigend über sein weiches Fell und legte ihm dabei die Leine wieder um.

»Hast du dich für heute genug ausgetobt? Wir sollten wieder zur Straße zurück«, murmelte sie und zog Jaro an der Leine mit sich in die entgegengesetzte Richtung.

Kaum lief sie an den ersten Häusern entlang, fühlte sie sich gleich wesentlich wohler. War es vorbei? So einfach? Von heute auf morgen? Sie wusste es nicht. Es wäre fast zu schön gewesen, um wahr zu sein.

Ihr Handy klingelte, noch während sie ihren Gedanken nachhing. Stirnrunzelnd sah sie den Namen ihres Chefs auf dem Display aufleuchten. *Bitte nicht Jakotz,* dachte sie, doch das half ihr auch nicht. Resigniert ging sie ran.

»Der letzte Text muss nochmal umgeschrieben werden. Der gefällt mir so nicht, Lubitsch«, blaffte er ohne Gruß ins Handy.

»Hallo Herr Jakob. Ich habe mir Mühe gegeben. Was genau gefällt Ihnen nicht?«, hakte Ava seufzend nach.

»Alles, wenn Sie mich so fragen. Der gesamte Aufbau; die Gliederung. Das wirkt unfertig und laienhaft. Sie müssen das nochmal komplett durchgehen. Ich will es morgen auf meinem Schreibtisch haben.«

»Aber morgen habe ich Geburtstag. Da habe ich mir bereits vor drei Wochen freigenommen«, erinnerte ihn Ava.

»Dann müssen Sie halt heute nochmal ran«, sagte er bestimmend. Ehe Ava widersprechen konnte, hatte er aufgelegt.

Was für ein Kotzbrocken! Genug ist genug. Sie war den Text so oft durchgegangen und sich absolut sicher, dass er in Ordnung war. Selbst für die gehobenen Ansprüche ihres Chefs. Nie konnte er sie in Frieden lassen und das nur, weil sie kein Interesse an ihm hatte. Er schikanierte sie, wo er nur konnte. Hätte sie eine Wahl gehabt, wäre sie längst von ihm weg.

Seufzend machte sie sich mit Jaro auf den Heimweg. Wie es aussah, hatte sie heute noch einen arbeitsreichen Abend vor sich.

KAPITEL FÜNFZEHN

»AVA, man hat immer eine Wahl. Du findest eine andere Schreibagentur, wenn du nur richtig Ausschau danach hältst«, sagte Mona am Folgetag, als Ava ihr von der langwierigen, in ihren Augen völlig sinnlosen Überarbeitung am Vorabend erzählte.

»Jetzt lass uns erst mal auf Mamas Geburtstag anstoßen.«

Mona hob ihr Sektglas und wünschte ihrer besten Freundin zum wiederholten Mal von Herzen alles Liebe und Gute. Auch Cosima hatte Ava ausnahmsweise einen Schluck Sekt erlaubt; die drei prosteten sich zu und ließen ihre Gläser aneinanderknallen.

»Aber dann müsste ich jemanden finden, bei dem ich ausschließlich von zu Hause aus arbeiten kann, und das ist verdammt schwer«, widersprach Ava. Derweil schnitt sie den Schokoladenkuchen an, welchen ihr Cosima am Vortag gebacken hatte. Er war liebevoll mit rosafarbenen Zuckerherzen verziert.

»Mädchen, aus dir wird später mal eine große Bäckerin«, lobte Mona. Der zarte Kuchen schmolz ihr förmlich auf der Zungenspitze.

»So lecker, mein Schatz«, schwärmte auch Ava.

»Kriegt euch mal wieder ein, das war nur eine Backmischung«, schwächte Cosima die Komplimente lachend ab.

»Wir haben alle mal klein angefangen«, sagte Mona.

»Ich kriege heute noch nicht mehr als eine Backmischung

zustande.« Ava grinste. So gerne sie auch kochte, so ungern backte sie. Ihr Talent hielt sich daher in Grenzen. Die drei plauderten weiterhin angeregt.

»Ich könnte dir beim Suchen helfen«, kam Mona schon kurz danach wieder auf das unliebsame Thema zu sprechen.

»Das ist nett von dir, wirklich, aber … ich weiß nicht. Hier weiß ich wenigstens, was ich habe und was am Monatsende rauskommt«, wiegelte Ava ab und trank erneut einen Schluck Sekt, welcher angenehm auf ihrer Zunge prickelte. »Vielleicht könnte ich mich auch mit einem eigenen Schreibservice selbstständig machen«, überlegte sie laut.

Mona und ihre Tochter sahen sie interessiert an.

»Da müsste ich mich erst mal genau informieren. Vermutlich wäre das eher doch nichts für mich«, schob Ava gleich hinterher.

»Du hast Angst vor Veränderung, das kann ich wirklich verstehen. Aber niemand bleibt freiwillig bei einem Ekelpaket wie Jakotz. Lass uns wenigstens mal die Fühler ausstrecken. Und wie gesagt, Cosima ist durchaus alt genug, dass du sie einige Stunden allein zu Hause lassen kannst.« Mona zwinkerte dem Mädchen zu.

»Sie verlässt halt nicht so gerne das Haus«, meinte Cosima.

»Es ist hier eben sehr gemütlich«, wiegelte Ava ab. Doch Cosima hatte recht. Seit damals … schon seit sehr langer Zeit zog sich Ava zunehmend von der Außenwelt zurück, ein durchaus übliches Verhalten infolge einer posttraumatischen Belastungsstörung, wie sie bei ihr nach den Ereignissen der Vergangenheit diagnostiziert worden war. Die Ausläufer davon konnte sie noch heute spüren. Das Wiedererleben der traumatischen Situation in Form von ständigen Alpträumen; emotionaler Rückzug als Schutzmechanismus vor Überforderung; die Entfremdung von ihrer Mutter; und zeitweilig vegetative Übererregbarkeit wie Schweißausbrüche, zitternde Hände und Kreislauflabilität mit Ohnmachtsanfällen – wie es ihr neulich im Restaurant ergangen war, das alles waren die Nachwirkungen der posttraumatischen Belastungsstörung. Ein weiteres häufiges Dauersymptom war Berufsunfähigkeit. Daher war Ava umso dankbarer, dass sie das große Privileg hatte, von zu Hause aus arbeiten zu dürfen und zu können. Über all dies wollte sie nicht mit Mona sprechen. Auch nach so vielen Jahren waren die damaligen Erlebnisse zu schmerzhaft, um sie beim Namen zu nennen.

»Bitte lasst uns das Thema wechseln. Heute ist mein Geburtstag, da möchte ich gar nicht an Jakotz denken.«

»Stimmt, ein äußerst schlechter Zeitpunkt, um über die Arbeit zu sprechen«, sah nun auch Mona ein. Dann ließen die drei die Gläser wieder klirren – Cosimas war mittlerweile mit Apfelschorle gefüllt – und feierten Avas Geburtstag bis in den späten Abend hinein. Sie bestellten Pizza, aßen gemeinsam und ließen es sich gutgehen.

»Ich werde mich langsam auf den Heimweg begeben. Aber das heute war mal wieder eine richtige Wohltat, das sollten wir öfter machen«, sagte Mona beim Abschied, nachdem sie Ava auf beide Wangen geküsst und fest an sich gedrückt hatte.

»Ja, es war wirklich schön, danke für den großartigen Tag und die Geschenke.« Ava erwiderte die herzliche Umarmung ihrer Freundin.

»Was machst du jetzt noch?«, wollte diese wissen.

»Das ist doch wohl klar«, erwiderte Ava lachend und griff nach dem spannenden Buch, welches Mona ihr unter anderem geschenkt hatte. »Mit diesem Roman geh ich jetzt ins Bett und lese, bis mir die Augen zufallen. Auch das habe ich schon viel zu lange nicht mehr gemacht. Danke dafür. Keiner kennt meinen Geschmack so gut wie du.«

»Wozu hat man schließlich eine beste Freundin?« Mona warf Ava einen überschwänglichen Handkuss zum Abschied zu und wurde nach wenigen Metern von der Dunkelheit verschluckt.

»Pass bitte auf dich auf«, rief diese hinter ihr her, doch das hörte die Frau schon nicht mehr. Ava schloss besorgt die Haustüre ab.

»Alles gut?«, wollte Cosima wissen.

»Ich hätte sie nicht allein gehen lassen sollen. Aber ich habe gar nicht bemerkt, wie spät es mittlerweile geworden ist. Jetzt ist sie schon zu weit weg, als dass wir hinterherkönnten. Hoffentlich passiert ihr nichts.« Ava warf einen beunruhigten Blick durch einen kleinen Spalt in den schweren Gardinen nach draußen, doch die Schwärze der Nacht war undurchdringlich.

»Ist nun nicht mehr zu ändern, Mama. Fahren kannst du so oder so nicht, so viel wie du getrunken hast. Sie wird schon heil ankommen, du kannst sie ja gleich anrufen«, schlug Cosima vor und begann mit dem Abräumen des Tisches.

Ava nickte und half ihrer Tochter.

»Setz dich hin, du hast Geburtstag«, meinte diese mit einem Lachen.

»Mir wird sicher nichts dabei abbrechen, wenn ich dir helfe, Maus. Ich bin froh, dass wir diese Unordnung sofort wegschaffen. Ich möchte dieses Durcheinander nicht morgen nach dem Aufstehen beseitigen, zumal ich mich dann sofort an die Arbeit machen muss, bevor Jakotz vor Wut noch einen Herzinfarkt bekommt. Danke für den großartigen Tag. Das war heute so nett. Und vielen Dank auch für diesen wunderschönen Seidenschal, damit hast du mich wirklich überrascht. Ich liebe es, wenn ich selbstgemachte Dinge von dir geschenkt bekomme. Du solltest dich intensiver mit Seidenmalerei beschäftigen. Dieser Schal ist so geschmackvoll. Ich möchte mal sehen, was du erst draufhast, wenn du noch andere Maltechniken kennenlernst.«

Ava hielt den hauchfeinen Schal in ihren Lieblingsfarben fasziniert gegen das Licht. Dann küsste sie Cosima dankbar auf die Wange.

»Das freut mich zu hören, Mama. Das hat richtig viel Spaß gemacht. Und ohne mich selbst loben zu wollen – meiner war der Schönste in der Klasse; hat auch Frau Müller gesagt.«

»Das glaube ich dir sofort«, bestätigte Ava und fing an, das Geschirr zu spülen. Cosima wischte mit einem feuchten Lappen den inzwischen leergeräumten Wohnzimmertisch ab. Dann fütterte sie den bettelnden Jaro und wechselte sein Wasser aus, in welchem eine tote Fliege schwamm. Der Dalmatiner sprang ohne Vorwarnung auf, sträubte sein Fell und knurrte bedrohlich.

»Beruhige dich, Dicker. Du willst doch dieses eklige Vieh sicher nicht mittrinken, oder?« Cosima lachte.

Im nächsten Augenblick hörte man aus dem Wohnzimmer einen ohrenbetäubenden Knall, gefolgt von einem berstenden Klirren.

Ava ließ das Sektglas, welches sie eben am Spülen war, vor Schreck wieder ins schaumige Wasser fallen, wo es auf eine Kaffeetasse traf und lautlos zerbrach. Mit tropfenden Handschuhen lief Ava zu ihrer Tochter ins Wohnzimmer.

»Geht es dir gut? Was war das?«, fragte sie panisch und legte beschützend einen Arm um die Schultern des Mädchens, welche ebenfalls vor Schreck bebten. Jaro bellte aufgebracht die Vorhänge an.

»Ich glaube, jemand hat uns die Scheibe eingeworfen«, erwiderte Cosima. »Darum hat Jaro also geknurrt.«

»Wir sollten nachsehen«, meinte Ava mit zitternder Stimme, blieb aber wie angewurzelt an Ort und Stelle stehen und betrachtete ängstlich den blickdichten Vorhang, durch welchen sie die Scheibe nicht begutachten konnten. Cosima legte ihr eine Hand auf den Arm.

»Nein, Mama, ich trau mich nicht«, wisperte sie.

Jaro knurrte noch immer bedrohlich in Richtung des Fensters. Als sich Ava endlich wagte, die samtenen Vorhänge zu teilen und vorsichtig auseinanderzuziehen, waren zahlreiche Glasscherben auf dem Teppich verteilt.

Unter den Splittern fiel ihr ein mit einem Blatt Papier umwickelter Stein ins Auge.

»Sieh mal da«, rief sie und stieß ihre Tochter an.

Nur mühselig konnte sich Ava dazu aufraffen, zwei unsichere Schritte nach vorne zu gehen und den Stein mit zitternden Fingern aufzuheben. Sie löste das Gummiband von dem großen, schweren Geschoss und faltete dann vorsichtig, als wenn sie sich daran verbrennen könnte, den angehefteten Zettel auseinander.

Sie las die zwei einzigen Worte, die darauf standen, laut vor.

Elende Heuchlerin

»ICH KANN MICH NUR WIEDERHOLEN, wir müssen die Polizei rufen. Wir müssen einfach.« Cosima konnte sich kaum beruhigen, während sie einzelne Glasscherben von Hand auflas und in den herbeigeschleppten Mülleimer warf. Die beiden knieten mit allergrößter Vorsicht auf dem Teppich und beseitigten die Spuren des erneuten Angriffs.

»So ein Mist, die Scheibe ist hin«, antwortete Ava und wich damit Cosimas drängender Bitte aus.

»Genau, die Scheibe ist hin, und jetzt kann jeder Idiot hier einbrechen.« Das Mädchen warf seiner Mutter einen vorwurfsvollen Blick zu. »Darum sollten wir genau jetzt in diesem Moment die Polizei rufen«, drängte es.

»Keine Polizei, das weißt du ganz genau. Ich will es nicht, und ich diskutiere auch nicht darüber. Ich bin die Mutter, mehr habe ich dem nicht hinzuzufügen«, versuchte Ava sich durchzusetzen.

»Dann benimm dich auch wie eine und ruf die Polizei. Hallo!« Cosima wedelte mit beiden Händen vor Avas Gesicht herum. Ava blickte ihr verängstigtes Kind an. In diesem Moment wirkte ihre Tochter plötzlich wesentlich jünger. Verletzlich. »Ich weiß nicht, ob du es nicht mitbekommen hast, aber ein Irrer hat uns eben im Stockdunkeln einen Stein durch unsere Wohnzimmerscheibe geworfen. Wir sitzen jetzt hier ohne Schutz; sofern man bei dieser Billigkonstruktion von Balkontür vorher von Schutz sprechen konnte.« Cosima regte sich immer mehr auf.

»Ich weiß es, beruhige dich. Ich werde die Risse und das Loch gleich provisorisch mit Isolierband abkleben.«

»Klar, Mama, dann ist ja alles gut. Kein Einbrecher wird das Isolierband durchtrennen können. Super Idee«, murrte Cosima kopfschüttelnd in sarkastischem Tonfall.

»Ich mag es nicht, wenn du mich so angehst.« Ava bückte sich, um die restlichen Scherben aufzuklauben. Cosima tat es ihr gleich, auch wenn ihre Mutter dagegen protestierte. »Lass die Finger weg, Kind. Du wirst dich noch schneiden. Geh lieber den Handstaubsauger holen, bitte.«

Cosima blieb in der Hocke und las trotzig die feinen Scherben auf. Sie schien um die richtigen Worte zu ringen.

»Ich mag es nicht, wenn wir hier wie auf dem Präsentierteller jedem Verbrecher hilflos ausgeliefert sind und du nicht mal die Polizei zur Hilfe rufst. Ich kann das nicht ver… Scheiße, jetzt habe ich mich auch noch am Glas geschnitten!«, rief Cosima erzürnt. Sie hielt die verletzte Hand mit der anderen und rannte ins Badezimmer. Dabei hinterließ sie blutrote Tropfen auf dem cremefarbenen Wohnzimmerteppich.

Ava scherte sich nicht darum und lief Cosima nach. Sie packte sich die Hand des Mädchens und sah sich die Bescherung an. Ein tiefer Riss zog sich quer über Cosimas Zeigefingerkuppe. Das Mädchen sog zischend die Luft ein, während Ava die stark blutende Wunde mit geübten Griffen auswusch. Danach trocknete sie die Hand ihrer Tochter vorsichtig mit einigen Blättern sauberer Küchenrolle ab und hielt den Schnitt damit zusammen, bis die Blutung nachließ.

»Schatz, es tut mir leid. All das tut mir wahnsinnig leid. Aber wir kriegen das wieder hin, hörst du?«, tröstete sie Cosima und streichelte ihr mit der anderen Hand beruhigend über den Kopf. Das Mädchen nickte und blickte Ava in die Augen.

»Mama, warum hast du solche Angst vor der Polizei?«, wollte sie zum wiederholten Mal wissen.

»Schatz, zwing mich bitte nicht, darüber zu sprechen. Ich will nicht«, setzte Ava hilflos an.

»Okay«, erwiderte Cosima schlicht, weil sie sich daran erinnerte, dass ihre Mutter genau genommen immer noch Geburtstag hatte. Wie spät war es? Es musste fast Mitternacht sein. »Wir sollten jetzt drüben die Sauerei fertig beseitigen und dann zusehen, dass wir ins Bett kommen«, schlug Cosima seufzend vor.

»Eins nach dem anderen. Du kannst mir mit dieser Hand sowieso nicht helfen. Die Scherben muss ich unbedingt noch aufheben, damit Jaro sich nicht an den Pfoten verletzt, und die Blutflecke muss ich sofort entfernen, weil wir morgen keine Chance mehr haben, den Teppich jemals wieder sauber zu bekommen. Die Scheibe muss auch gleich abgeklebt werden.

Morgen rufe ich wieder in dieser Glaserfirma an und frage, ob wir unter den gegebenen Umständen vielleicht doch früher bedient werden können. Es kann nicht sein, dass wir jetzt wochenlang ohne Schutz hier wohnen«, sagte Ava, während sie Cosimas Schnittwunde mit einer desinfizierenden Jodsalbe und einem Pflaster fein säuberlich verarztete.

Erst eine Stunde später lagen die beiden fest aneinandergekuschelt in Cosimas Bett. Keine von ihnen wollte in dieser Nacht allein sein. Mit der zerstörten und nur provisorisch abgedichteten Scheibe fühlten sie sich noch wesentlich ungeschützter als vorher schon.

Ava fand kaum Schlaf und wollte gar nicht wissen, wie gerädert sie sich am nächsten Tag wohl fühlen würde. Das geschenkte Buch rührte sie nun nicht mehr an, obwohl sie sich so darauf gefreut hatte, es zu lesen.

KAPITEL SECHZEHN

NACHDEM ER DER Schlampe den Stein durch die Scheibe geworfen hatte, irrte er ziellos durch die dunkle Stadt. Er weinte und lachte gleichzeitig. Durch die Vorhänge hatte er sie nicht sehen können, aber ihre Angst hatte er sehr wohl gespürt. Er konnte ihre Furcht wittern, wie ein wildes Tier; rein durch seine Instinkte. Sie tat gut daran, Angst vor ihm zu haben. Er würde sie nicht wieder zur Ruhe kommen lassen. Sie hatte ihm alles genommen, was ihm lieb und wichtig war. Dafür würde sie nun bezahlen. Er würde ihr Leben aus den Fugen heben und aus den Angeln reißen, wie sie es einst mit dem seinen getan hatte. Das hier war seine persönliche Rache.

Er hatte sie in den letzten Wochen gründlich observiert, ja, sie regelrecht studiert. Auch wusste er inzwischen, wo ihre empfindlichste Schwachstelle lag. Sie hing abartig an dem Mädchen, Cosima. Diesen sonderbaren Namen kannte er nur, weil er ihre Post heimlich durchgesehen hatte. Bitter lachte er bei dieser Erkenntnis auf.

Er war so in seinen Rachegedanken versunken gewesen, dass er nicht mal gemerkt hatte, wie seine Füße ihn zum Busbahnhof getragen hatten. Ehe er sich versah, war er in den letzten Bus dieser Nacht eingestiegen. Er bezahlte dem Fahrer den verlangten Preis, ohne ihn eines Blickes zu würdigen. Seine Augen lagen tief unter seiner schwarzen Kapuze verborgen.

Nur ein verliebtes Pärchen, welches einige Reihen vor ihm saß, fuhr außer ihm mit diesem Bus. Sie kamen wohl vom Feiern und wirkten sehr müde. Sie hatte ihren Kopf an die Schulter ihres Mannes gelehnt. Schmerzhaft zog sich sein Herz zusammen, als er diese Szene beobachtete. Er trauerte noch immer um seine verlorene Liebe.

Vier Stationen später stieg er aus. Fast blind fand er den Weg zum städtischen Friedhof. Das rostige Tor knarrte laut, als er es quietschend öffnete. Hier gab es keine Straßenlaternen mehr, doch er war schon so oft zu diesem einen Grab gelaufen, dass seine Füße jenem Weg auch in tiefster Nacht wie von allein zu folgen vermochten.

Nun stand er gramgebeugt vor dem Grab, krümmte sich zusammen und ging in die Hocke. Verzweifelte Tränen lösten sich aus seinen Augenwinkeln, flossen über seine stoppeligen Wangen, tropften ihm von seinem Kinn und versickerten dann in dem weichen Stoff seines schwarzen Kapuzenpullis. Er heulte auf wie ein verwundetes Tier. Seine Schultern bebten vor Schluchzen. Er legte seine schwieligen Hände auf die feuchte, schwarze Erde.

»Alles wird wieder gut«, wimmerte er. Er war allein, schämte sich nicht seiner Tränen. Er versuchte den Gedanken zu verdrängen, in welchem Zustand der Verwesung sich der schmale Körper in diesem Grab nach all den Jahren wohl befand. Lag dort vielleicht ein nacktes Skelett unter der Schicht von Erde, welches nur noch aus weißen, sauberen Knochen bestünde? Er wusste es nicht. Es war so lange her; so verdammt lange.

»Ich werde sie quälen, wie sie uns gequält hat. Wenn ich damit fertig bin, wird sie dankbar sein, dass ich sie endlich töte. Ich werde dich rächen, und wenn es das Letzte ist, was ich tue. Das schwöre ich dir, mein Liebling!«

KAPITEL SIEBZEHN

»ICH VERSTEHE das Problem mit der zerbrochenen Scheibe, aber das macht die Sicherung des Konstrukts eher noch komplizierter. Dann müssen Sie vorher einen Glaser bestellen. Es tut mir leid, ich kann Ihnen keinen früheren Termin anbieten.«

Ava beherrschte sich, den Mann am anderen Ende der Leitung nicht anzubrüllen. Sie atmete tief durch, ehe sie weitersprach.

»Sie verstehen wohl nicht, dass wir jetzt nicht nur keinen Rollladen haben, sondern auch noch mit eingeschlagener Balkontür hier wie auf dem Präsentierteller sitzen und es daher sehr eilig ist. Ich denke, Ihre Sicherheitsfirma und die Glaserei sind ein gemeinschaftlicher Betrieb. Jedenfalls teilen Sie sich im Impressum ein und dieselbe Firmenadresse.«

»Doch, gute Frau, ich verstehe Ihr Problem durchaus als solches. Sie haben recht – ich bin für die Sicherheitsgeschichte zuständig, und mein Bruder führt den Glasereibetrieb. Wir haben den gleichen Firmensitz und arbeiten eng zusammen. Leider ist es aber so, dass mein Bruder derzeit genauso ausgebucht ist, wie ich es bin. So leid es mir tut – ich kann Ihnen keinen früheren Termin anbieten, und das habe ich Ihnen auch schon bei unserem letzten Telefonat erklärt.«

Ava hätte gerne durch ihr Handy gegriffen, den uneinsichtigen Mann am Kragen gepackt und ihn kräftig durchgeschüttelt, bis er den Ernst der Lage erfasst hätte. Sie seufzte schwer.

»Bei unserem letzten Telefonat hatte ich lediglich Angst davor, dass man uns die Scheibe einschlagen könnte. Das Kind ist jetzt schon in den Brunnen gefallen – man hat uns die Scheibe eingeschlagen. Worauf warten Sie denn noch? Dass man uns ermordet?«, wollte sie bissig wissen.

»Gute Frau, das wäre schrecklich, aber hierfür bin ich nicht der richtige Ansprechpartner. Wenn Sie sich vor weiteren Übergriffen fürchten, informieren Sie bitte die Polizei. Das hatte ich Ihnen auch schon das letzte Mal geraten, sofern ich mich recht erinnere«, erwiderte der Handwerker ungerührt.

Ava hätte vor Wut schreien können.

»Soll ich den vereinbarten Termin in einer Woche nun drinlassen oder nicht? Mein Bruder sieht sich die Sache dann vor Ort an und bestellt erst mal eine neue Scheibe.«

»Und das können wir dann auch erst in einer Woche machen, oder wie?«, blaffte Ava.

»Nein, er wird die Scheibe vermessen und zeitnah bestellen, damit sie in etwa zwei Wochen verfügbar ist. Sie brauchen dafür nicht zu Hause zu sein. Sie sagten ja, dass die beschädigte Fensterfront vom Garten aus frei zugänglich ist. Um Maß zu nehmen, reicht das von außen. Ihre Adresse habe ich für ihn notiert.«

»Gut, verbleiben wir so«, gab Ava seufzend nach und war froh, den Idioten endlich wegdrücken zu können. Sie wusste nicht, wie sie in dieser Nacht auch nur einen Moment zur Ruhe kommen sollte, wenn die Scheibe nicht repariert wäre. Sollte sie vielleicht doch Mona um Hilfe bitten? Doch dann hätte sie wieder das leidige Thema mit der Polizei an der Backe und wohin mit Jaro? Nein, es würde so gehen müssen, verdammt.

Ava hatte die zerbrochenen Stellen in der Scheibe von beiden Seiten provisorisch mit Panzertape verschlossen, so gut es irgendwie ging, und konnte nur hoffen, dass ihr Stalker von weiteren Übergriffen absehen würde. Allerdings konnte sie sich dies fast nicht vorstellen. Unentwegt fragte sie sich, was er nur von ihr wollte. Wieso bezeichnete er sie als Heuchlerin? Sollte es so sein, dass … Nein, das konnte sie sich nicht vorstellen. Wie auch? Und wieso erst jetzt, nachdem so viele Jahre ins Land gegangen waren? Nein. Doch wer hatte dann einen Grund dazu, ihr so übel mitzuspielen?

»Wir sollten weiterhin in einem Zimmer schlafen, bis die Scheibe repariert ist und wir uns sicher sein können, dass niemand versucht, hier einzudringen«, schlug Ava am Abend vor, als es schon fast Schlafenszeit war.

»Okay«, entgegnete Cosima stirnrunzelnd. Es lag nicht in ihrem Bestreben, sich mit vierzehn Jahren mit ihrer Mutter ein Bett zu teilen, doch in Anbetracht dieses erheblichen Mangels an Sicherheit war ihr das ebenfalls lieber und wurde als kleineres Übel akzeptiert.

»Ich werde keine Schlaftablette einnehmen. Ich will mitkriegen, wenn was los ist«, überlegte Ava laut.

»Doch, Mama, sonst kannst du wieder gar nicht schlafen. Jaro weckt uns schon, wenn sich jemand an der Balkontür zu schaffen macht. Du weißt, dass ich einen leichten Schlaf habe und schon bei einem einzigen Winseln von ihm aufschrecken würde«, beruhigte Cosima ihre Mutter.

»Stimmt auch wieder. Dann nehme ich nur eine halbe, nicht dass sie mir wieder auf den Kreislauf schlägt.« Ava ging in die Küche und zerteilte eine der Tabletten an der vorgegebenen Sollbruchstelle. Sie schluckte sie mühelos herunter und trank ein halbes Glas Wasser hinterher.

»Gute Nacht, mein Großer. Und pass schön auf uns auf«, verabschiedete sie sich von Jaro, der es sich in seinem Hundekorb gemütlich gemacht hatte. Sie begab sich mit ihrer Tochter zusammen in ihr Schlafzimmer, da sich ihre Tür von innen abschließen ließ. Das verschaffte ihnen wenigstens etwas Sicherheit.

»Ich habe ein verdammt mieses Gefühl«, meinte Cosima, nachdem sie den Schlüssel im Schloss umgedreht hatte. »Diese Tür ist Spielzeug in meinen Augen. Sie dient nicht zum Schutz, sondern nur dazu, den Anschein von Privatsphäre innerhalb der Familie zu gewährleisten.«

»Da hast du recht, Süße, aber was anderes haben wir gerade nicht. Und diese Tür verschafft uns Zeit, wenn jemand hier eindringen möchte. Außerdem habe ich noch den hier.« Ava beförderte einen massiven Hammer aus ihrer Nachttischschublade.

»Auch nicht schlecht – ich habe ein Küchenmesser unter der Matratze versteckt«, entgegnete Cosima trocken. Trotz der grotesken Situation mussten beide lachen, was die angespannte Stimmung ein wenig lockerte. Sie lasen noch eine Viertelstunde, doch Ava konnte sich kaum auf die Handlung ihres Romans konzentrieren. Schon bald fielen ihr die Augen zu.

»Können wir Schluss machen? Ich bin müde.«

»Klar, Mama, gute Nacht!« Cosima legte ihr Handy auf den Nachtschrank neben ihrem Bett.

»Hast du auch deinen Wecker gestellt?«, wollte Ava wissen.

»Jupp, auf sechs Uhr.«

Jede drehte sich auf ihre Seite. Ava schaltete das Nachttischlicht aus.

»Maus?«

»Hm?«, fragte Cosima in stiller Dunkelheit.

»Hast du wirklich ein Messer unter der Matratze liegen?«, wollte Ava müde wissen.

»Ja, besser ist das. So fühl ich mich sicherer.«

»Ist gut so, gute Nacht.«

»Nacht, Mama.«

Die letzten Gedanken vor dem Einschlafen galten ihrer Tochter. Ava dachte darüber nach, wie traurig es war, dass ihr Kind nun ein Messer zum sicheren Einschlafen brauchte, was für eine bizarre Situation. Diese Wohnung war so lange ihr Zuhause gewesen. Sie hatten sich hier immer glücklich und sicher gefühlt. Nun wurde ihnen alles genommen. Ihre Freiheit; ihre Sicherheit; Schutz und Geborgenheit … alles weg. Sie würde über einen Umzug nachdenken müssen. Sie konnte nicht warten, bis Cosima oder ihr am Ende noch was zustoßen würde. Dafür war ihr ihre

Tochter viel zu wichtig. Doch sollte sie wirklich klein beigeben und mit Cosima das Feld räumen? Wegen eines Verrückten? Einfach alles hinter sich lassen? Sie würde sich das gründlich überlegen müssen, aber nicht jetzt. Nicht heute Nacht. Sie war so müde … unendlich müde. Dann schlief sie ein. Tief und ohne schlimme Träume in dieser Nacht.

KAPITEL ACHTZEHN

DAS GEDÄMPFTE KLINGELN des Weckers drang nur langsam wie zäher Sirup in Avas Hirn.

»Mama, Zeit zum Aufstehen«, flüsterte Cosima und rüttelte sie sanft am Arm.

Das Öffnen der Lider fiel ihr an diesem Morgen besonders schwer. Sie würde darauf achten müssen, ihre halbe Schlaftablette das nächste Mal zeitiger einzunehmen. Träge erhob sie sich aus dem Bett. Dort blieb sie einen Augenblick lang sitzen und streckte sich gähnend. Sie atmete tief ein und aus, um ihren Kreislauf nicht zu sehr zu strapazieren. Wenigstens war die Nacht über scheinbar alles ruhig geblieben, die Schlafzimmertür noch immer fest verschlossen.

»Ich muss schnell ins Bad. Celine wird heute zehn Minuten früher als sonst vor der Tür warten. Sie will mir noch Fotos vom Wochenende zeigen, von ihrem neuen Freund. Ich muss mich beeilen.« Schon hatte sich Cosima ein frisches Handtuch aus dem Schrank genommen und war im Badezimmer verschwunden.

»Dann mach ich schon mal Tee und Kaffee, ohne Frühstück gehst du mir nicht aus dem Haus.« Ava zog sich ihren Morgenmantel über den rosa Pyjama. Es fröstelte sie, als sie das Wohnzimmer betrat. Auch die Fliesen unter ihren nackten Füßen fühlten sich kälter als gewöhnlich an. Mechanisch füllte Ava die

Kaffeemaschine mit gemahlenem Bohnenkaffee und frischem Wasser.

Irgendwas war anders als sonst, doch Ava war noch zu müde und betäubt, um dieses Gefühl greifen zu können. Sie heizte den Ofen vor, um drei Tiefkühlbrötchen aufzubacken, zwei fürs Frühstück und eins für Cosimas Pausenbrot.

Als sie sich auf den Weg zur Gefriertruhe in der kleinen Abstellkammer machte, fiel ihr Blick flüchtig auf Jaros immer noch gut gefüllten Futternapf. Das war ungewöhnlich. Gutes Futter ließ er niemals mehr als ein paar Minuten stehen. Ava nahm die Brötchen aus dem Tiefkühlfach und schlurfte zurück in die Küche. Das war es, das Hundebett war leer. Jaro streifte ihr auch nicht wie sonst bettelnd um die Beine oder begrüßte sie, indem er ihr freudig die Hände ableckte.

»Jaro, Frühstück!«, rief Ava verwundert. Sie erhielt jedoch nicht die geringste Reaktion.

»Großer, wo steckst du?«, wollte Ava stirnrunzelnd wissen. Mit einem leichten Anflug von Besorgnis lief sie zur Haustür und kontrollierte diese. Sie war immer noch von innen abgeschlossen und fest zu. Bei einem erneuten Frösteln musste Ava an die defekte Balkontüre denken. Ehe sie begriff, was hier vor sich ging, reagierte ihr Unterbewusstsein schon mit einer Gänsehaut und beschleunigtem Herzschlag. Eilig stürmte sie ins Wohnzimmer und riss die schwere Gardine zur Seite.

»Nein!«, rief sie geschockt aus und hatte das Gefühl, gleich wieder ohnmächtig zu werden. Das komplette Isolierband war von der zersplitterten Scheibe gerissen worden. Es lag zusammengeknüllt vor der offenen Balkontür auf dem kalten Terrassenboden. Ava brauchte keine Polizistin zu sein, um zu erkennen, was geschehen war. Jemand hatte das Klebeband entfernt und dann mühelos durch das große Loch in der Scheibe greifen und den Hebel so umklappen können, dass sich die gläserne Schiebetür geräuschlos öffnen ließ.

Aber Jaro hätte doch angeschlagen; das tat er schließlich immer. Avas Herz fühlte sich plötzlich an, als würde es von einer eiskalten Hand fest umklammert werden. Jemand war hier gewesen. In der Nacht, als sie und ihre Tochter friedlich geschlafen hatten. Was hatte er mit Jaro gemacht? Wieso hatte ihr Hund nicht gebellt? Sie schob die Glastür ein Stück weiter auf und suchte mit den Augen den Garten ab.

»Jaro? Jaro, komm her, mein Großer!«

Ava spürte Tränen auf ihren Wangen. Sie rief ihn immer noch lauter, doch sie ahnte, dass er nicht reagieren würde. Sie fühlte es einfach. Es fühlte sich nicht so an, als wäre er noch hier bei ihnen. Ava schlug sich verzweifelt die Hände vors Gesicht. Ihre Schultern bebten, sie schluchzte herzzerreißend. Das Wasser der Dusche war abgestellt worden. Cosima hatte ihre Mutter weinen gehört und eilte mit dem nachlässig um sich geschlagenen weißen Badetuch zu ihr.

»Mama, was ist denn los?« Ein schlanker Arm legte sich um Avas Schultern. Cosima zog sie an sich und besah sich stirnrunzelnd die kaputte Scheibe. »Hol erst mal Luft. Ist hier jemand eingestiegen?«, wollte das Mädchen wissen.

Ava nickte, war einen Moment lang nicht zu sprechen in der Lage.

»Jaro ist weg«, brachte sie mühsam hervor.

»Wie, Jaro ist weg?« Cosima hörte die Worte, doch sie konnte sie in diesem Augenblick nicht begreifen.

»Er ist weg. Er ist nicht mehr hier«, stammelte Ava. »Er hat nicht mal sein Futter angerührt.«

»Das ist wirklich komisch, aber falls hier ein Einbrecher war, ist er ihm durch die offene Tür sicher hinterhergejagt. Dann wird er bestimmt wiederkommen, meinst du nicht?«, bemühte sich Cosima um eine Erklärung.

Ava nickte. Da hatte das Mädchen recht. So könnte es gewesen sein.

»Dann werde ich ihn suchen, wenn du in der Schule bist«, sagte Ava entschlossen. Dass sie nicht früher auf diese Möglichkeit gekommen war … Doch immer noch wirkte das Schlafmittel nach. *Dreckszeug, das nehme ich nicht mehr, wenn ich dann am Folgetag so daneben bin.*

»Ich bleib zu Hause und helfe dir. Du musst auf Arbeit

anrufen und Bescheid geben, dass du heute nicht kannst, und mich in der Schule entschuldigen.« Cosima brachte ihr eilig ihr Handy aus der Küche.

»Das geht nicht, Maus. Denk an das Referat. Ich suche Jaro schon. Zur Not drucke ich eben Plakate aus und verteile sie überall. Aber deine Theorie macht Sinn, dass er dem Einbrecher einfach nachgelaufen ist. Ich hoffe es. Ich bete, dass er wieder zurückkommt.«

»Ich auch, Mama. Gut, dann gehe ich halt zur Schule, aber du musst Jakotz trotzdem anrufen.«

Während sich Cosima eilig anzog, rief Ava ihren Chef an. Dieser war erwartungsgemäß nicht begeistert von ihrer Absage und verlieh seinem Unmut lautstark Ausdruck, aber das war ihr in diesem Fall vollkommen egal. Jaro war jetzt wichtiger, er gehörte schließlich zu ihrer kleinen Familie, und sie liebte ihn von ganzem Herzen.

Gleich darauf wurde Cosima von ihrer Freundin abgeholt.

»Ich weiß, du willst es nicht hören, aber wir müssen die Polizei einschalten, bevor noch mehr passiert.« Zum Abschied küsste sie Ava flüchtig auf die Wange.

»Jetzt muss ich mich erst mal um Jaro kümmern, Maus.«

Kaum war Cosima gegangen, lief Ava in den Garten. Verzweifelt rief sie nach ihrem Hund. Sie versuchte sich in das Tier hineinzuversetzen. Ein Fremder war da gewesen, was könnte Jaro also getan haben? War er dem Eindringling nachgejagt, um ihn zu vertreiben? Was, wenn er nicht zurückfand?

Ava überlegte verzweifelt, wie sie auf diese Situation reagieren sollte. Dann fiel ihr das Gartentor ein. Rasch legte sie die paar Schritte zurück, bis sie die hölzerne Pforte erreicht hatte. Sie drückte die Klinke durch, doch es war abgeschlossen. Verwirrt rieb sie sich mit den Händen übers Gesicht und dachte angestrengt nach. Wie um alles in der Welt sollte Jaro ausgerissen sein, wenn er gar nicht rausgekommen wäre? War er womöglich über das Tor gesprungen? Die Abtrennung zur Straße hin reichte ihr immerhin fast bis zur Hüfte. Das war ihm zuvor noch nie gelungen. Ava war ratlos. Unschlüssig stand sie noch eine Weile im Garten und überlegte fieberhaft, was sie tun könnte. Weitere Rufe blieben ungehört.

Sie wollte sich eben ins Haus zurückziehen, um sich anzukleiden und mit dem Auto weiterzusuchen, als ihr Blick zufällig unter eine der dichten Hecken fiel. Sie sah genauer hin. Einen Moment lang weigerte sich ihr Gehirn zu erfassen, was ihre Augen wahrnahmen. In den Ohren hörte Ava ihr Blut rauschen. Ihr Herz pochte heftig. Da auf dem Boden unter dem Gebüsch lag Jaros lebloser Körper.

»Nein«, war alles, was sie bestürzt hervorbrachte. Fassungslos schlug sie sich die Hände vor den Mund. Sie ließ sich auf die Knie fallen und schob das struppige Grün zur Seite.

»Nein«, wimmerte sie erneut in ihre Handflächen, diesmal weinend. Der Anblick ihres toten Hundes zerriss ihr das Herz. Er lag auf der linken Körperhälfte, die Zunge hing ihm schlaff aus dem Maul. Ava streichelte verzweifelt seinen Hals. Seine Haut unter dem dünnen, gefleckten Fell war eiskalt. Seine schwarzen Augen halb geöffnet. Um seinen Kopf verteilt lagen einige kleine Fleischbrocken. Das Schwein hatte ihn wohl vergiftet.

»Frau Lubitsch! Frau Lubitsch, hier oben bin ich! Kann man Ihnen helfen? Um Gottes willen, was ist denn passiert? Warum weinen Sie so?«, rief Herr Angelach, der alte Mann, welcher ein Stockwerk über ihnen wohnte. Er stand auf seinem Balkon und hatte bemerkt, dass Ava laut schluchzend und zitternd im Garten kniete. Den toten Hund konnte er von dort jedoch nicht erkennen. Ava war nicht dazu in der Lage, zu antworten.

»Ich komme mal runter, Moment bitte!«, sagte er und verschwand, umständlich auf seinen Stock gestützt, in seiner Wohnung. Ava schniefte und fühlte sich völlig leer. Jaro war tot. Ihr geliebter Jaro, der seine Kindheit mit Cosima verbracht hatte. Sie hatten ihn sich angeschafft, als Cosima mit sieben Jahren eingeschult worden war.

›Ich bin schon ein Schulkind und groß genug für einen Hund‹, hatte sie argumentiert und nicht lockergelassen, bis Ava ihr ihren Wunsch nach einem doch sehr zeitintensiven Spielkameraden nicht mehr hatte abschlagen können. Sie dachte an das

Tierheim, aus dem sie den damals erst ein Jahr alten Hund geholt hatten. Er war von seinem ehemaligen Besitzer einfach an einem Zaun festgebunden worden; mitten im Wald. Als man ihn endlich gefunden hatte, war er schon fast verhungert, sodass man ihn dort in die Rettungsstation gebracht und mühselig aufgepäppelt hatte.

Als Cosima ihn entdeckt hatte – wieder gut ernährt und wohlauf –, hatte sie sich sofort in ihn verliebt. Ava hatte der Bitte ihrer Tochter nur zu gerne nachgegeben. Sie konnte dem Mädchen noch nie gut einen Wunsch abschlagen. Cosima und Jaro waren die besten Freunde geworden, hatten ihre Kindheit zusammen verbracht. Und nun lag er hier – tot und eiskalt, trotz der Sonne, die hoch am Himmel stand. Ava fühlte sich, als hätte man ihr das Herz aus der Brust gerissen. Sie konnte keinen klaren Gedanken fassen.

Dann spürte sie, dass jemand hinter ihr stand. »Der Arme. Was ist denn passiert, Frau Lubitsch?«

Sie drehte sich mit tränenverschleiertem Blick um und sah in die alten, wasserblauen Augen ihres Nachbarn von oben, der sich tief zu ihr heruntergebückt hatte, um sich mit ihr auf gleicher Höhe unterhalten zu können. Seine zitternde Hand umklammerte seinen stützenden Stock, ohne den er es nicht in den Garten geschafft hätte. Sein gelähmter anderer Arm hing nutzlos am Körper herab. Er verließ fast nie seine Wohnung. Es musste ihn eine Menge Kraft gekostet haben, zu ihr in den Garten zu kommen. Sprachlos musterte sie sein runzliges Gesicht, ehe sie zu sprechen in der Lage war.

»Ich weiß es nicht, Herr Angelach. Ich glaube, er wurde vergiftet.« Ava schluchzte, ihre Schultern bebten.

Herr Angelach richtete sich mühselig auf. So gebückt konnte er sich nicht länger halten. Ohne seinen Gehstock war er kaum dazu fähig, sich fortzubewegen, nach zwei erlittenen Schlaganfällen.

»Das tut mir wirklich aufrichtig leid, er war ein treues Tier. Sie haben mir schon so oft Einkäufe mitgebracht. Jetzt kann ich

Ihnen mal helfen«, sagte er. Sein lichtes weißes Haar flatterte sanft im Wind.

Ava blickte fragend in das faltige Gesicht mit den freundlichen Augen. Sie war verwirrt. Wie sollte dieser alte Mann ihr helfen können, so nett sein Angebot auch gemeint war? Der Schmerz über Jaros Verlust saß viel zu tief, als dass sie hätte klar denken können.

»Ich kann Ihnen Ihren geliebten Hund leider nicht zurückbringen, aber ich kann dafür sorgen, dass er hier abgeholt wird und Sie sich darum nicht auch noch kümmern müssen.«

Ava starrte ihn weiter fragend an. Sie verstand gar nichts mehr.

»Ich war Förster von Beruf – über vierzig Jahre lang. Ich habe immer noch gute Kontakte und viele Freunde in der Branche. Wenn Sie es wünschen, kümmere ich mich um den Kadaver. Das kostet mich lediglich ein, zwei Anrufe.«

Endlich verstand Ava. *Kadaver*. Jaro war kein Kadaver, sondern ein Familienmitglied. Doch Herr Angelach meinte es nur gut, und sie wusste wirklich nicht, wohin mit Jaros starrem, totem Leib.

»Das wäre wirklich sehr freundlich von Ihnen. Ich danke Ihnen sehr. Entschuldigen Sie bitte mein Verhalten, ich bin nur einfach so geschockt. Ich habe keine Ahnung, wie ich das meiner Tochter beibringen soll. Das wird ihr das Herz brechen.« Wieder schluchzte Ava unkontrolliert.

»Das verstehe ich. Ich hatte früher selbst Hunde, bevor ich hier eingezogen bin. Daher weiß ich genau, wie viel sie einem bedeuten. Haben Sie denn einen Verdacht, wer ihm dies angetan haben könnte?«

Ava schüttelte den Kopf. Von ihrem Stalker und der zerbrochenen Glasscheibe erzählte sie ihm lieber nichts.

»Wir sollten die Polizei einschalten, bevor ich die Entsorgung des Kadavers veranlasse. Die wollen sich sicher noch vor Ort ein Bild von dem toten Tier machen. Und vor allem müssen diese Fleischbrocken untersucht werden. Es gibt so viele Kinder hier in der Straße. Für die stellen diese vermutlich vergifteten Köder eine Lebensgefahr dar. Wie schnell hat so ein kleines Kind ein Stück Fleisch oder Wurst aufgehoben und in den Mund gesteckt. Ich bin selbst mehrfacher Großvater, ich weiß, wovon ich rede.«

»Bitte entschuldigen Sie, aber ich möchte keine Polizei. Ich überlege, wie ich diese Bescherung hier meiner Tochter schonend beibringe.«

»Das verstehe ich. Jetzt muss ich erst mal die nötigen Telefonate führen. Ihre Tochter sollte das hier nicht sehen, wenn sie aus der Schule zurückkommt. Ich versuche zu erreichen, dass der Kadaver bis dahin beseitigt ist.«

Mit diesen Worten schlurfte Herr Angelach zum Haus zurück. Ava konnte sich gar nicht von dem traurigen Anblick lösen, welchen Jaro bot. Was sollte sie nun tun? Sie kniete noch immer weinend und fassungslos im Gras, als ihr Nachbar erneut auf seinen Balkon trat.

»Frau Lubitsch, die Polizei ist auf dem Weg. Erst danach kann der Kadaver entfernt werden. Sie müssen Strafanzeige erstatten, zur Not gegen unbekannt«, rief er herunter.

Avas heftiges Herzklopfen verschlimmerte sich augenblicklich. Sie spürte einen dicken Kloß im Hals.

»Aber ich wollte doch keine Polizei«, rief sie aufgebracht zurück.

»Sehen Sie es mir nach. Das hier gefährdet alle Kinder in der Nachbarschaft. Da kann man kein Risiko eingehen. Der Hund wird rechtzeitig vor Schulschluss weggeschafft sein, dafür habe ich schon gesorgt«, sagte er und verschwand aus Avas Sichtfeld.

Ava hatte Panik vor der Polizei. Sie hasste Herrn Angelach dafür, dass er sich auf diese Weise hatte einmischen müssen.

Kurz darauf betraten zwei Streifenbeamte ihren Garten und begutachteten den vergifteten Hund. Die nicht verzehrten Fleischstücke packten sie mit Handschuhen in eine Tüte, um sie zur Untersuchung einzuschicken. Dann begleiteten sie Ava in die Wohnung, um ihre Personalien aufzunehmen und das weitere Vorgehen zu besprechen.

KAPITEL NEUNZEHN

ER SAH das Polizeiauto vor der Tür stehen. Mutig, dass sie sich wirklich traute, sich an diese öffentliche Institution zu wenden. Als wenn sie ein reines Gewissen hätte, das Miststück. Er dachte daran, wie Jaro in der Nacht, als er in die Wohnung eingestiegen war, nach einem kurzen Knurren hatte bellen wollen. Doch den präparierten Fleischstücken hatte er nicht widerstehen können. Gierig hatte er einen Happen nach dem anderen heruntergeschlungen, die Misttöle, Und sich auf diese Weise rückwärts in den Garten locken lassen.

Nachdem er einige Stücke verputzt hatte, hatte ein leises Winseln auf die ersten Symptome hingewiesen. Das Gift hatte seine Arbeit schnell und gründlich erledigt. So sollte es sein. Er war dagestanden und hatte sich voller Genugtuung das Elend des Köters angeschaut. Die Schlampe würde noch bereuen, was sie getan hatte. Er würde sie fertigmachen. Am Ende würde sie sich wünschen, tot zu sein. Auge um Auge, Zahn um Zahn. Am Schluss musste jeder die Zeche für seine Taten bezahlen. Der verreckende, sich vor Schmerzen krümmende Hund war erst der Anfang gewesen, worauf sich das Dreckstück verlassen konnte.

KAPITEL ZWANZIG

»BITTE SEHEN SIE GRÜNDLICH NACH, ob etwas aus Ihrem Haushalt gestohlen worden ist. Haben Sie eine Ahnung, wer einen Grund hätte, Ihren Hund zu vergiften?«, wollte die Polizistin einfühlsam wissen, nachdem sie die Daten von Avas Personalausweis in einen kleinen Notizblock abgeschrieben hatte.

»Nein, wirklich nicht.« Ava schniefte in ihr Taschentuch.

»Gab es andere Vorfälle und Auffälligkeiten in letzter Zeit?«, hakte ihr Gegenüber nach.

»Nein … ab und an gab es mal einen Klingelstreich, aber wer kennt das nicht?«, log Ava widerwillig.

»Und die Scheibe da?«, fragte die Beamtin skeptisch.

»Ja, die wurde uns eingeworfen. Vor einigen Tagen schon.«

»Frau Lubitsch … Wieso haben Sie uns nicht eher informiert? Das hätte sich die Spurensicherung ansehen können, bevor Sie hier alles angefasst und notdürftig repariert haben. Alles, was Sie schildern, deutet auf Stalking hin. Sie haben eine Tochter, welche Sie schützen müssen. Ihr Hund wurde nicht nur vergiftet, sondern offensichtlich arglistig aus Ihrer Wohnung gelockt. Ihre Tür wurde aufgebrochen, beziehungsweise der Riegel umgelegt, nachdem man Ihnen das Glas zuvor mit einem Stein eingeworfen hat. Wieso haben Sie auf all diese Fälle keine Anzeige erstattet? Das hier ist keine Bagatelle mehr.«

Die Beamtin sah Ava skeptisch an, fast schon mit Verachtung im Gesicht – jedenfalls deutete Ava ihre Mimik so.

»Ich weiß, dass das keine Kleinigkeit ist. Aber man hört immer nur, dass niemand etwas gegen Stalking unternimmt. Man liest ständig von Betroffenen, dass sie sich an die Polizei wenden und keinerlei Hilfe erhalten«, räumte Ava schulterzuckend ein. Was sollte sie auch sagen? Die Wahrheit sicher nicht.

»Sie dürfen nicht alles glauben, was Sie hören oder lesen. Wir sprechen hier nicht mehr bloß von Stalking. Es geht um Einbruch, Diebstahl und Sachbeschädigung, also wegen des Hundes.«

»Sachbeschädigung?« Fassungslos schüttelte Ava den Kopf angesichts der Wortwahl der Polizistin.

»Leider, Frau Lubitsch. Der Hund gilt vor Gericht als Ihr Eigentum. Die Verletzung oder gar Tötung des Tieres wird nicht nur nach dem Tierschutzgesetz geahndet, sondern stellt auch eine Sachbeschädigung nach § 303 Strafgesetzbuch dar. So ist es zu meinem Bedauern, auch wenn es sich für Sie vermutlich sehr unschön anhören muss. Frau Lubitsch, Sie sollten sich umgehend an eine Beratungsstelle für Stalking-Opfer wenden. Die können Sie auch beraten, wie Sie nach einem möglichen Umzug in eine andere Stadt verhindern können, dass man Sie gleich wieder findet.« Die Beamtin reichte ihr eine Visitenkarte einer solchen Institution.

»Danke«, brachte sie mühsam hervor und nahm die Karte entgegen. Vielleicht würde sie diese Hilfe tatsächlich in Anspruch nehmen. Sie musste jedenfalls etwas tun und durfte nicht warten, bis ihrer Tochter am Ende noch etwas zustieß. Das würde sie nicht überleben.

»Wie geht es nun weiter?«, wollte sie wissen.

»Fassen Sie nichts mehr um die Scheibe herum an. Im Laufe des Tages wird sich die Spurensicherung an Sie wenden und nach Finger- und Fußabdrücken des Täters schauen, sowie den Tatort hier und im Garten fotografieren. Im Anschluss schicken wir Ihnen einen Schlüsseldienst vorbei, welcher noch heute die Notabsicherung der Scheibe mit Spanplatten vornehmen kann.

Am besten informieren Sie gleich vorab Ihre Versicherung über die entstandenen Schäden und lassen sich eine Schadensnummer zuteilen. Wenn sonst keine Wertgegenstände in der Wohnung fehlen, war es das vorerst.«

Ava bedankte sich und war unendlich erleichtert darüber, die Beamtin und ihr Gefolge endlich losgeworden zu sein. Das war noch einmal glimpflich ausgegangen.

COSIMA WEINTE den ganzen Nachmittag lang. Man hatte Jaro, wie von Herrn Angelach versprochen, abgeholt, ohne dass das Mädchen ihn in seinem erbärmlichen Zustand zu Gesicht bekommen hatte. Dies hieß jedoch auch, dass es sich nicht von seinem über alles geliebten Haustier hatte verabschieden können, was die Sache nur noch schwieriger für es machte.

Es brach Ava das Herz, Cosima so zu sehen. Doch sie konnte ihrer Tochter den Schmerz nicht abnehmen. Sie selbst war so traurig und verzweifelt, dass sie nicht mehr ein noch aus wusste. Wer hasste sie derart, dass er ihnen so etwas antun würde? Ava zermarterte sich das Hirn über diese Frage und betete, dass sie sich mit ihrem leisen Verdacht irren möge. Sie rollte sich, in eine Decke gehüllt, wie ein Embryo auf dem Sofa zusammen und weinte ebenfalls stundenlang.

Sie waren hier nicht mehr sicher. Ihr Kind war hier nicht mehr sicher. Selbst wenn die Scheibe repariert wäre, nicht.

Sie putzte sich gerade geräuschvoll die Nase, als es an der Tür klingelte. Ava zuckte zusammen. Wollte dieser grauenhafte Tag denn niemals enden? Sie überlegte, ob das erneut die Polizei sein könnte. Nein, die hatten ihre Nummer und würden sich telefonisch melden, wenn es noch etwas zu klären gäbe.

Ava schälte sich mühselig aus der Decke und fror sofort. Ihr Kreislauf spielte verrückt. Sie wollte niemanden sehen. Vorsichtig spähte sie durch das kleine Guckfenster in ihrer Haustür.

Augenblicklich drehte sich ihr der Magen um. Jakotz stand da draußen mit vorwurfsvoller Miene. Er war der letzte Mensch auf Erden, welchen Ava in dieser Situation ertragen konnte. Noch während sie ihren Chef beobachtete, drückte der erneut – diesmal energischer und länger – auf den Klingelknopf. Entnervt riss Ava die Haustüre auf.

»Frau Lubitsch, ich habe genug. Sie sind hiermit offiziell abgemahnt. In letzter Zeit sind Sie dermaßen unzuverlässig, dass ich Sie nicht wiedererkenne, und außerdem –«

Weiter kam er nicht. Ava platzte der Kragen.

»Das hier geht zu weit, Herr Jakob. Sie sehen doch, dass es mir nicht gutgeht. Es geht Sie zwar nicht das Geringste an, aber bei uns wurde eingebrochen. Man hat unseren Hund nach draußen gelockt und vergiftet. Er ist jämmerlich im Garten krepiert, wenn Sie es genau wissen wollen«, fauchte sie ihren Chef an. Die letzten Worte flüsterte sie aus Angst, dass Cosima sie hören könnte.

Jakob senkte langsam die Hand, in welcher er den Umschlag mit der Abmahnung hielt.

»Aber ... Frau Lubitsch«, druckste der Mann unschlüssig herum.

»Ich kann das einfach nicht mehr. Nicht einmal in einer solchen Situation hat man seine Ruhe. Sie stehen hier ungefragt vor meiner Haustür, das geht gar nicht. Das mach ich nicht mehr mit«, redete sich Ava weiter in Rage. Jakotz hatte sie viel zu lange gereizt. Endlich hatte sie den Mut, ihm zu sagen, was sie wirklich dachte, und das tat ihr und ihrem angespannten Zustand in dieser Situation verdammt gut.

»Was soll das heißen, Sie machen das nicht mehr mit?«, fragte der dümmlich dreinblickende Mann ungläubig.

»Ich kündige. Ganz einfach, das soll das heißen. Ich mag meinen Job, aber Sie sind als Chef unerträglich. Ich hasse Ihre unangekündigten Besuche, das macht man nicht. Ist auch nicht das erste Mal, wie wir beide wissen. Und dann diese ständige Schikane, dass ich korrekt verfasste Texte überarbeiten soll. Und wieder und wieder, als wenn ich nichts Besseres zu tun hätte. Das mach ich nicht mehr mit. Ich kann schreiben, und ich weiß, was ich kann. Ich habe selbst ein Gespür dafür, wenn einer meiner Texte Schrott ist, und dann habe ich auch durchaus den nötigen Ehrgeiz dazu, ihn zu ändern. Schreiben Sie Ihren Mist allein, dann wird es hoffentlich genauso, wie Sie es sich vorstellen. Die Kündigung kommt per Post, bis zum Ablauf der Frist lasse ich mich krankschreiben. Schönen Tag noch!«, blaffte Ava und schlug ihrem Chef … *Ex-Chef* … die Tür vor der Nase zu, ohne ihn noch einmal zu Wort kommen zu lassen. Er hatte auch nicht die Courage, erneut bei ihr zu klingeln. Ava schaffte es noch bis zum Sofa, bevor ihr die nächsten heißen Tränen in die Augen schossen.

Komm schon, Mädchen, weine nicht. Das war gut. Diese Ansage war längst überfällig. Mona wird stolz auf dich sein.

KAPITEL EINUNDZWANZIG

ZWEI WOCHEN nach dem Einbruch war es endlich so weit. Nahezu geräuschlos schloss der Handwerker die Balkontür. Er hatte die provisorischen Spanplatten des Schlüsseldienstes von außen an die Hausfassade gelehnt.

»Jetzt ist die Scheibe wie neu, und Sie können beruhigt schlafen«, sagte er. »Die Rechnung wird Ihnen dann per Post zugestellt, Frau Lubitsch.« Er und sein Lehrling packten ihr restliches Werkzeug ein. Der Junge hob die Styroporverpackung der neuen Scheibe auf und trug sie zurück in den Firmenwagen. Die Männer hatten sauber gearbeitet. Ava würde kurz den Staubsauger zur Hand nehmen müssen, um die verbliebenen Styroporkügelchen aufzusaugen, doch dann wäre ihr Wohnzimmer in einem tadellosen Zustand.

Dennoch konnte sie sich nicht darüber freuen. Sie hatte Jaro verloren. Der Glaser war einfach zu spät gekommen; die Folgen des Einbruchs waren irreparabel. Cosima war regelrecht zusammengebrochen, als ihr Ava die schreckliche Nachricht so schonend wie möglich überbracht hatte. Seitdem aß das Mädchen viel zu wenig, schlief kaum noch und sprach nur, wenn es was gefragt wurde. Ava machte sich wahnsinnige Sorgen um ihr Kind. So konnte es nicht weitergehen. Umso erfreuter war sie, als Cosima mit einem Wunsch an sie herantrat.

»Oh, die Scheibe ist fertig«, stellte sie überrascht fest, als sie von der Schule kam und ihren Rucksack achtlos auf den Boden ihres Zimmers pfefferte.

»Ja endlich, nun schlafen wir wieder in Sicherheit. Nur das mit dem Rollladen wird sich wohl noch eine Weile hinziehen. Ich habe mir einen Kostenvoranschlag erstellen lassen. Selbst die günstigsten Modelle, welche Schutz vor Einbruch bieten, sind derzeit leider unbezahlbar für mich. Gerade jetzt, wo ich meine Arbeit hingeschmissen habe. Aber ich bin dran, das Problem zu lösen, Schatz. Das kriegen wir alles wieder hin.«

Cosima nickte geistesabwesend. »Du, Mama, Celine hat gefragt, ob ich heute Mittag mit ins Freibad komme. Darf ich?«

»Das Freibad? Es ist doch erst Mai.«

»Celine meinte, die hätten schon vor einer Woche wieder eröffnet, und heute ist es wirklich sonnig und richtig warm.«

Ava stellte erfreut fest, dass Cosima wieder lächelte. Draußen stand die Sonne hoch am Himmel. Es tat gut, nach dem langen Winter endlich die Hitze auf der Haut zu spüren. Es würde sie aufmuntern, rauszukommen und etwas mit ihren Freunden zu unternehmen.

»Mach das, mein Schatz. Aber du kennst die Regeln – du riskierst keinen Sonnenbrand, sie muss dich auch am Rücken gründlich eincremen, versprochen? Außerdem komme ich euch mit dem Auto abholen, wenn ihr heim wollt. Wir müssen immer noch vorsichtig sein.«

»Versprochen, du Angsthase«, meinte Cosima leichthin. »Was gibt es zu essen?« Sie schnupperte. »Sind das Schafskäsenudeln?«, wollte sie erfreut wissen.

Ava nickte lachend. Dieses Rezept hatte keinen bestimmten Namen. Sie hatten es selbst erfunden, als das Mädchen noch klein gewesen war. Sie vermengten Nudeln mit gebratenem und mit Thymian gewürztem Hackfleisch und fein zerbröckeltem Schafskäse. Sie liebten dieses einfache und schnell zubereitete Gericht.

»Schneide du schon mal den Salat. Vielleicht habe ich heute eine Schreibagentur gefunden, bei der ich ebenfalls von zu Hause arbeiten kann. Aber der richtige Ansprechpartner war nicht da, nur die Assistentin. Das klang gut, mal sehen, wie es weitergeht.«

Cosima zerteilte den Eisbergsalat fein säuberlich in zwei Hälften. Eine davon verpackte sie für den nächsten Tag und verstaute sie im Kühlschrank. Dann wandte sie sich der Hälfte fürs Mittagessen zu.

»Das klingt gut. Aber mach dir keinen Stress, Mama. Wir verhungern nicht, wenn du dir ein wenig Auszeit nimmst. Die Kündigung steckt dir sicher noch in den Knochen, so wie ich dich kenne.«

»Das stimmt. Wenigstens hat mir Jakotz heute eine Kündigungsbestätigung auf mein Schreiben zurückgesendet. Er hat also anscheinend nicht vor, mich weiterhin zu tyrannisieren. Das bedeutet wieder eine Sorge weniger. Auch wenn ich jetzt nicht sofort Ersatz habe, so ist es doch beruhigend zu wissen, dass ich diesen Blödmann für alle Zeiten los bin. Du und Mona, ihr hattet so recht. Das nächste Mal höre ich gleich auf euch. Außerdem geht es mir mit jeder Einnahme des Vitamin-D-Präparates besser. Es wird, wir kriegen das alles wieder hin, mein Schatz.«

Ava und Cosima setzten sich mit dem Essen zusammen an den Tisch.

»Ich weiß … aber Jaro kriegen wir nicht mehr hin.« Das Mädchen seufzte schwer. Sein trauriger Blick sprach Bände.

»Das stimmt. Es tut mir so leid, mein Schatz. Du weißt, wie sehr auch ich ihn geliebt habe. So ein grausames Ende hat er nicht verdient. Manchmal denke ich darüber nach, einfach mit dir wegzuziehen, irgendwohin, und neu anzufangen.«

Cosima nickte grüblerisch. »Ich bin nicht wirklich scharf darauf, die Schule zu wechseln. Aber diese Vorfälle hier ertrage ich nicht mehr. Ich habe auch schon über einen Umzug nachgedacht. Wenn, dann allerdings weit genug weg, dass uns niemand mehr findet.«

Ava blickte Cosima überrascht an. Sie hätte nicht erwartet, dass ihre Tochter diese Möglichkeit ebenfalls in ihre Überlegungen mit einbezogen hätte, und mit wesentlich mehr Gegenwehr gerechnet.

»Wir sollten gründlich darüber nachdenken und eine solche Entscheidung keinesfalls übers Knie brechen. Aber wenn wir hier weiterhin von einem Stalker belästigt werden, sollten wir diese Option ernsthaft in Betracht ziehen, einverstanden?«

Cosima nickte kauend. Wieder einmal konnte Ava nur darüber staunen, wie vernünftig ihre Tochter schon war. Sie hatte wohl doch einiges richtig gemacht und war sehr stolz auf ihr Mädchen.

KAPITEL ZWEIUNDZWANZIG

WENIGE STUNDEN später lag Cosima entspannt auf ihrer Badematte in der Wiese des Freibades und ließ sich in ihrem knappen Bikini bräunen, während Celine noch eine Runde schwimmen gegangen war. Zum ersten Mal seit ewig langer Zeit fühlte sich Cosima unbeschwert.

Träge schloss sie die Augen, genoss die Wärme und war kurz vorm Einschlafen. Die Sonnenstrahlen auf der Haut taten ihr gut.

Sie ahnte nicht im Geringsten, dass sie in diesem Moment beobachtet wurde.

Jemand schob sich aus seinem Versteck durch die dreißig Meter weit entfernte Hecke und richtete seine ultramoderne Spiegelreflexkamera im Schutz des Gebüschs auf das Mädchen. Er zoomte so nah wie möglich heran, bis er nicht nur alle Details ihres Körpers erfasst hatte, sondern auch ihre entspannten Gesichtszüge.

Und dann drückte er auf den Auslöser, wieder und wieder.

Klick, klick, klick …

KAPITEL DREIUNDZWANZIG

»ICH WEISS NICHT, Mona. Ich kann sie derzeit nicht allein zu Hause lassen, erst recht nicht abends.« Ava trank noch einen Schluck Tee.

Sie saß an ihrem Küchentisch, bereit für einen Großputz, wenn sie das Telefonat unterbrochen hätte. Vor ihr ausgebreitet waren diverse Reiniger, verschiedenfarbige Mikrofasertücher, sowie ihre gelben Haushaltshandschuhe.

»Verstehe ich total, aber Cosima kann doch eine Nacht bei ihrer Freundin schlafen. Komm schon, diese Vernissage wird super, und außerdem musst du dringend mal wieder raus. Es kann doch nicht sein, dass Putzen jetzt dein neuer Lebensinhalt ist, dafür sind wir echt noch zu jung.« Ava hörte Monas Skepsis.

»Das ist auch nicht so. Nur wenn ich jetzt schon arbeitslos bin, kann ich auch das Haus auf Vordermann bringen. Hier ist die letzten Monate einiges liegengeblieben. Du hast schon recht, aber mir ist einfach nicht danach.«

»Keine Widerrede. Die Werke des Künstlers werden dir gefallen, da bin ich mir ganz sicher. Wir müssen doch nicht stundenlang bleiben. Wir gehen hin, bedienen uns an den Gratissnacks, lassen uns ein wenig vom Champagner berieseln, sehen uns die Gemälde und Skulpturen an, und wenn wir keine Lust mehr haben, gehen wir eben wieder. So einfach ist das.«

Schweigen.

»Das wird dir guttun, du wirst sehen«, schob sie hinterher, bis Ava sich endlich geschlagen gab.

»Na schön, du hast mich überzeugt, du Nervensäge. Aber dann schläfst du auch bei mir. Ich mag nicht spät abends allein unterwegs sein, und dich will ich ebenso nicht mehr allein draußen sehen, wenn es dunkel wird.«

»Oho, ein Mädelsabend. Das ist doch genau nach meinem Geschmack, da kann ich nicht Nein sagen. Das haben wir schon so lange nicht mehr gemacht. Also schreib es dir in den Kalender, kommenden Freitag.«

»Ich bin vielleicht ab und an etwas vergesslich, Mona, aber ich habe keine Demenz«, meinte Ava lachend.

Nachdem sie aufgelegt hatte, begann sie mit dem Großputz. Es war seltsam, auf einmal so viel freie Zeit zur Verfügung zu haben. Die Schreibagentur hatte ihre Unterlagen vollständig angefordert, doch seitdem nichts mehr von sich hören lassen.

Ava konnte es abwarten. Sie hatte nicht viele Ersparnisse, aber für zwei, drei Wochen würden sie schon noch über die Runden kommen, wenn das mit dem Job nicht sofort funktionieren würde. Außerdem hatte sie einen Plan B, welcher im Falle einer Absage greifen würde.

»ICH HABE LANGE hin und her überlegt und denke ernsthaft darüber nach, mich doch selbstständig zu machen«, verkündete sie Mona am Freitagabend vollkommen überraschend.

Mona blickte erstaunt von ihren Tagliatelle in Steinpilzsauce auf. Vor der Vernissage waren die Frauen bei ihrem Lieblingsitaliener eingekehrt.

»Du willst dich wirklich selbstständig machen? Womit? Mit diesem Schreibservice, den du neulich am Geburtstag schon angesprochen hattest?«

»Ja, eventuell schon. Es ist keine so große Sache, aber ich denke darüber nach. Die Schreibagentur hat sich noch immer nicht zurückgemeldet. Darum habe ich zu recherchieren begonnen. Ich könnte meinen eigenen Schreibservice eröffnen. Es scheint ganz einfach zu sein. Ich könnte die Kleinunternehmerregelung in Anspruch nehmen. Dann würde der ganze leidige Papierkram weitgehend entfallen. Einmal jährlich wäre eine Steuerauskunft erforderlich, aber dies nur als Zusatz zu der sowieso fälligen Steuersache.«

»Mal langsam, Ava, das ist an sich eine großartige Idee, aber richtig verstanden habe ich das jetzt noch nicht. Weißt du, wie viel Marketingarbeit da dranhängt? Woher würdest du denn deine Kunden nehmen? Und was willst du schreiben? Wer soll dafür Geld zahlen? Nimm mir meine Fragerei bitte nicht übel, ich habe einfach keine Ahnung von der Materie«, sagte Mona. Dann trank sie einen großen Schluck von dem schweren, lieblichen Rotwein.

»Ich hatte bis vor Kurzem auch keine Ahnung davon, also sind deine Fragen absolut berechtigt. Ich glaube, so viel Marketing bräuchte ich gar nicht. Der erste Schritt wäre die Gewerbeanmeldung.« An ihrem beschleunigten Herzschlag, sowie an der Hitze, welche ihr plötzlich ins Gesicht stieg, spürte Ava, wie viel Lust sie auf diesen Neustart hatte.

Mona nickte und hörte ihr konzentriert zu.

»Das ist leicht erledigt. Ein Besuch auf dem Finanzamt. Ein Besuch auf dem Gewerbeamt. Die Zahlung einer geringen Gebühr und viel mehr hängt da erst mal gar nicht dran. Die Kunden tummeln sich im Internet. Dort gibt es unendlich viele Stellenausschreibungen für Texter. Man muss sich darauf bewerben und zack.«

»Wenn du das so sagst, klingt es wirklich sehr einfach. Aber was ist, wenn du keine Aufträge bekommst? Und kann man damit wirklich Geld verdienen?«, hakte Mona nach. Jedoch zeigte ihr interessierter Gesichtsausdruck, dass sie durchaus dazu bereit war, sich von Avas Enthusiasmus anstecken zu lassen.

»Klar kann man damit Geld verdienen und das gar nicht mal so schlecht. Es wird meistens ein fester Wortpreis vereinbart. Tausend Wörter schaffe ich locker in der Stunde, eher noch mehr.

Und wenn ich Themen bearbeite, welche mich interessieren … Ich würde gerne Kindergeschichten schreiben. Oder Liebesromane. Außerdem gibt es unendlich viele Aufträge zu Sachtexten.« Ava zeigte Mona an verschiedenen Rechenbeispielen auf, wie viel sie in der Stunde verdienen könnte, und das war deutlich mehr, als Jakotz ihr jemals gezahlt hatte.

»Gut, aber du musst dann sicher deine Krankenkassenbeiträge selbst zahlen und was weiß ich welche Beiträge noch. Aber einen Versuch ist es allemal wert. Und sollte es nicht so klappen, wie du denkst, dann hast du das Gewerbe doch sicher schnell wieder abgemeldet, oder?«

»Genau meine Rede, Mona. Es ist ein Versuch. Ein Experiment und ich habe richtig Lust drauf.«

»Ich merke es. Ava, es tut verdammt gut, dich endlich mal wieder so aufgekratzt zu erleben. So warst du schon lange nicht mehr. Du hast viel mitgemacht in letzter Zeit.«

»Genau, darum will ich jetzt so richtig durchstarten. Das bin ich auch Cosima schuldig.« Ava nickte entschlossen.

Dann aßen die Frauen zu Ende und ließen sich die Rechnung kommen.

»Ich will dich unterstützen, so gut ich kann. Recherchiere du noch etwas mehr, und wenn du dir ganz sicher bist, dass du das mit dem Schreibservice wirklich durchziehen willst und es das Richtige für dich ist, dann begleite ich dich gerne zu den Ämtern, falls du das möchtest.«

Ava strahlte Mona an. »Das würdest du wirklich für mich tun? Du weißt, dass ich ein kleiner Angsthase bin. Danke, du bist ein Schatz. Wenn ich dich nicht hätte …«

»Du bist kein Angsthase, sondern die stärkste Frau, die ich kenne«, sagte Mona ernst und legte ihre Hand auf Avas. Ihre Freundin drückte ihre Hand fest zurück.

DER ABEND WURDE WUNDERSCHÖN und wesentlich länger, als die beiden Frauen es ursprünglich geplant hatten. Der Wein im Restaurant und der Champagner auf der

Vernissage forderten ihren Tribut. Beschwipst riefen sich die beiden spät abends ein Taxi, um sicher zu Ava nach Hause zu kommen. Sie waren fröhlich und ausgelassen wie lange nicht mehr.

»Warum hast *du* den Fahrer bezahlt? Das hätte ich doch übernehmen können«, protestierte Mona und versuchte, ein Lallen so gut wie möglich zu unterdrücken.

»Auf keinen Fall, du hast schon im Restaurant bezahlt«, erwiderte Ava auf offener Straße. Sie beugte sich über ihre Handtasche und kramte im Halbdunkel der Straßenlaterne umständlich nach ihrem Schlüsselbund.

»Ich habe dich schließlich zu dieser Vernissage hingeschleppt. Dann musst du nicht auch noch die Kosten tragen.«

»Ich fand diese Ausstellung genauso faszinierend wie du, von daher sind wir jetzt quitt. Tadaaa, hier ist der Schlüssel.« Ava kicherte ausgelassen und hielt ihren Schlüsselbund triumphierend in die Höhe, damit Mona ihn begutachten konnte. Sie hakte sich bei ihrer Freundin unter, und zusammen schwankten sie die paar Schritte bis zur Haustür.

»Sieh mal, da auf dem Boden vor deiner Tür liegt ein Geschenk«, meinte Mona trocken und wies auf ein Päckchen. Sie hatte plötzlich einen Kloß im Hals.

»Ein Geschenk?« Ava war augenblicklich vor Schreck fast nüchtern. Unwillkürlich krallten sich ihre Finger am Arm ihrer Freundin fest. »Ich will das nicht«, stammelte sie.

»Komm, lass uns erst mal reingehen. Du weißt nicht, ob wir beobachtet werden. Wir stehen hier unter der Laterne wie auf dem Präsentierteller.«

Unsicher und sich ängstlich umblickend traten die beiden Frauen an die Haustür. Kein Mensch war auf der Straße zu sehen, sofern man das im Zwielicht der Nacht beurteilen konnte. Doch sie wussten, dass der Stalker sich hinter jeder Hecke verbergen konnte.

»Ist die Haustür richtig verschlossen?« Ava drückte probehalber von außen dagegen. Sie gab keinen Millimeter nach. Offensichtlich war diesmal niemand eingebrochen.

»Hol das Geschenk mit rein. So unangenehm das auch sein mag, wir müssen wissen, was darin ist«, riet Mona.

Mit spitzen Fingern hob Ava die flache, geblümte Pappschachtel mit dem geschmacklosen roten Geschenkband aus Tüll auf und trug sie ins Haus. Sie schlossen die Tür von innen hinter sich ab. Die schweren Gardinen hatte Ava bereits zugezogen, bevor sie das Haus am Nachmittag verlassen hatte, um sich mit Mona zu treffen. Cosima war von der Schule aus mit einer Freundin nach Hause gegangen.

Die Frauen setzten sich, noch mit Jacke und Schuhen bekleidet, an den Tisch und legten das Päckchen zwischen sich. Beide starrten das unliebsame Präsent skeptisch an.

»Was soll ich jetzt machen?«, fragte Ava unschlüssig.

»Du musst es öffnen. Wir müssen wissen, was darin ist. Kenne deinen Feind, oder wie heißt dieser Spruch?«

Ava kam nicht drauf, wusste aber genau, was Mona ihr damit sagen wollte.

»Oder ruf gleich die Polizei.«

»Keine Polizei, Mona. Mir reicht die letzte Begegnung, als der Angelach von oben sie gegen meinen Willen verständigt hat. Ich bin heilfroh, dass die so schnell wieder Ruhe gegeben haben.«

»Darüber möchte ich mich jetzt nicht streiten, aber öffnen solltest du es dennoch.«

»Was ist, wenn etwas darin ist, was ich nicht sehen will?«, fragte Ava skeptisch.

»Da ist ganz sicher was drin, was du nicht sehen willst. Davon kannst du ausgehen. Es werden sicherlich nicht nur Pralinen oder so sein. Und wenn doch, dann bestimmt vergiftete.«

Unschlüssig starrten die Frauen das Päckchen weiterhin an, als würden sie dadurch eine Antwort auf ihre Fragen finden.

»Vielleicht solltest du Gummihandschuhe anziehen, bevor du es öffnest«, riet Mona. »Wegen der Fingerabdrücke und so …«

»Ich werde die Polizei nicht einschalten, egal was sich darin befindet«, antwortete Ava. Plötzlich fühlte sie sich müde und ausgelaugt. Die schöne Stimmung des Abends schien sich, sehr zu ihrem Bedauern, in Luft aufgelöst zu haben.

»Hast du was zu trinken?«, fragte Mona.

Ava sah sie ungläubig an. »Du willst jetzt was trinken? Ich habe Sekt kaltgestellt, aber sollten wir uns den nicht für den gemütlichen Teil des Abends aufheben? Also nachdem wir …«

Sie ließ den Rest des Satzes im Raum stehen und wies stattdessen mit dem Kinn auf das Päckchen.

»Schon, aber vielleicht lässt sich der Inhalt leichter ertragen, wenn wir vorher einen Schluck trinken.«

Dies leuchtete Ava ein. Wortlos stand sie auf, nahm zwei Sektgläser aus der Vitrine und brachte die Flasche aus dem Kühlschrank mit ins Wohnzimmer. Diese reichte sie Mona.

Sie ließ den Korken so geräuschlos wie möglich aus dem Flaschenhals gleiten, indem sie ihn fest mit der Hand umschloss. Nur ein leises Plopp durchbrach die Stille.

Mona übernahm es auch gleich, die Gläser zu füllen, da sie die Flasche schon einmal in den Händen hielt. Die Frauen unterließen es, anzustoßen. Was sollten sie auch feiern, hier mit dem furchteinflößenden Päckchen zwischen sich?

»Was soll ich nun machen?«, fragte Ava erneut, nachdem sie ihr Glas abgestellt hatte.

Als Antwort pfiff Mona, blies die Backen auf und legte den Kopf schief. Sie dachte lange nach, was sie Ava nun raten sollte.

»Wir müssen das anders angehen. Was wäre das Schrecklichste, was sich in dem Päckchen befinden könnte?«, wollte sie stattdessen nach einer Weile wissen.

Ava überlegte angestrengt. »Ein abgetrenntes Ohr oder so. Hat man das nicht schon öfter mal in einem Krimi gesehen? Oder irgendeine perverse Fotomontage, auf der ich vermeintlich nackt bin. Ich weiß es nicht.«

Ihr Handy piepte. Cosima hatte ihr eine Nachricht mit Foto geschickt. Sie lag mit ihrer besten Freundin auf deren Bett. Beide Mädchen hatten eine giftgrüne Gesichtsmaske aufgetragen und grinsten frech in die Kamera.

»Wenigstens ist sie in Sicherheit«, sprach Ava ihre wirkliche

Angst laut aus. Dann schrieb sie ihrer Tochter zurück, dass sie sie liebte. Cosima schickte als Antwort ein Herz und einen Kuss. Ava klappte ihre Handyhülle wieder zu.

»Jetzt können wir etwas beruhigter sein. Cosima ist okay«, sagte Mona.

Ava nickte.

»Mach es einfach auf. Egal was drin ist. Es wird nicht besser, wenn wir das Päckchen noch eine weitere Stunde lang anstarren. Komm schon, ich bin bei dir. Nichts kann uns schocken, wir sind gemeinsam stark.« Mona nickte Ava zu und machte ihr Mut. Sie drückte fest die Hand ihrer Freundin.

»Du hast recht«, sagte diese und zog das Päckchen widerwillig an der Schleife näher zu sich heran. Doch dann hielt sie erneut inne.

»Was ist?«

»Was ist, wenn das eine Falle ist? Irgendein fieser Sprengkörper, der in die Luft geht, wenn ich den Deckel hochhebe, vielleicht«, mutmaßte Ava.

»Der in die Luft geht?«, fragte Mona skeptisch. »Du meinst so was wie eine Briefbombe?«

Ava nickte. »Ja, Politiker bekommen öfter solche Post. Da hat schon manch einer sein Augenlicht verloren.«

Mona dachte einen Moment lang darüber nach. »Du hast recht, das ist ohne Schutz zu gefährlich. Kannst du dich noch an den kleinen Chemiekasten für Kinder erinnern, welchen ich Cosima zu ihrem elften oder zwölften Geburtstag geschenkt habe? Gibt es den noch?«

Ava nickte aufgeregt. Sie wusste genau, woran ihre Freundin dachte – das war eine hervorragende Idee.

»Komm mit, ich weiß sogar ungefähr, wo der ist.«

Mona folgte Ava in Cosimas Zimmer.

»Dinge, die sie mag, aber für die sie sich zu alt fühlt, bewahrt sie in einer Kiste unter dem Bett auf.« Schon kniete sich Ava auf den cremefarbenen Teppichboden und zog die sperrige, mit bunten Stickern beklebte Holzschachtel hervor. Tatsächlich, dort befand sich wie vermutet auch der Chemiekasten.

»Cosima hat dieses Teil geliebt. Wir hatten so viel Spaß damit, das war das beste Geschenk überhaupt. Vor allem diese Seifenblasenexperimente.« Ava pustete den Staub von der Oberfläche der abgegriffenen und mit den Jahren verblassten Verpackung und öffnete sie.

Der Inhalt lag fein säuberlich und vor allem vollständig vor ihr. Hektisch entnahm sie die säurebeständigen Handschuhe und die massive Schutzbrille.

»Wirklich, eine super Idee. Jetzt fühle ich mich gleich sicherer.« Ava bot einen lächerlichen Anblick mit ihren übergroßen Handschuhen und der Schutzbrille, welche fast ihr halbes Gesicht bedeckte. Fragend sah sie Mona an.

»Sei mutig, tu es!«, sagte diese und rückte mit ihrem Stuhl ein gutes Stück von dem hölzernen Tisch weg, damit auch sie vor potenziellen Säurespritzern und Sprengstoffattacken jeglicher Art geschützt wäre.

Beherzt zog Ava die locker gebundene Schleife vom Päckchen ab. Die Frauen atmeten tief durch, doch nichts geschah.

»Falls ein explodierender Mechanismus, oder wie man das auch immer nennt, verbaut ist, dann passiert bestimmt nur etwas, wenn ich den Deckel anhebe, oder?«

Mona nickte zustimmend.

»Dann sei bloß vorsichtig«, ermahnte sie ihre Freundin zum gefühlt hundertsten Mal.

»Das bin ich.« Trotz der Schutzbrille presste Ava ihre Augen fest zusammen und drehte den Kopf weg. Mona entfernte sich noch einen weiteren Meter vom Tisch. Blind und mit wild klopfendem Herzen hob Ava im Zeitlupentempo den Deckel der massiven Pappschachtel an.

Es ertönte kein Knall und auch sonst kein verdächtiges Geräusch. Es gab kein Ticken, keinen Rauch, keine Funken, oder was auch immer die beiden erwartet hätten, würde es sich hierbei um eine Briefbombe handeln.

Zaghaft öffnete Ava ihre Lider einen Spaltbreit und lugte durch die Schutzbrille ängstlich auf das Päckchen. Erleichtert atmete sie auf.

»Du kannst die Augen aufmachen, Mona. Das ist keine Bombe.«

Auch ihre Freundin kam wieder ein Stück näher.

»Sind das Pralinen?«, fragte sie verblüfft.

»Es scheint so. Warte, da ist auch eine Karte mit dabei.« Ava ließ ihre Schutzausrüstung sicherheitshalber noch an, bis sie die Pralinen aus dem Päckchen herausgenommen und zur Seite gelegt hatte. Sie riss die Schutzfolie ab und öffnete langsam den Deckel der Pralinenschachtel.

Nun konnten sie sich sicher sein, dass es sich zumindest nicht um einen Sprengsatz handelte.

»Die Drecksdinger sind bestimmt vergiftet, probier die bloß nicht«, wetterte Mona.

Ava gab ihr recht. Dann legte sie die Brille und die Handschuhe ab. Sie kam sich albern damit vor.

»Los, was steht in der Karte? Ich vermute, was richtig Fieses, sei auf alles vorbereitet«, riet ihr Mona.

Ava nickte.

Sie zog sie mit zittrigen Fingern aus dem unverschlossenen Umschlag. Darauf war ein altmodischer Blumenstrauß abgebildet. Ava klappte die Karte auf und überflog den Text.

Ungläubig schüttelte sie den Kopf.

Dann fing sie an zu lachen. Sie legte den Kopf in den Nacken und lachte lauthals, bis ihr Tränen in die Augen stiegen. Die ganze Anspannung der letzten Minuten löste sich mit einem Schlag in Luft auf.

Mona sah sie verdutzt an. Sie nahm ihrer Freundin die Karte aus der Hand und fiel in deren Gelächter ein, nachdem sie den Inhalt überflogen hatte.

Da saßen sie hier wie verängstigte Hühner mit Schutzbrille und säuresicheren Handschuhen ausgestattet. Die beiden Frauen konnten sich gar nicht mehr einkriegen vor Lachen. Alle Sorge war aus ihren Gesichtern gewichen.

In albernem Tonfall las Mona die Karte laut vor.

Meine gute Frau Lubitsch,

auch wenn mir selten ein Fehler unterläuft, muss ich diesmal einen einräumen. Gute Angestellte wie Sie sind rar geworden. Bitte nehmen Sie Ihre Kündigung zurück. Ich bin auch bereit, über eine Gehaltserhöhung nachzudenken.

Ihre Antwort dringend erwartend, mit besten Grüßen

Erwin Jakob

»Meine gute Frau Lubitsch«, äffte Mona ihn grölend nach. »Kein Wunder, dass der seine Texte nicht selbst schreiben kann. Das würde in einer grammatikalischen Katastrophe enden.«

Ava hielt sich den Bauch vor Lachen. Als sie einen Schluck Sekt nahm und daran dachte, wie sie das Paket mit der kompletten Schutzausrüstung ihrer chemiebegeisterten Tochter geöffnet hatte, musste sie so losprusten, dass ihr dieser versehentlich aus der Nase schäumte, was Mona natürlich jeden erbärmlichen Rest an Fassung kostete.

Somit wurde der späte Abend dann doch noch zu einem vollen Erfolg. Die beiden Freundinnen hatten so viel Spaß wie schon lange nicht mehr.

KAPITEL VIERUNDZWANZIG

COSIMA WISCHTE sich die Lachtränen aus den Augenwinkeln, nachdem Mona und ihre Mutter ihr am Folgetag nach ihrem Eintreffen von Celine die Geschichte des vergangenen Abends erzählt und die Karte von Jakotz gezeigt hatten.

»Der Mann ist wirklich eine Marke für sich«, prustete sie los. Dann trank sie einen Schluck Wasser, um sich wieder zu beruhigen. »Und?«, fragte sie unvermittelt.

»Und was?«

»Wirst du seine Entschuldigung und sein Angebot annehmen?«

Mona und Ava tauschten einen unschlüssigen Blick aus. Darüber hatten sie noch gar nicht gesprochen.

»Seine Entschuldigung schon. Aber sein Angebot … Ich muss noch einen Tag lang darüber nachdenken, aber möglicherweise habe ich andere Pläne.«

»Da gibt es nichts nachzudenken. Deine Mutter hat definitiv andere Pläne. Los, sag es ihr«, forderte Mona ihre beste Freundin auf.

Dann erzählte Ava ihrer Tochter, wie sehr sich ihre Idee mit der Selbstständigkeit verfestigt hatte, nachdem sie ein einziges Mal zuvor vage darüber gesprochen hatten.

»Ich fände das großartig. Dann kannst du dir auch die

Arbeitszeiten selbst einteilen, oder einfach mal einen freien Tag einplanen, wenn es nicht so gut passt.«

Mona nickte bekräftigend zu Cosimas vernünftiger Meinung.

»Ich glaube, ich werde Jakotz nachher mal anrufen. Dann bedanke ich mich für die Pralinen und bitte ihn um etwas Bedenkzeit.«

»Genau, mach das so. Damit lässt du ihn zappeln und kannst dich in Ruhe entscheiden. Vorerst hattest du doch sowieso ein paar freie Tage geplant. Ich glaube, die brauchst du ganz dringend, um dich zu erholen.

KAPITEL FÜNFUNDZWANZIG

AVA DRÜCKTE sich tagelang vor dem notwendigen Telefonat mit Jakotz, doch irgendwann gab sie sich einen Ruck und rief ihn an. Sie teilte ihm mit, dass sie seine nette Geste sehr zu schätzen wisse, aber dass sie dennoch bei ihrer Kündigung bliebe.

»Ich habe Ihnen doch eine Gehaltserhöhung versprochen, Frau Lubitsch«, säuselte er ungewohnt höflich, fast schon unterwürfig, in den Hörer.

»Das ist ein großzügiges Angebot, aber ich muss es trotzdem ablehnen.«

»Darf ich fragen, ob Sie schon eine neue Anstellung gefunden haben?«

»Das dürfen Sie und nein, habe ich nicht.« Ava überlegte einen Moment lang, ob sie ihm von ihrem Plan mit der Selbstständigkeit erzählen sollte, doch sie kam noch rechtzeitig genug zu Verstand, um dies nicht zu tun. Daher beendete sie das Gespräch freundlich, aber bestimmt.

»Ich bin leider etwas in Eile, Herr Jakob. Ich wollte dieses Arbeitsverhältnis mit Ihnen nur zu einem sauberen Abschluss bringen und mich bei Ihnen bedanken. Darum hatte ich angerufen.«

»Gut, Frau Lubitsch. Wenn Sie es sich noch einmal anders überlegen sollten, dann wissen Sie ja, wo Sie mich finden.

Schönen Tag noch.« Ohne auf eine Antwort zu warten, drückte er sie weg.

Ava konnte nachvollziehen, warum er sauer war. Nun musste er seine Texte wohl erst mal allein schreiben. So rasch fand er sicher keine neue Angestellte, die sich von ihm wie eine Leibeigene behandeln ließ. Ava schmunzelte bei dem Gedanken daran. Verdient hatte Jakotz das allemal. Hätte er sie mal besser behandelt … Sie fühlte, dass sie das Richtige getan hatte, und war zufrieden mit sich. Vor allem war sie stolz, dass sie sich überwunden hatte, ihn doch noch anzurufen.

Dann nahm sie die Kalkulation zur Hand, wie sie sich ihre Selbstständigkeit vorstellte, und blätterte diese zum gefühlt hundertsten Mal durch. Für diese Geschäftsidee bräuchte sie nicht mal ein Startkapital, sondern vorerst nur ihren Laptop, nicht mehr und nicht weniger.

Nachdem Ava ihren Plan rein rechnerisch nochmals für machbar befunden hatte, lächelte sie und griff nach ihrem Handy.

Mona war am Arbeiten, als sie abgehetzt abnahm. Trotzdem stahl sie sich einige Minuten Zeit für ihre Freundin.

»Du bist dir wirklich sicher, dass du das willst, Süße?«, fragte sie aufgeregt.

»Ja, ich will.« Ava lachte.

»Hat das Rathaus heute nicht seinen langen Tag?«

»Stimmt, es ist Donnerstag. Aber … doch nicht gleich heute, oder?«, fragte Ava verblüfft. Ein wenig Angst vor ihrer eigenen Courage hatte sie jetzt schon. Auf der anderen Seite ging es nur um die Anmeldung eines Kleingewerbes ohne Risiken oder größere Kosten, bis auf die dafür fällige Gebühr.

»Süße, wenn es in deinem hübschen Kopf ›klick‹ gemacht hat, worauf willst du dann noch warten? Wenn du diese Woche in die Selbstständigkeit startest, dann kannst du theoretisch schon am Wochenende loslegen mit dem ersten Auftrag. Ich habe mich heute Morgen noch mit einer meiner Kolleginnen unterhalten. Sie hat neben ihrem Job hier ein Kleingewerbe angemeldet. Sie verkauft in Handarbeit hergestellte Schals und Stricksocken auf so einer Internetseite für Bastelliebhaber, an den Wochenenden auch ab und an auf dem Markt, und verdient sich damit ein ordentliches Taschengeld nebenher. Der habe ich zu dem ganzen Anmeldeprozess Löcher in den Bauch gefragt. Das scheint tatsächlich keine große Sache zu sein. Mach es, du hast nichts zu verlieren. Papiere hast du beisammen?«, hakte Mona nach.

»Ja, ist nicht viel, was man da braucht. Aber soll ich wirklich …?«

»Und ob! Ich bin heute zeitig hier fertig, dann komm ich vorbei. Ich denke, kurz nach Cosimas Schulschluss. Dann erledigen wir schnell alles auf dem Gewerbeamt – das dauert keine halbe Stunde, meinte meine Kollegin. Wenn wir im Anschluss genug Zeit haben, bringen wir den Gang zum Finanzamt auch noch hinter uns. Sie sagte, in maximal zwei Stunden wäre man durch, wenn man die Wartezeit nicht mitrechnet, das kriegen wir hin.«

»Und danach bin ich fertig?«, fragte Ava skeptisch.

»Wenn du das Startdatum auf morgen setzt, kannst du dich sofort in die Arbeit stürzen. Sie sagte, hinterher kämen noch ein paar zu bearbeitende Briefe von verschiedenen Institutionen, Kammern und Ähnlichem, aber nur leidiger Papierkram. Nichts Schlimmes. Nichts, was man nicht mit Leichtigkeit in den Griff bekäme. Aber wir können uns heute auf dem Gewerbeamt diesbezüglich gerne genau beraten lassen. Süße, ich muss. Bis nachher.«

Sie wurde von ihrer Freundin weggedrückt, bevor sie ihr ihren grenzenlosen Dank zum Ausdruck bringen konnte. Langsam stahl sich ein Lächeln auf ihr Gesicht.

Ich kann es kaum glauben, ich tue es … Ich mache mich tatsächlich selbstständig.

Sie fühlte sich vor Freude wie im Rausch und tigerte aufgeregt durch die Wohnung. Sie war zu aufgekratzt, um einen klaren Gedanken zu fassen. Unschlüssig, was sie nun tun sollte, fuhr sie ihr Notebook hoch und wartete, bis die Internetverbindung hergestellt war. Die nächsten zwei Stunden verbrachte sie mit der Recherche, ob sie auch wirklich alle benötigten Papiere zusammenhatte. Und was man sonst noch bei einer Gewerbeanmeldung beachten musste; welche rechtlichen Fallstricke es vielleicht gab. Doch sie fand nicht einen Punkt, der problematisch genug gewesen wäre, um ihre Idee wieder fallen zu lassen. Es klang fast zu schön, um wahr zu sein.

Im Anschluss rief sie ihre Krankenkasse an und informierte sich über das notwendige Prozedere. Doch auch hier beriet man sie sehr umfassend und legte ihr keine Steine in den Weg. Man versprach ihr, ihr alle notwendigen Papiere in den nächsten Tagen zuzuschicken. *Ich mache mich wirklich selbstständig.*

ALS COSIMA wenig später von der Schule kam, hatte Ava kein Essen zubereitet, doch dafür war sie sich ihrer Sache sicherer denn je.

»Mach dir einfach eine Scheibe Brot, wir bestellen heute Abend Pizza zur Feier des Tages«, versprach sie ihrer Tochter und erklärte ihr rasch die Situation.

»Das find ich super, Mama. Mach das. Alles ist besser, als für Jakotz zu arbeiten. Die Krankenkassenbeiträge, die kriegen wir schon irgendwie hin. Schließlich verdienst du dann auch endlich mal in die eigene Tasche und nicht mehr für andere. Das wird schon«, sprach Cosima ihr Mut zu und bekam dafür einen dicken Kuss.

»Ich bin dann gleich mit Mona auf dem Gewerbeamt. Du gehst nicht weg, oder?«

»Nein, ich habe genug Hausaufgaben auf und muss noch für einen Test lernen. Ich bleibe hier. Jetzt suche ich mir erst mal was zu essen«, scherzte sie.

»Tut mir leid, Maus. Es ist wichtig, das alles heute zu klären. Mach keinem die Tür auf, ohne vorher durch das kleine Fenster zu sehen, hörst du?«

»Keine Sorge, Mama, ich verhungere nicht und mach auch keinem Fremden die Tür auf. Ich bin ein großes Mädchen.«

»Du bist super, Schatz. Drück mir die Daumen, dass heute alles funktioniert, so wie ich es will.«

»Klar wird das funktionieren. Wir haben die Tage so viel recherchiert. Ich freue mich, dass du neu durchstartest. Dann lässt du mich auch mehr in Ruhe, wenn du ordentlich beschäftigt bist«, fügte Cosima frech hinzu, was ihr einen Klaps auf den Po einbrachte.

»Warte nur, Fräulein«, drohte ihr ihre Mutter lachend. »Hab dich lieb, Schatz. Bis heute Abend.«

»Ich dich auch, Mama! Viel Glück.«

DIE BEHÖRDENGÄNGE WAREN DOCH etwas komplizierter, als Ava sich das vorgestellt hätte. Die auszufüllenden Bögen waren in bestem Beamtendeutsch verfasst, sodass die beiden Frauen jede Passage mehrmals durchlesen mussten, um sie richtig zu verstehen. Seite um Seite füllten sie gemeinsam aus und fragten sich dabei, wann dieser Wust an Formularen enden würde. Irgendwann waren sie durch und überreichten den Stapel einer mürrisch dreinblickenden Sachbearbeiterin.

»Okay, Gewerbeamt ist abgehakt. Jetzt lass uns rasch zum Finanzamt rübergehen, damit die uns nicht noch vor der Nase zumachen.«

»Zwei Stunden haben wir noch«, stellte Ava nach einem Blick auf ihre Armbanduhr fest.

»Die brauchen wir auch dringend, nach dem Papierkrieg auf dem Gewerbeamt. Dort drüben wird es sicher nicht besser.« Mona wies mit dem Finger auf das Finanzamt. Die beiden eilten über den Marktplatz, welchen die Ämter säumten.

»Wenn ich dich nicht hätte … danke für alles. Du bist unbezahlbar.« Ava seufzte zum wiederholten Mal an diesem stressigen Nachmittag.

»Ich tu das alles nur, damit die nächste Pizza auf deine Rechnung geht. Das ist bloßes Kalkül«, scherzte Mona und klopfte Ava sanft auf die Schulter.

»Das machen wir wirklich. Von dem Gewinn meines ersten Auftrags gehen wir schick essen. Die zehntägige Bewerbungsfrist läuft schon – noch bevor ich meine Gewerbeanmeldung abgeschlossen habe«, meinte Ava grinsend.

»Das ist nicht dein Ernst. Was für ein Auftrag denn?« Mona klang verblüfft, sie warf Ava einen ungläubigen Seitenblick zu.

»Kindergeschichten, wie ich sie mir gewünscht habe. Es sind zwanzig kurze Mut-mach-Geschichten gefordert, und von dem ausgeschriebenen Verdienst könnte man durchaus schick essen gehen«, erklärte Ava vielsagend. »Na ja, also, für eine Pizza würde es locker reichen«, korrigierte sie ihre erste Äußerung grinsend. »Ich bin mich mit dem Auftraggeber schon schriftlich am Austauschen, habe aber noch keine Zusage bekommen, da er die Bewerbungsfrist abwarten möchte. Er ist nett, und vor allem sucht er jemanden für eine langfristige Zusammenarbeit. Du weißt ja, Stammkunden sind alles.«

»Du bist der Hammer. Halt mich nur auf dem Laufenden«, forderte Mona grinsend. Die Anerkennung stand ihr ins Gesicht geschrieben.

»Wen, wenn nicht dich?« Mit diesen Worten schob Ava ihrer Freundin die Tür zum Finanzamt auf.

Es wurde ein langer und zäher Besuch. Wartemarke ziehen; einem Schlipsträger ihr Vorhaben erklären; wieder eine Wartemarke ziehen und in der Zwischenzeit galt es erneut, einen dicken Fragebogen in unverständlichem Beamtendeutsch auszufüllen, doch irgendwann war auch diese Hürde geschafft.

»Ich gratulieren Ihnen zur Selbstständigkeit, Frau Lubitsch.«

Ava stand strahlend auf und wusste nicht, ob sie ihrem Gegenüber die Hand schütteln sollte.

»Vielen Dank.«

Im nächsten Moment vertiefte sich der Finanzbeamte in einen Papierstapel, welcher offensichtlich nichts mit ihr zu tun hatte. Unschlüssig stand Ava noch eine Weile vor seinem Schreibtisch, während Mona sie am Arm mit sich ziehen wollte.

»So einfach ist das? Und jetzt darf ich mit der Arbeit anfangen?«

Stirnrunzelnd sah der kahlköpfige Mann auf, konnte sich

jedoch ein Grinsen nicht verkneifen, als er Avas Glückseligkeit bemerkte.

»So einfach ist das, Frau Lubitsch. Da Sie den morgigen Tag als gewünschtes Startdatum eingetragen haben, dürfen Sie morgen anfangen. Vorausgesetzt, dass Sie jetzt noch einmal kurz zum Gewerbeamt zurückgehen, den dortigen Mitarbeitenden die hier ausgestellten Unterlagen der Finanzbehörde vorlegen und die notwendigen Gebühren entrichten.« Mit einem freundlichen Nicken verabschiedete er die beiden Frauen.

»Ich habe mich selbstständig gemacht«, jubelte Ava fassungslos, kaum dass sie draußen vor der Tür standen. Sie sog die immer noch warme, nach Blumen und Freiheit riechende Luft tief in ihre Lungen. Mona umarmte sie überschwänglich.

»Ich bin so stolz auf dich, Süße. Ich möchte diesen einzigartigen Moment nicht zerstören, aber das Gewerbeamt hat nur noch eine Viertelstunde geöffnet. Komm schon!«

Mona packte sie am Arm, und die beiden rannten ausgelassen über den Marktplatz auf die andere Seite zum Rathaus hinüber, um die Rechnung zu begleichen.

KAPITEL SECHSUNDZWANZIG

WAS HATTE das Miststück nun schon wieder vor? Er zog sich die schwarze Kapuze tiefer ins Gesicht und verschwand hinter dem Gebäude der Post. Seit Stunden stand er sich dort die Beine in den Bauch. Statt nach einem Aufenthalt wieder zu gehen, sprang die blöde Ziege mit ihrer dämlichen Freundin schon seit Stunden zwischen den Ämtern hin und her, als hätte sie sonst nichts zu tun.

Er hatte in ihrer Straße gelauert, als die beiden das Haus verlassen hatten. Perfekt. Cosima war allein zu Hause. Er folgte den Frauen, aber nicht, ohne ein Präsent für die Tochter hinterlassen zu haben. Er würde dem Mädchen das Herz damit brechen, das war ihm vollkommen klar. Doch um an sein Ziel zu gelangen, war dieser bedauerliche Schritt unumgänglich. Er musste Cosima zeigen, wozu das Dreckstück ihn getrieben hatte. Sie würde bitterlich weinen. Es würde ihr das Herz zerreißen, doch sie war sicher nicht dumm. Sie würde erkennen, wer der wahre Schuldige war – ganz sicher nicht er. Auge um Auge … Seine Zeit war gekommen.

Und ihrer treudoofen Anhängerin würde er bald auch reinen Wein einschenken müssen. Das Miststück tat offensichtlich alles dafür, um ihr Saubermann-Image aufrechtzuerhalten. Doch er würde dafür sorgen, dass jeder erfuhr, wie durchtrieben sie wirklich war. Er war sich sicher, dass sie ihrer Freundin nicht die Wahrheit über sich erzählt hatte.

Seine Fäuste ballte er unbewusst so stark, dass das Weiße an den Knöcheln deutlich hervortrat. Gut, dann würde er sich für diese schmutzige Aufgabe wohl aufopfern müssen. Ein sarkastisches Grinsen verunstaltete sein hasserfülltes Gesicht. Schon bald würde das Miststück sie nicht mehr herumscheuchen können wie eine willenlose Dienerin. Er würde dafür sorgen, dass sich jeder, den sie liebte, von ihr abwandte. Er würde sie isolieren, bis sie niemanden mehr hatte, der für sie sorgte. Dann würde er ihr die Rechnung für ihr Handeln servieren … und sie dann eiskalt vernichten. Er wollte das Dreckstück tot sehen, lieber heute als morgen. Doch vorher würde sie leiden müssen. Genauso, wie er unter ihrem Handeln gelitten hatte …

KAPITEL SIEBENUNDZWANZIG

»DANKE.« Ava drückte Monas Hand. »Wirklich vielen Dank für deine Hilfe und all deine Unterstützung. Du bist die beste Freundin auf der ganzen Welt. Und du bist dir sicher, dass du nicht mehr mit mir nach Hause kommen und auf die Gewerbeanmeldung anstoßen möchtest?«

»Kein Ding. Das holen wir bald nach. Aber ich bin heute Mittag von der Arbeit direkt zu dir gefahren, da bin ich froh, wenn ich jetzt zu Hause die Füße ein wenig hochlegen kann. Super, dass wir das alles an einem einzigen Nachmittag unter einen Hut gebracht haben. Sagst du mir dann Bescheid, ob du den Auftrag bekommen hast?«

»Klar, Mona, tut mir leid, dass ich dich heute so lange eingespannt habe. Das werde ich dir nie vergessen.« Sie umarmte die Frau herzlich und drückte ihr zwei Küsse auf die Wangen. Sie fühlte sich so glücklich und aufgekratzt wie schon lange nicht mehr.

»Gerne, Ava. Du bist meine beste Freundin. Wir stehen uns doch immer bei.« Mona erwiderte die Umarmung und verabschiedete sich dann.

Ava grinste vor Freude vor sich hin. Sie malte sich aus, wie sie an diesem bedeutsamen Abend ihrer Gewerbeanmeldung stundenlang im Internet nach lukrativen Aufträgen Ausschau halten würde. Sie würde sich auf die ersten Ausschreibungen bewerben und sich schon bald vor Arbeit nicht mehr retten können. Sie freute sich wahnsinnig darauf und genoss es, sich wie eine Geschäftsfrau zu fühlen. Sie musste unbedingt Cosima erzählen, wie alles gelaufen war, und sie musste die Pizzeria gleich von zu Hause anrufen. Die brauchten immer so lange zum Liefern; so spät abends wollte sie nichts Schweres mehr essen.

Ava schloss die Haustür auf und rief aufgeregt nach Cosima. Nachdem sie ihren Schlüsselbund in die kleine Tonschale auf der Kommode gelegt hatte, klappte sie die Mappe auf, welche sie in den Händen hielt. Stolz betrachtete sie noch einmal ihren druckfrischen Gewerbeschein. Ein angenehmes Kribbeln fuhr ihr durch den ganzen Körper, als sie sanft mit den Fingern über die Schutzhülle strich. Das war er, der Neuanfang, nach dem sie sich so lange gesehnt hatte.

Gedankenverloren hängte sie ihre Jacke an der Garderobe auf und machte sich auf die Suche nach ihrer Tochter. Sie hatten schließlich viel zu besprechen.

»Cosima?«, rief Ava nun lauter. Keine Antwort. Im Wohnzimmer war es düster. Draußen dämmerte es bereits. Ava vermutete das Mädchen in dessen Zimmer. Sie klopfte leise an Cosimas Tür. Dann hörte sie ein gedämpftes Schluchzen durch das dünne Holz. Vorsichtig drückte sie die Klinke herunter.

»Cosima?«, fragte sie erneut. Ihre Tochter lag auf dem Bett und hatte sich bis über die Nasenspitze zugedeckt. Sie wirkte verstört und weinte herzzerreißend.

»Oh Gott, Cosima. Was ist denn los? Geht es dir nicht gut?«, wollte Ava besorgt wissen. Sie setzte sich zu ihrem Kind an den Bettrand, wie sie es schon tausende Male zuvor getan hatte, und strich ihr sanft das tränennasse Haar aus dem Gesicht. Cosima gab keine Antwort. Ihre schmalen Schultern bebten unkontrolliert bei jedem weiteren Schluchzer.

»Schatz, sprich doch mit mir. Was ist passiert? Wie soll ich dir denn helfen, wenn du mir nicht sagst, was los ist?«, redete Ava behutsam auf das Mädchen ein. Langsam bekam sie es richtig mit der Angst zu tun. Mit ihren vierzehn Jahren war Cosima ein ausgesprochen starkes und gefestigtes Kind, welches so leicht nichts zur Verzweiflung bringen konnte. So in Tränen aufgelöst und nervlich am Ende hatte sie sie zum letzten Mal gesehen, als Jaro vergiftet worden war. Was zur Hölle konnte sie derart aus der Fassung gebracht haben?

»Das da war heute in der Post.« Cosima schluchzte und wies mit dem Finger auf ihren Nachtschrank. Dort lag eine offensichtlich selbst gebrannte DVD in einer unbeschrifteten, durchsichtigen Hülle.

»Was ist das?«, fragte Ava. Dabei hatte sie ein mieses Bauchgefühl. Sie wusste genau, dass sie den Inhalt sicher nicht sehen wollte. »Du hast dir also diese DVD aus der Post angeschaut? Es war etwas Schlimmes darauf, habe ich recht?« Avas Stimme klang belegt; sie hatte einen dicken Kloß im Hals.

Cosima nickte und schluchzte erneut hilflos auf. Ava strich ihr immer wieder in langen Zügen über den Rücken, damit sich das traumatisierte Mädchen beruhigen konnte.

»Schatz, kannst du mir vielleicht beschreiben, was auf der DVD drauf ist? Was hat dich dermaßen verstört, mein Liebling?« Cosima so elendig leiden zu sehen, brach Ava das Herz. Ihre eigenen Tränen wischte sie sich nachlässig mit dem Handrücken weg.

Cosima schwieg.

»Bitte, mein Engel, auch wenn es schwer ist. Ich will dich jetzt ungern alleinlassen und mir die DVD selbst anschauen. Bitte sag mir, was du gesehen hast«, flehte Ava.

»Jaro«, erwiderte Cosima mit tränenerstickter Stimme.

»Jaro war auf dieser DVD?« Ava ahnte Schreckliches.

»Ja, in der Nacht, als er vergiftet wurde. Sein Todeskampf, als er an dem Gift verreckt ist.« Cosima bebte und zog sich weinend die Decke über den Kopf.

Nun war es endgültig um Avas Beherrschung geschehen. Sie schlug die Hände vors Gesicht und weinte bitterlich.

Wenn der Mistkerl sie selbst fertigmachen wollte – bitte sehr. Aber er hatte kein Recht, Cosima solch ein Leiden zuzufügen.

KAPITEL ACHTUNDZWANZIG

DREI TAGE WAR ES HER, dass sie diese grauenhafte DVD erhalten hatten, doch Ava hatte sich noch nicht dazu durchringen können, sie sich anzusehen. Cosima war von dem Schock immer noch schwer gebeutelt, und auch Ava erledigte ihr Tagewerk fast in einem tranceähnlichen Zustand. Sie wusste nicht mehr, was sie noch tun sollte. Sie versuchte so gut wie möglich zu funktionieren. Sie hatte sich nicht Mona anvertraut, weil diese sie nur wieder zu einem Besuch bei der Polizei gedrängt hätte. Sie brachte die Tage mechanisch hinter sich.

Der erste Auftrag war in trockenen Tüchern. Ava schrieb mühelos lustige Kindergeschichten nieder, aber innerlich fühlte sie sich kalt und tot. Jemand hatte ihr eigenes Kind schwer traumatisiert. Wenn sie herausfinden würde, wer ihr diese Schweinerei angetan hatte …

Die ganze Freude über ihr Gewerbe war wie weggeblasen. Sie konnte diese besondere Zeit gar nicht genießen. Alles, was sie sich hinsichtlich ihrer Selbstständigkeit vorher in den schillerndsten Farben ausgemalt hatte, fühlte sich jetzt dunkel und leer an.

Warum Cosima? Wem hatte das Mädchen was getan? Wenn das Schwein sie hasste, sollte es trotzdem seine dreckigen Finger von ihrem Kind lassen und sich stattdessen mit ihr anlegen.

Ava spürte einen grenzenlosen Hass in sich. Sollte sie ihn

jemals in die Finger bekommen, würde sie Cosima rächen. Wenn er sie verletzen wollte, okay, aber nicht ihr Kind.

Ava speicherte die neuste Geschichte mittendrin ab und klappte ihr Notebook zu. Sie durfte nicht mehr so feige sein. Cosima hatte die DVD gezwungenermaßen gesehen, also konnte sie selbst als Mutter nicht die Augen davor verschließen. Sie nahm die glänzende Scheibe aus der Schublade, in welcher sie sie verstaut hatte. In ihren Eingeweiden tobte ein Kampf zwischen unbändiger Wut und alles verzehrender Angst, als sie die DVD ins Laufwerk einlegte und den Fernseher einschaltete.

Der Ton war kaum zu hören. Man sah Jaro an der zerbrochenen Scheibe stehen. Er knurrte kurz, doch dann verschlang er den Fleischhappen, welchen ihm eine schwarz behandschuhte Hand durch das Loch im Glas entgegenstreckte. Ein leises Winseln. Die Hand entriegelte die Tür und schob sie ein Stück auf. Jaro schnupperte neugierig an der Kamera, nahm einen weiteren Happen entgegen.

Ava konnte es kaum mit ansehen. Wie gerne hätte sie ihn gewarnt, es nicht zu fressen.

Gierig schlang ihr geliebter Hund die Fleischstücke herunter und unterschrieb damit sein eigenes Todesurteil. Während Ava schaudernd dabei zusah, zog sie sich ihre schwarze Weste enger um ihren plötzlich fröstelnden Körper. Dann konnte sie ein Schluchzen nicht länger unterdrücken. Jaro wurde mit jedem der vergifteten Köder tiefer in den Garten gelockt. Die Sicht war schlecht, nur eine schwache Lampe an der Kamera beleuchtete dürftig sein gutmütiges Antlitz.

Ava weinte. Sie hatte zunehmend das starke Bedürfnis, Jaro vom Verzehr des Fleisches abzuhalten. *Du darfst das nicht essen, mein großer Junge. Das ist giftig. Der Mensch, der es dir gibt, will deinen Tod.* Doch an der Leere in ihrem Herzen fühlte sie wieder überdeutlich, dass es zu spät war. Ihr Freund Jaro war tot.

Bei dem Gedanken daran, dass Cosima den grausamen Inhalt dieser DVD gesehen hatte, drehte sich Ava vor Abscheu der Magen herum. Heute war der erste Tag, an dem Cosima nach diesem Vorfall zur Schule gegangen war. Ava hatte sie die Tage zuvor mit einer fadenscheinigen Ausrede entschuldigt, wieder einmal.

Im hinteren Teil des Gartens angekommen begann Jaro zu röcheln. Hilflos schaute er mit seinem treuen Blick genau in die Kamera, als würde er hoffen, der Mensch ihm gegenüber würde ihm in seiner Not helfen. Doch der hielt weiterhin erbarmungslos mit der Linse drauf.

Ava konnte den Anblick nicht mehr ertragen und drückte weinend die Augen zu. Sie keuchte, wimmerte und konnte sich gar nicht mehr beruhigen. Als sie die Hände vom Gesicht nahm und wieder hinsah, lag Jaro erst zuckend, dann offensichtlich tot zusammengekrümmt unter der Hecke, wo Ava ihn gefunden hatte. Das Scheusal, welches Jaro dieses grausame Ende bereitet hatte, filmte das tote Tier noch zwei Minuten lang von allen Seiten. Dann wurde der Bildschirm schwarz.

Ava fühlte sich nicht dazu in der Lage, aufzustehen und den DVD-Rekorder auszuschalten. Fassungslos blieb sie minutenlang in kniender Position auf dem Teppich und starrte weiterhin in die Schwärze der von da an scheinbar unbespielten DVD. Tränen rannen ihr unaufhaltsam übers Gesicht. Sie war tief verstört über das, was sie soeben mit angesehen hatte. Leise Schluchzer durchbrachen die Stille des Wohnzimmers.

Doch plötzlich wurde der Fernseher wieder bunt. Was Ava nun auf dem Bildschirm zu sehen bekam, raubte ihr endgültig den Verstand.

KAPITEL NEUNUNDZWANZIG

ER KNIETE sich unschlüssig vor das Grab und zupfte ein paar fadenscheinige Unkrauthalme aus der bröckeligen Erde.

»Ich würde zu gerne Mäuschen spielen, wenn die beiden sich die DVD ansehen. Am Schluss – nachdem der Köter krepiert ist – wartet noch eine besonders fiese Überraschung auf sie. Ich werde die Alte in den Wahnsinn treiben. Sie einfach Stück für Stück verrückt machen.« Ein hämisches Grinsen verunstaltete sein vor Wut rot angelaufenes Gesicht.

Dann fuhr er fort mit seinem Monolog. »Ich weiß genau, was du sagen willst. Das Mädchen hat das nicht verdient. Betrachte sie eher als eine Art Bauernopfer. Sie wird das Miststück dafür verantwortlich machen, was sie gesehen hat. Jedenfalls, wenn sie nur halb so intelligent ist, wie ich sie einschätze. Ich werde nicht aufhören, bis ich sie am Boden sehe. Unter der Erde, genauer gesagt, denn dort liegst du dank ihr auch, mein Liebling. Ich werde dich rächen. Ich werde das perfekte Leben rächen, welches sie uns durch ihren grenzenlosen Egoismus verwehrt hat. Sie wird bluten für das, was sie uns angetan hat, dafür sorge ich schon. Das verspreche ich dir, mein Schatz. Ich weiß, dass du meine Methoden nicht vorbehaltlos gutheißen würdest, wenn du mir deine Wünsche mitteilen könntest. Aber glaub mir, mein Schatz, am Ende wird sich alles fügen. Dann holen wir uns zurück, was uns gehört. Das verspreche ich dir.«

Bittere Tränen bahnten sich ihren Weg an die Oberfläche. Ein raues Schluchzen hallte über den fast menschenleeren Friedhof. Seine Tränen versickerten in der schwarzen Graberde.

KAPITEL DREISSIG

AVA KONNTE einen Moment lang kaum zuordnen, was sie da auf dem Bildschirm sah. Es war ein freizügiges Foto von Cosima, in ihrem schwarzen Bikini. Dann erschloss sich Ava, warum sie die Umgebung nicht gleich erkannt hatte. Dieses Foto musste im Freibad entstanden sein. Neulich hatte Cosima genau diesen Bikini getragen, zur Eröffnung der Freibadsaison. Hatte dieser Perverse sie etwa heimlich dort fotografiert?

Ava schlug sich entsetzt die Hand vor den Mund. In einer kranken Diashow wurden die Bilder nacheinander gezeigt. Cosima mit oder ohne ihre Freundin Celine. Cosima auf der Liegefläche beim Sonnen; dann ein Schnappschuss, auf welchem ihr Celine den Rücken eincremte; einer, auf welchem Cosima auf dem Bauch lag; einer im Wasser und im Anschluss mehrere herangezoomte Nahaufnahmen ihrer Brüste und ihres Intimbereichs, welche nur vom Bikinistoff verdeckt waren.

Das war zu viel. Nach Luft schnappend sprang Ava auf und riss die DVD aus dem Player.

Sie stand mit wild pochendem Herzen in ihrem Wohnzimmer und wusste nicht mehr ein noch aus vor Verzweiflung. Sie konnte keinen klaren Gedanken fassen. Sie wollte fliehen, sie war hier nicht mehr sicher. Am liebsten hätte sie Cosima genommen und wäre mit ihr weit weggefahren, in Sicherheit. Egal wohin, Hauptsache, weg von diesem pädophilen Monster. Ihre Tochter hatte für ihr Alter einen sehr weiblichen Körper, aber sie war immer noch ein Kind. Dieses Schwein. Hätte Ava ihn in dieser Sekunde vor sich gehabt, würde sie ihn mit bloßen Händen erwürgen, da war sie sich sicher.

Abgrundtiefe Wut wechselte sich mit schierer Verzweiflung und rasender Angst ab. Was sollte sie nur tun? An wen konnte sie sich in ihrer Not wenden? Wohin konnte sie gehen? Wie ihre Tochter in Sicherheit vor diesem Monster bringen? Er hatte ihr alles genommen, wie sie in diesem Moment erkannte. Die Freude an ihrem schönen Zuhause und das Bewusstsein, dass Cosima unbehelligt und in Sicherheit aufwachsen konnte, sowie ihren treuen Gefährten Jaro. Es würde schon jetzt nicht mehr gut werden. Ihr Leben würde nie wieder so sein, wie es war. Die Angst hielt mit eisernem Griff ihr Herz umklammert und würde es niemals wieder loslassen.

Ich muss sofort zu Cosima. Wie muss es ihr gehen, wenn mich diese DVD so umgehauen hat? Was hat sie gesehen? Alles? Bis zum Ende?

Ava eilte zum Zimmer ihrer Tochter und klopfte leise an. Von innen hörte sie ein Schniefen. Vorsichtig öffnete sie die Tür.

»Darf ich mich zu dir setzen, Maus?«

Cosima drehte sich zu ihr um und schaute sie aus verweinten, rot verquollenen Augen an. Dann nickte sie zaghaft.

»Schatz, ich weiß jetzt, was du dir da angesehen hast. Hast du … hast du es dir bis zum Ende angeschaut?«, fragte Ava sanft, denn sie wollte abschätzen, ob Cosima auch von den Bikinifotos wusste. Schließlich folgte nach der Aufnahme des grausamen Verbrechens an Jaro eine längere Pause.

»Nein, ich konnte es nicht ertragen, Jaro sterben zu sehen. Ich habe es ausgeschaltet … als …«, sie stockte und weinte dann wieder schaudernd, »… als er zu krampfen begann«, brachte sie ihren Satz mühsam zu Ende, nachdem sie sich etwas beruhigt hatte.

Ava unterdrückte ein erleichtertes Aufatmen. Cosima würde niemals etwas von den Bikinifotos erfahren. Dennoch hatte sie keine Ahnung, wie sie ihre Tochter zukünftig noch mit ruhigem Gefühl rausgehen lassen könnte. Wenn Cosima nichts von den

Fotos wusste, würde sie sie nicht mal warnen können, auf sich Acht zu geben. Sollte sie ihr Kind einweihen? Sie studierte Cosimas rotes, verweintes Gesicht. Nein, auf keinen Fall, beschloss sie. Das Mädchen war schon mehr als genug traumatisiert worden von dem, was sie hatte sehen müssen.

»Mama, wer macht so was Schreckliches?«, wollte sie wissen und fixierte Ava mit großen, schmerzerfüllten Augen.

»Ich weiß es nicht, mein Schatz. Es gibt viele böse Menschen auf der Welt.« Ava brach hilflos ab. Was sollte sie dazu auch sagen? Wer konnte es übers Herz bringen, so einen lieben Hund zu vergiften? Wer konnte ein halbnacktes Mädchen hinter dessen Rücken fotografieren? Ava hatte keine Ahnung.

»Kannst du mir einen Gefallen tun?«

Ava nickte entschlossen. »Alles, was du willst, mein Schatz.«

»Können wir morgen bitte zu Oma fahren? Wir zwei zusammen. Ich weiß, du magst sie nicht, aber ich vermisse sie, und es würde mir sehr viel bedeuten, wenn ich nicht immer nur allein zu ihr gehen müsste. Bitte, Mama.« Cosima drückte Avas Hand.

Ava zögerte einen Moment. Ihr Kind sah so traurig und elend aus. Es war ihr ein Herzensbedürfnis, ihre verletzte Seele ein Stück zu heilen, und wenn das nur mit einem Besuch bei Oma ginge … dann sollte es eben so sein.

»Na gut, mein Schatz. Wenn es dir so wichtig ist, dann gehe ich mit. Ich sag doch nicht, dass ich sie nicht mag … Es ist nur … Es ist eben kompliziert zwischen uns, wegen früher und so. Ich möchte immer noch nicht darüber sprechen. Wir gehen morgen hin, okay?«

Cosima nickte dankbar.

Ava legte sich neben sie, bis sie eingeschlafen war. Keine von ihnen wollte heute Nacht allein sein.

KAPITEL EINUNDDREISSIG

MIT BAUCHSCHMERZEN STIEG Ava ins Auto ein. Sie fragte sich, was sie ihrer Mutter sagen sollte, nach all der Zeit. Wie würde diese auf sie reagieren? Der Anruf von neulich half ihr auch nicht dabei, diesen Gedanken, welcher sie schon die ganze Nacht über wachgehalten hatte, zu unterdrücken.

»Alles ist gut, es ist nur Oma. Und sie weiß doch, dass wir kommen. Ich habe ihr extra Bescheid gegeben.« Cosima legte eine Hand auf ihre eigene.

»Wird schon, Maus.« Ava drückte seufzend die Hand ihrer Tochter und fuhr los.

Eineinhalb Stunden später bogen sie in die Straße ein. Diese führte einen Hügel hinauf. Mit jedem Meter wurde Ava mulmiger zumute. Die Häuser am Straßenrand standen nun weiter auseinander, bis sie nur noch vereinzelt zu sehen waren. Warum musste ihre alte Mutter noch immer in dieser abgeschiedenen Gegend wohnen? Wenn sie damals, nach dem Tod ihres Mannes, ihr Haus verkauft hätte und in ihre Stadt gezogen wäre, hätte sie sich sicher mehr um sie gekümmert. *Ihr Mann,* dachte Ava bitter. *Der Dreckskerl, welcher den Namen ›Papa‹ nicht verdient hatte.*

Dann ragte ihr großes, graues Elternhaus plötzlich vor einer Kulisse von Bäumen auf. Der Wind raschelte sanft in den Blättern der uralten Pappeln. Das Geräusch ließ Ava frösteln. Sie zog ihre Weste enger vor der Brust zusammen.

»So schlimm, Mama?« Cosima blickte sie mitfühlend an.

»Ich kann die Jahre nicht mehr zählen, in denen ich mein Elternhaus gemieden habe«, sagte Ava, mehr zu sich selbst.

Der graue Kasten mit den dunklen, ungewaschenen Fenstern erschreckte sie. Der einst so gepflegte Blumengarten schien verlassen und verwildert. Die weiße Farbe war vom Zaun abgeblättert. Insgesamt machte das ganze Anwesen schon von außen einen ziemlich ungepflegten und verwahrlosten Eindruck.

Als Ava mit Cosima unsicher auf die Haustür zulief, fühlte sie sich wieder wie das hilflose Kind von damals. Denn genau das war sie noch gewesen – ein Kind. Sie schnappte nach Luft und befürchtete, im nächsten Moment eine Panikattacke zu bekommen. Doch diese blieb aus. Nur das flaue Gefühl in der Magengegend hielt an und verstärkte sich mit jedem weiteren Schritt. Sie sollte nicht hier sein. Das war falsch. Alles hier war falsch. Wenn Ava es ihrer Tochter nicht versprochen hätte, würde sie auf der Stelle kehrtmachen.

»Ich werde nie verstehen, warum du sie freiwillig besuchst. Und dafür auch noch mit dem Bus diese weite Strecke auf dich nimmst.«

Cosima zuckte leichthin mit den Schultern. »Sie ist meine Oma, und sie hat sonst niemanden. Du wirst sehen, dass sie deine Hilfe braucht. Sie kann hier nicht länger mutterseelenallein bleiben. Das hat kein Mensch verdient, Mama. Sie ist jetzt alt. Hab doch ein wenig Verständnis für sie.«

Unter anderen Umständen hätte Ava wieder einmal nur darüber staunen können, wie erwachsen und reif ihre Tochter schon war. Doch in diesem Moment fühlte sie sich eher etwas angegriffen und hatte das Bedürfnis, sich verteidigen zu müssen.

»Sie ist kein böser Mensch, und vielleicht bin ich unfair, das mag sein. Aber sie hat mir auch nicht geholfen. Und das in einer Situation, in der ich sie dringend gebraucht hätte. Ich möchte nicht …«

»Ich weiß, Mama. Du willst nicht darüber reden, das ist okay.

Lass uns reingehen, sonst stehen wir uns hier noch die Beine in den Bauch.«

Sie zog ihre Mutter am Westenärmel mit sich. Dann drückte sie auf den Klingelknopf, noch bevor Ava protestieren konnte. Sie hörten das altmodische Schellen im Inneren des Hauses, doch ansonsten blieb alles still. *Totenstill. Wäre ich hier in einem Horrorfilm, wüsste ich in diesem Moment noch nicht, dass der verwesende Körper meiner Mutter in ihrem Bett vor sich hingammeln würde.* Ava schüttelte den Kopf, um diesen verstörenden Gedanken schnell wieder loszuwerden.

Cosima klingelte ein zweites Mal. Nach gefühlten fünf Minuten hörten sie im Innern ein leises Schlurfen. Dann wurde die Tür einen Spalt weit geöffnet. Ava betrachtete ungläubig ihre Mutter. Tränen stiegen ihr in die Augen. Was war bloß mit ihr geschehen?

»Mama …«, brachte sie erstickt hervor, dann fiel sie ihrer Mutter schluchzend in die Arme.

DER TEEKESSEL PFIFF. Ava stand auf und goss zwei Tassen Lavendeltee auf, nachdem sich Cosima am Mineralwasser bedient hatte.

»Zwei Stück Zucker, wie früher?«, wollte Ava wissen.

»Wie früher, Kind. Das hat sich nicht verändert. Jetzt setz dich zu mir und erzähl mir, wie es dir ergangen ist. Du siehst blass aus. Geht es dir nicht gut?«

»Es geht so, Mama. Aber was ist mit dir? Du bist so dünn geworden. Isst du denn nicht genug?« Noch immer konnte Ava ihr Entsetzen über das faltige, ausgemergelte Gesicht ihrer Mutter kaum verbergen. Wie lange hatten sie sich nicht mehr gesehen? Es fühlte sich an wie Jahrzehnte. Natürlich hatte sie mit den Erscheinungen des Alterns gerechnet, aber ihre einst wohlgenährte Mutter, pausbäckig und mit rundem Gesicht, wirkte nun eingefallen und krank. Auf ihren runzligen Fingergelenken saßen Arthroseknubbel, die sicherlich schmerzten. Ihr Gesicht war blass, mit ausgeprägten Tränensäcken. Ihr Haar erinnerte an hauchdünne Spinnfäden; Ava konnte die Kopfhaut darunter durchscheinen sehen. Vor ihr saß eine Frau von neunzig, statt der einundsiebzig Jahre, die sie tatsächlich alt war.

»Ach Kind, das Kochen macht mir keine Freude mehr, und das Essen schmeckt auch nicht, wenn man es allein einnimmt. Das konnte ich nur früher mit dir genießen, und als Papa noch lebte.«

Ava versteifte sich beim Gedanken an ihren Vater unwillkürlich. Doch ihre Mutter tätschelte ihr die Hand.

»Man muss auch vergeben können«, sagte sie, doch Ava widersprach mit einem energischen Kopfschütteln.

»Aber du bist nicht … krank oder so?«, wechselte sie das Thema.

»Das kann ich dir nicht sagen. Ich nehme es so, wie der Herrgott es für mich vorgesehen hat. Wenn meine Zeit gekommen ist, dann ist es eben so.«

»Soll das etwa heißen, dass du gar nicht zum Arzt gehst?« Ava blickte sie entsetzt an.

»Das soll es heißen, Kind. Ich habe ein eigenes Dach über dem Kopf und genug zu essen. Ich geh nicht gerne nach draußen, ich fühle mich hier zu Hause am wohlsten. Du hast es eben an der Tür gemerkt, meine Beine sind nicht mehr so stabil wie früher. Ich komme nicht weit.«

Avas Blick schweifte durch die Küche. Auch wenn diese unsauber wirkte, lag frisches Obst in der Schale.

»Aber wie schaffst du das dann alles? Das Obst, das Mineralwasser? Das holst du dir doch nicht selbst aus der Stadt, oder?«

»Nein, dafür habe ich Michael. Ohne ihn wäre ich vollkommen hilflos. Er ist so was wie meine zweite Hand.«

»Michael?« Ava sah ihre Mutter skeptisch an. *Was erwartest du denn, wenn du selbst sie seit Jahren im Stich lässt? Cosima sagt dir schon ewig, dass sie nicht mehr allein klarkommt.*

»Ich kenne Michael noch aus der Zeit, als ich selbst regelmäßig mit dem Taxi in die Stadt fuhr. Er arbeitet dort im Supermarkt; ein tüchtiger Kerl ist er. Fleißig und rechtschaffen. Vor vielen Jahren hat er mir angeboten, mir meine Getränkekisten nach Hause zu bringen, als er sah, dass sie mir allmählich zu schwer wurden. Da wohnte er noch unten im Dorf. Lange haben wir das so gemacht. Er brachte mir die Kisten ins Haus, und ich gab ihm ein kleines Taschengeld dafür, auch wenn ich ihn dazu nötigen musste, es anzunehmen. Später kamen dann auch Lebensmittel dazu. Ohne ihn würde ich es nicht schaffen. Außerdem hat er mir vor wenigen Tagen die Klingel repariert, kostenlos. Er ist ein feiner Mensch. Ihr würdet euch sicher sehr mögen«, fügte sie mit einem vielsagenden Lächeln hinzu.

»Ich bin ganz froh, allein zu sein, Mama.« Ava lächelte angesichts dieses dürftigen Verkupplungsversuchs.

»Für eine Frau ist es nicht einfach allein. Du könntest dich glücklich schätzen, so einen tüchtigen Mann an deiner Seite zu haben. Es wäre eine große Entlastung für dich, Kind.«

»Ich fühle mich kein bisschen überlastet. Cosima und ich sind ein eingespieltes Team. Wir kommen prima miteinander aus, da ist für einen Mann kein Platz mehr. Du sagst, ›da wohnte er noch unten im Dorf‹? Und wo wohnt er jetzt?«

»Jetzt wohnt er hier oben, er ist mein Nachbar, auch wenn das nächste Anwesen ein Stückchen weg ist. Das Haus, in welchem er vorher zur Miete wohnte, wurde verkauft, und der neue Eigentümer hat ihm wegen Eigenbedarfs gekündigt. Kannst du dich noch an die alte Emma erinnern, die hier ein Stück weiter die Straße herunter wohnte?«

Ava nickte lächelnd. ›Das verrückte alte Emmchen‹, so hatten sie sie als Kinder genannt. Emma hatte immer bunte, schräg aussehende Hüte getragen und sich schon auf einen Rollator gestützt, als Ava fast noch ein Kind gewesen war. Sie hatte immer Bonbons und Lollis in ihrer schäbigen weißen Handtasche dabeigehabt, welche sie großzügig an die Kinder aus der Nachbarschaft verteilte und überhaupt an jedes Kind, das ihr jemals über den Weg gelaufen war.

»Klar erinnere ich mich an Emma. Ist sie gestorben?«

»Ja, mit weit über neunzig Jahren. Ich kann dir gar nicht sagen, wie alt genau sie war, aber sie hat lange durchgehalten. Jedenfalls in ihrem leerstehenden Haus, dort wohnt jetzt Michael

Brunner. Er hat es für einen Spottpreis erstanden, weil es so stark renovierungsbedürftig war. Schon seit Jahren baut er es ständig um und aus und hat es nach und nach wieder in das Schmuckstück verwandelt, welches es im letzten Jahrhundert gewesen sein musste, als Emmas Mann Edwin noch gelebt hat. Michael ist mir eine große Hilfe. Ohne ihn wäre ich hier oben aufgeschmissen und müsste vermutlich verhungern.«

Cäcilia Lubitsch sagte dies ohne jeden Vorwurf in der Stimme. Ava fühlte sich dennoch angegriffen.

»Mama, ich hätte dir auch mehr geholfen, die letzten Jahre. Aber …« Sie ließ den Satz unausgesprochen im Raum stehen.

»Ich weiß es, Kind. Schlimme Dinge sind passiert, und ich habe es vermutlich nicht besser verdient.«

»Dinge, über die ich nach wie vor nicht sprechen möchte, Mama«, sagte Ava entschieden.

Ihre Mutter legte sich einen ihrer dünnen, knochigen Finger auf die schmalen Lippen und zwang sich so zum Schweigen. Cosimas Blick schwang fragend zwischen den beiden Frauen hin und her, doch Ava dachte nicht daran, das Thema weiter zu vertiefen.

»Ich schenke dir mal Tee nach.« Sie füllte die Tassen, um etwas Sinnvolles zu tun zu haben. Cosima seufzte. Dann plauderten sie noch eine Weile über die alte Nachbarschaft.

Als die beiden später gingen, nahm sich Ava vor, sich in Zukunft regelmäßig um ihre Mutter zu kümmern. Sie hatte im Teeschrank eine Brille gefunden, welche ihr ihre Mutter dankbar abnahm mit der Bemerkung, dass sie diese schon seit Wochen suche. Es sollte hier auch dringend mal jemand gründlich sauber machen.

KAPITEL ZWEIUNDDREISSIG

UMSTÄNDLICH SCHLOSS Mona mit zwei freien Fingern ihren Briefkasten auf, während sie in der einen Hand ihre Einkaufstasche und ihr Portemonnaie und in der anderen ihr Handy und ihren Schlüsselbund hielt. Ein weißes Kuvert fiel ihr aus der geöffneten Klappe entgegen und landete auf dem Boden vor ihren Füßen.

Fluchend hob sie den Umschlag auf und schloss ihren Briefkasten wieder. Dann stieg sie die Treppe zu ihrer Wohnung hinauf, sperrte die Tür auf und warf sie hinter sich mit einem galanten Fußtritt zu. Der Umschlag erregte durch das gänzliche Fehlen eines Absenders ihre Aufmerksamkeit. Lediglich ihr Name stand in neutralen Lettern auf dem Papier. Während sie den frischen Lachs fürs Abendessen in den Kühlschrank räumte, war sie schon dabei, das Kuvert aufzureißen. Stirnrunzelnd faltete sie die mysteriöse Botschaft auseinander und las sie dreimal hintereinander.

Ihr Herz pochte heftig. Kannte Avas Stalker jetzt auch noch ihre eigene Adresse? Er musste ihr gefolgt sein bei einem ihrer vielen Besuche in letzter Zeit. Die Hand, mit welcher sie den Brief hielt, zitterte ein wenig, obwohl dieser Kerl offensichtlich nicht hinter ihr her war.

Mona ließ ihre leichte Jeansjacke an, schnappte sich den

Schlüssel und den Brief und verließ postwendend wieder ihre Wohnung, um zu Ava zu fahren.

Das hier musste sie sehen – jetzt sofort. Das musste geklärt werden. Vor Wut waren Monas Wangen heiß geworden, und es hatten sich hektische rote Flecken in ihrem Gesicht gebildet.

KAPITEL DREIUNDDREISSIG

»GERNE, wie Sie wollen. Dann verbleiben wir so. Ich fasse die Eckdaten noch einmal kurz zusammen. Sie brauchen fünf Geschichten im besprochenen Stil; Zielgruppe sieben- bis zehnjährige Kinder. Sie wünschen pro Geschichte ungefähr dreitausend Wörter, und der vereinbarte Wortpreis liegt bei vier Cent. Habe ich das alles richtig notiert?«

Ava blickte vom Telefon auf, als es an der Tür klingelte. Langsam bewegte sie sich mit dem Handy am Ohr in Richtung der Haustür.

»Super, dann verbleiben wir so. Natürlich halte ich mich an den Abgabetermin. Sie werden zufrieden sein, das verspreche ich Ihnen.«

Sie warf einen Blick durch ihr gläsernes Guckfenster und drückte die Türklinke nach unten, als sie Mona erkannte. Sie lächelte ihre Freundin an und registrierte nur flüchtig, welch ernste Miene diese machte.

»Ich schicke Ihnen die erste Geschichte übermorgen zum Gegenlesen zu, damit wir wissen, dass wir uns beide in die richtige Richtung bewegen. Wenn Sie mit ihr in der Form einverstanden sind, geben Sie mir bitte kurz Bescheid. Und den Rest liefere ich dann bis spätestens nächster Woche Freitag. Ja … super, ich danke Ihnen für den Auftrag. Ja, das wünsche ich Ihnen auch. Bis morgen dann.«

»Du glaubst es nicht, ich habe so einen großartigen Auftrag bekommen«, rief Ava vor Freude strahlend, nachdem sie aufgelegt hatte. »Und der Typ ist nett.« Sie brach abrupt ab, als sie den ernsten Gesichtsausdruck ihrer Freundin endlich wahrnahm. »Was ist?«, fragte sie alarmiert.

»Das ist«, erwiderte Mona ungewohnt kühl und warf den Brief auf Avas Esstisch, an welchem sie neulich noch so nett ihren siebenunddreißigsten Geburtstag gefeiert hatten.

»Was ist das?«

»Der ist von deinem seltsamen Verfolger. Er scheint dich gut zu kennen. Lies einfach.«

Irritiert registrierte Ava, dass Monas Gesicht nicht vor Sorge so verzogen war, sondern vor Wut.

»Habe ich dir was getan?«, wollte sie unsicher wissen und wies auf einen Stuhl.

»Nein danke, ich stehe lieber. Lies doch einfach.«

Mit zitternden Händen faltete Ava den anonymen Brief auseinander. Sie selbst musste sich setzen, sonst hätten ihre Beine nachgegeben.

Dann überflog sie die Zeilen:

Für Mona, die beste Freundin des verlogenen Dreckstücks

Wir kennen uns nicht, aber ich nehme mir die Freiheit, dich zu duzen. Ich weiß, dass sie dir erzählt hat, wie böse ich bin. Ich habe es an der besorgten Art gesehen, wie du sie nach Hause begleitet und dich dabei immer wieder in alle Richtungen umgesehen hast. Du brauchst keine Angst vor mir zu haben. Wenn die Schuldige auch nur ein Fünkchen Grips in der Birne hat, dann weiß sie ganz genau, warum ich all dies tue.

Sie ist nicht ehrlich! Vermutlich nicht mal zu dir, obwohl du angeblich ihre beste Freundin bist. Alles, was du über sie weißt, ist gelogen. Sie belügt und betrügt, wo sie nur kann, und ist absolut nicht die, für die du sie hältst. Klar wirst du dich jetzt bedingungslos auf ihre Seite stellen, schließlich bist du viel loyaler als dieses Dreckstück. Aber denk doch mal nach – was weißt du wirklich über sie? Wo hat sie früher gelebt? Wer ist der Vater dieses Mädchens? Woher kommt sie? Kennst du ihre Eltern? Ich wette, du weißt nichts über sie. Du weißt nicht, wie sie wirklich ist. Sie ist ein gewissenloses Dreckstück und deiner zugewandten Freundschaft nicht wert. Sie ist eine Mörderin. Sie hat Kummer und Leid über so viele Menschen gebracht. Frag sie danach. Sie wird dir keine Antwort geben. Sie spielt das arme Opfer in dieser Geschichte, aber glaub mir – ich allein bin hier das Opfer. Sie hat mein Leben zerstört und nicht nur meines. Sie ist eine gewissenlose Schlampe, die es nicht verdient hat, zu leben. Wende dich von ihr ab, solange du noch kannst. Befreie dich aus diesem Sumpf von Lügen, die sie dir auftischt. Oder willst du wirklich mit einer Mörderin befreundet sein?

Hochachtungsvoll, der die Wahrheit kennende Schatten

Fassungslos starrte Ava ihre Freundin an.

»Du wirst all das doch nicht etwa glauben, oder? Er will mich isolieren. Er will erreichen, dass ich am Ende ganz allein dastehe und ihm schutzlos ausgeliefert bin. Aber Mona, wie lange kennen wir uns jetzt?« Ava rang um die richtigen Worte, während ihr Gegenüber noch immer unschlüssig im Raum stand.

Mona schien mit sich und ihren Emotionen zu kämpfen.

Dann setzte sie sich widerwillig an den Tisch und atmete tief durch.

»Das habe ich mir auch schon gedacht. Aber … er hat recht. Ich weiß nichts über dich. Du weigerst dich auch nach jahrelanger Freundschaft beharrlich, mit mir über deine Vergangenheit zu sprechen. Warum?«

»Ich … Weil ich es nicht kann. Ich kann nicht. Ich sollte in Therapie gehen. Ich habe schlimme Dinge erlebt … Du wusstest seit Beginn unserer Freundschaft, dass es Ereignisse in meinem Leben gibt, über die ich niemals sprechen möchte. Weder mit dir noch mit meiner Tochter. In diesem Punkt war ich immer offen und ehrlich zu dir, und du hast es akzeptiert. Du hast es so hingenommen, dass es eben Dinge in meiner Vergangenheit gibt, über die ich nicht mal mehr nachdenken möchte; welche ich längst verdrängt habe. Das war unsere Vereinbarung, erinnerst du dich? Dies ist sicher nicht schön für dich, aber dennoch warst du damit einverstanden. Ich bin doch keine Mörderin. Allein, dass du das von mir denken kannst …« Ava brach ab, weil ihr heiße Tränen in die Augen schossen.

Mona legte ihr eine Hand auf den Unterarm und redete beruhigend auf sie ein. »Du hast recht. Du hast mich damals nicht belogen, sondern mich darum gebeten, es so hinzunehmen, dass du über deine Kindheit und Jugendzeit nicht sprechen möchtest. Es tut mir leid. Dieser Brief hat mich nur einfach so verunsichert. Ava, ich will wirklich nicht weiter in dich dringen, aber darf ich dir eine einzige Frage dazu stellen, ohne dass du böse auf mich bist?«

Ava nickte weinend und sah ihre beste Freundin mit tränenverschleiertem Blick an. Mona seufzte schwer, bevor sie die Frage leise aussprach.

»Stimmt es vielleicht doch? Hast du jemals im Leben einen Menschen getötet, wenn auch nur unbeabsichtigt? Was weiß ich, durch einen Autounfall oder so? Er nennt dich Mörderin, warum?«

Ava sah Mona fest in die Augen. »Ich schwöre dir auf Cosimas und mein und dein eigenes Leben, dass ich niemals einen Menschen getötet habe. Niemals. Wie kannst du das nur von mir denken? Ja, ich habe viele Fehler gemacht, aber niemals jemanden umgebracht«, äußerte sie unter Tränen. Die Enttäuschung über diese Frage machte sie fertig. »Glaubst du mir, bitte?«

Nach einigem Zögern nickte Mona zu ihrer grenzenlosen Erleichterung.

Leise schlich sich die Erkenntnis in Avas Bewusstsein, wer diesen Brief geschrieben haben könnte, doch die kompletten Zusammenhänge konnte sie noch immer nicht richtig erfassen.

Die Schuldgefühle drohten sie zu übermannen. Sie hatte etwas Schreckliches getan. War dies die Rechnung für ihr unverantwortliches Handeln? In diesem unaussprechlichen Fall würde sie alles verlieren, was ihr lieb und teuer war. Innerlich betete sie, dass sie sich irrte.

KAPITEL VIERUNDDREISSIG

IN DEN NÄCHSTEN Tagen konnte sie sich kaum auf ihre Arbeit konzentrieren. *Wenn du jetzt nicht endlich schreibst, wirst du noch die Deadline deines zweiten Auftrags verpassen und das gleich am Anfang. Also reiß dich verdammt nochmal zusammen.*

Doch auch die mahnenden Gedanken halfen ihr nicht weiter. Die Worte kamen nicht flüssig, sie geriet in keinen Flow, der ihr für gewöhnlich die Hälfte der Arbeit abnahm. Mit großer Anstrengung konnte sie die vereinbarte Frist gerade so einhalten.

Mona hatte so getan, als wenn sie ihr Glauben schenkte, aber sich dennoch seit jenem Tag von ihr zurückgezogen.

Nun hatte sie nur noch ihre Cosima, auf die sie sich verlassen konnte. Das Mädchen verbrachte viel Zeit draußen mit ihren Freunden und genoss den Sommer. Ava fiel keine passende Ausrede ein, wenn sie sich im Freibad verabredeten, obwohl sie sich vor weiteren Fotos von ihrer halbnackten Tochter fürchtete.

Doch seit dem Brief an ihre beste Freundin war alles ruhig geblieben. Die Tage zogen ereignislos an Ava vorüber. Dennoch rechnete sie ständig mit neuen Attacken und fühlte sich nirgendwo mehr sicher.

Immer öfter dachte sie darüber nach, einfach mit ihrer Tochter zu gehen. Doch wohin? Bezahlbarer Wohnraum war rar. Und dann die neue Selbstständigkeit. Was hatte sie finanziell schon vorzuweisen, wenn sie einem potenziellen Vermieter einen Einkommensnachweis erbringen müsste?

Sie brütete unentwegt über der Frage, wie es nun weitergehen sollte. Was würde ihr Peiniger als Nächstes tun, um ihr das Leben schwer zu machen? Diese Gedanken drehten sich wie ein Karussell in Avas Kopf und ließen sie keinen einzigen Augenblick mehr zur Ruhe kommen.

Lustlos schrieb sie an diesem Mittag einen Auftragstext. Doch sie war nicht dazu im Stande, sich zu konzentrieren. Ihre Gedanken schweiften unentwegt ab, bis sie ihre Arbeit frustriert abspeicherte und schloss.

Sie öffnete eine Suchmaschine und gab Begriffe ein, welche zu ihrer momentanen Situation am besten passten. ›Stalking und die Angst der Opfer‹ wurde ihr als erster Treffer präsentiert.

Die junge Frau überflog die Zeilen und auch andere Suchergebnisse, bis ihr der Kopf dröhnte. Ava hatte genug gelesen. Entnervt klappte sie ihr Notebook zu. Seufzend rieb sie sich die Augen. Sie fragte sich, was sie bloß tun sollte. Den ganzen Tag lang kreisten ihre Gedanken nur noch um dieses Thema.

Für Cosima hielt sie eine Normalität aufrecht, die es längst nicht mehr in ihrem Leben gab. Keine Normalität, keine Stabilität und keine Sicherheit mehr. Sie fühlte sich in ihren eigenen vier Wänden nicht mehr geborgen, das alles hatte dieser Stalker ihr genommen. Schon tagsüber war sie dazu übergegangen, die lichtundurchlässigen Vorhänge im Wohnzimmer zu schließen, damit sie nur ja niemand durch die Fenster beobachten konnte. So durfte es nicht weitergehen.

Ava zermarterte sich regelrecht den Kopf über einen möglichen Ausweg, doch sie fand keinen, der sich schnell und effektiv hätte umsetzen lassen. Zumal man ihr an diesem Morgen ein Schreiben mit der Mitteilung zugesandt hatte, dass das Verfahren gegen unbekannt wegen Hausfriedensbruchs und Sachbeschädigung eingestellt worden sei. Doch diese Information beruhigte sie eher, da sie somit kein weiteres Einschreiten vonseiten der Behörden zu befürchten hatte.

Die nächsten Stunden verbrachte sie mit dem Putzen ihrer

sowieso schon blitzsauberen Wohnung. An Schreiben war nicht mehr zu denken, auch wenn es mit der Deadline wieder mal verdammt knapp werden würde. Das hatte sie sich definitiv anders vorgestellt.

Wir müssen hier raus, wenigstens mal etwas Abstand gewinnen. Plötzlich wusste Ava ganz genau, was zu tun war. Sie musste zuvor nur noch eine kleine Sache auf ihrem Kalender checken. Genau, hier stand es. Sie hatte Cosimas beweglichen Ferientag richtig in Erinnerung behalten. Sie klappte den Kalender zufrieden zu, holte ihre leichte, cremefarbene Übergangsjacke aus dem Schrank und zog sie sich über ihr dünnes Shirt. Dann schminkte sie sich dezent die Lippen nach, nahm ihren Schlüssel von der Kommode und verließ das Haus, nachdem sie die Tür sorgfältig hinter sich abgeschlossen hatte.

Sich umblickend, dass sie von niemandem verfolgt wurde, betrat sie die Straße. *Das ist das Beste, was ich machen kann. Für mich und für Cosima.* Dann erreichte sie das Einkaufszentrum mit den vielen kleinen und größeren Geschäften. Sie schaute sich noch einmal nach allen Seiten um, doch sie konnte ihren Verfolger nirgendwo ausmachen. Daraufhin betrat sie zielstrebig das Reisebüro.

ALS AVA WIEDER DAHEIM WAR, gelang es ihr ohne große Mühe, ihren Auftrag konzentriert zu Ende zu führen. Sie hatte die letzten Worte soeben abgespeichert, als Cosima nach Hause kam und ihr einen flüchtigen Kuss auf die Wange drückte.

»Süße, setz dich, ich habe eine Überraschung für dich.«

»Okay, du bist aber gut drauf«, stellte Cosima lächelnd fest und musterte ihre Mutter aufmerksam.

»Du gleich auch, wenn ich dir meine Überraschung präsentiert habe«, meinte Ava mit einem vielsagenden Lächeln.

»Jetzt machst du es aber ganz schön spannend, Mama. Erzähl«, forderte Cosima und sah Ava neugierig an.

»Wir beide fahren über das nächste Wochenende ans Meer«, verkündete Ava stolz.

Cosima blickte fragend drein. »Aber die Schule … Das letzte Mal sind wir fünf Stunden pro Weg gefahren, lohnt sich das denn überhaupt?«

»Du hast nächsten Freitag deinen beweglichen Ferientag. Wir fahren Donnerstag gleich nach der Schule los und bleiben bis Sonntagnachmittag. Dann sollten wir abends zeitig genug zu Hause sein, damit du montags wieder fit für die Schule bist. Was sagst du?«

Cosimas überraschtes Lächeln wurde immer breiter, dann sprang sie auf und umarmte ihre Mutter herzlich. »Wow, das ist so eine großartige Überraschung, danke, Mama. Die Selbstständigkeit macht dich viel flexibler, und wir waren schon so lange nicht mehr am Meer. Und das steht alles schon ganz fest?«

Ava nickte stolz und präsentierte ihrer Tochter die Mappe mit der gebuchten Ferienwohnung. Interessiert bestaunte Cosima die schönen Bilder.

»Wow, das ist ja gemütlich eingerichtet. Du kannst das Doppelbett haben, und ich schlaf oben im Hochbett. Das ist eigentlich für vier Personen, richtig?«

»Richtig, eine Fischerhütte, ich freue mich so auf die Zeit mit dir allein. Einfach mal drei, vier Tage rauskommen und was anderes sehen, mein Schatz. Das wird uns beiden richtig guttun. Das haben wir uns verdient, denkst du nicht auch?«

Cosima nickte glücklich. Ava freute sich umso mehr auf die kleine Reise, wenn sie die Begeisterung ihrer Tochter sah. Sie würden es sich gutgehen lassen.

»Stell dir doch nur mal vor, die langen Spaziergänge, barfuß am Meer. Und dort gibt es so schnuckelige kleine Restaurants.«

»Ich kann mich vor allem noch an die großartigen Imbissbuden erinnern. Die haben die besten Pommes. Und weißt du noch, dieser kleine Burger-Laden damals? Die hatten so eine quietschgelbe Sauce auf ihren Burgern, die war richtig lecker.«

»Stimmt«, entsann sich Ava lachend. »Aber das ist lange her, ob die noch da sind?«

»Das finden wir dann alles heraus, Mama. Sind wir am selben Ort wie damals?«

Ava nickte. »Dort hat es uns doch beiden so gut gefallen. Wie lange mag das nun her sein? Sicher schon vier, fünf Jahre, nicht?«

»Bestimmt, ich war noch ein gutes Stück kleiner als du, aber heute kann ich dir auf den Kopf spucken«, scherzte Cosima. »Kommt Mona dieses Mal nicht mit?«

»Nein, Süße, dieses Mal sind wir beide ganz allein.« Sie konnte an der Reaktion ihrer Tochter genau ablesen, wie sehr sie sich über diese Nachricht freute, auch wenn sie Mona gerne mochte.

DIE NÄCHSTEN TAGE verlief alles ruhig. Allein schon mit der Aussicht auf diese tolle Auszeit fühlte sich Ava deutlich besser. Auch die Arbeit ging ihr nun wieder leichter von der Hand. Sie nahm gerade so viele Aufträge entgegen, dass sie bis zum Kurzurlaub damit fertig sein würde und dennoch ein ordentliches Sümmchen Geld zusammenkam.

Sie würde nicht kochen und nicht spülen in ihrem Ferienhaus am Meer. Sie würde Cosima jeden Abend auswärts zum Essen einladen – und wenn es eben nur an der Pommesbude wäre. Sie freute sich wahnsinnig darauf und betete, dass ihr vorher nichts und niemand mehr in die Quere kommen würde.

KAPITEL
FÜNFUNDDREISSIG

ENDLICH WAR DONNERSTAG. Nachdem sie ihre Tochter an diesem Morgen zur Schule gefahren hatte, packte sie zu Hause ihrer beider Sachen. Viel brauchten sie nicht für drei Tage. Als sie Cosimas schwarzen Bikini aus der Schublade heraussuchte, kamen wieder unschöne Erinnerungen an diese DVD hoch. Sie warf ihn achtlos zurück und entschied sich für den türkisfarbenen Badeanzug. Das war besser.

Als alle Sachen gepackt und im Auto verstaut waren, fuhr Ava zur Tankstelle. Sie ließ Öl und Wasser kontrollieren, sowie den Reifendruck. Außerdem tankte sie den Wagen voll. Sie war startklar, wie sie zufrieden feststellte.

Wieder zu Hause angekommen, bereitete sie mit Schinken und Käse belegte Sandwichs für unterwegs zu, kochte Eier und durchsuchte die Schränke nach Süßigkeiten. Mit einem dicken Lunchpaket, den Reisetickets, den Pässen und ihrem gut gefüllten Geldbeutel verließ sie endlich das Haus.

Die Sicherungen sind draußen, die Stecker gezogen, Fenster und Vorhänge geschlossen. Haustüre abgesperrt. Es ist alles gut, du kannst wirklich los. Dann ging Ava mit großer Vorfreude im Bauch.

Nach einem Blick auf die Uhr stellte sie fest, dass sie viel zu früh dran war. Erst in einer Stunde hätte Cosima Schulschluss. Also fuhr sie mit dem vollgepackten Auto in die Stadt, um dort noch einen Kaffee zu trinken. Vor der langen Autofahrt konnte sie den gut gebrauchen.

Pünktlich stand sie vor der Schule, als ihre Tochter freudig strahlend herauskam.

»Hey Mama, müssen wir noch nach Hause?«, wollte Cosima wissen, kaum dass sie eingestiegen war.

»Oh nein, auf in den Urlaub. Alles ist fertig.« Ava wies hinter sich auf die Taschen.

»Oh, ich freu mich so«, jubelte Cosima und gab ihr einen Kuss auf die Wange.

Die ersten Kilometer bis zur Autobahn schauten sie sich immer mal wieder im Rückspiegel nach einem möglichen Verfolger um, doch da war definitiv niemand. Auf der Autobahn konnten sie sich dann endlich entspannen. Sie drehten die Musik auf und sangen bekannte Lieder lauthals mit. So ausgelassen hatten sie sich lange nicht mehr gefühlt. Die beiden fuhren glücklich der Sonne entgegen.

KAPITEL SECHSUNDDREISSIG

WIE VIEL SPRIT er wohl noch verfahren musste, um dem Dreckstück zu folgen? Wer weiß, wohin sie wollte. Als sie losgefahren war, hatte sie mehrfach in den Rückspiegel und sich nach allen Seiten umgeblickt. Konnte sie ruhig. Er hatte gleich bemerkt, dass sie einfach gestrickt war und offensichtlich nicht sehr technikaffin. Jedenfalls schien sie bisher noch niemals was davon gehört zu haben, dass man in diesem Jahrhundert schon mit einfachen Mitteln einen GPS-Sender unter dem Auto befestigen konnte, was er bei ihr natürlich getan hatte – schon vor Wochen. Es brachte ihr also gar nichts, sich so ängstlich nach ihm umzusehen. Er würde ihr einfach später folgen, wenn sie am wenigsten mit ihm rechnete.

KAPITEL SIEBENUNDDREISSIG

DAS KLEINE FISCHERHAUS lag malerisch an der Küste und war wunderschön eingerichtet. Die äußere Fassade war in verwitterten, warmen Tönen gehalten. Das Haus strahlte rustikalen Charme aus, passend zur maritimen Umgebung. Die Sonne war bereits untergegangen, als Ava und Cosima schwer bepackt mit ihren Taschen die hölzerne Tür aufschlossen. Nachdem sie ihr Gepäck auf das erste der insgesamt vier Betten in zwei kleinen Zimmern abgestellt hatten, streckte Ava ihre von der Fahrt steif gewordenen Glieder und gähnte ausgiebig.

»Ich bin noch nicht müde, du auch nicht, oder? So öde will ich den ersten Abend nicht verbringen. Lass uns noch was machen.« Cosima sah ihre Mutter mit bittendem Blick an.

»Wer sagt denn, dass ich müde bin?«, wollte diese lachend wissen.

»Ich sehe es dir an der Nasenspitze an«, erwiderte Cosima den Satz, welchen sie von Ava noch aus ihrer frühsten Kindheit kannte.

»Gut, erwischt. Aber trotzdem unternehmen wir noch was Schönes. Ich habe Hunger, wie sieht es mit dir aus?«

»Meinst du, von einem Sandwich würde ich satt werden?« Mit gequältem Gesicht rieb sich Cosima mit der Hand über ihren leeren Magen.

»Ach du armes, verhungertes Kind. Dann nichts wie los. Lass mich nur noch schnell Pipi machen.«

Schon war Ava in dem kleinen Badezimmer verschwunden. Cosima ließ die heimelige Atmosphäre des Ferienhauses einen Moment lang auf sich wirken. Es sah genauso aus, wie sie es von ihrem letzten Urlaub hier in Erinnerung hatte und es auf diversen Fotos festgehalten worden war. Es war auf zwei Etagen aufgeteilt und gemütlich mit Holzmöbeln ausgestattet sowie mit einem dunkelblauen Sofa. Zwei Schlafzimmer sorgten für Privatsphäre. Ein großer Kamin lud zu einem heimeligen Abend am Feuer ein. Cosima hatte sich extra ein neues Buch gekauft, bevor sie hierhergefahren waren. Ihre Mutter kam aus dem Badezimmer.

»Eine Sekunde später und ich hätte für nichts mehr garantieren können«, sagte sie lachend.

»Das war der ganze Kaffee, welchen du dir unterwegs reingeschüttet hast.«

»Klar, sonst wäre ich bei der Fahrt eingeschlafen. Komm, Maus, wir packen die Sachen später aus. Der Abend ist noch jung. Lass uns was zu essen suchen gehen.« Ava griff nach ihrem Schlüssel und verließ ihr Feriendomizil sogleich wieder. Die Tür sperrte sie sorgfältig von außen ab.

»Wenigstens hier brauchen wir uns keine Gedanken wegen dieses Verrückten zu machen«, sagte Cosima.

Sofort hatte Ava wieder ein flaues Gefühl in der Magengegend. »Lass uns im Urlaub bitte einfach gar nicht über ihn sprechen, einverstanden? Ich will nicht mal daran denken, und du sicher auch nicht, oder?«

Cosima schüttelte den Kopf. »Du hast recht, Mama. Themenwechsel.«

Die beiden verließen mit dem Auto die eingezäunte Ferienanlage, indem sie mit der Chipkarte, welche ihnen zusammen mit den Reiseunterlagen ausgestellt worden war, die geschlossene Schranke öffneten.

»Wir sind hier unmittelbar an der französischen Grenze. Es

dauert nur Minuten, um Belgien zu verlassen und in Frankreich anzukommen«, erklärte Ava während der Fahrt.

»Ja, das hast du damals schon erwähnt. Als wir am Meer standen, weißt du noch?«, entsann sich Cosima mit einem verzückten Lächeln.

»Ich weiß es noch genau, mein Schatz, aber ich hätte nicht gedacht, dass du dich noch daran erinnerst. Wir standen am Meer, etwa zehn Meter auseinander und ich habe gesagt, dass wir uns möglicherweise gerade in zwei verschiedenen Ländern aufhalten, du und ich.«

»Genau, Mama – und dass du es nicht ertragen kannst, so weit von mir weg zu sein. Dann hast du mich geschnappt und wild herumgewirbelt.«

»Genauso war es, mein Schatz. Doch dann musste ich dich runterlassen, weil dir übel wurde, nachdem du dich zuvor mit Pommes und Majo vollgestopft hattest, bis dir der Bauch wehtat.« Die beiden lachten bei der gemeinsamen schönen Erinnerung.

»Pommes mit Majo könnte ich jetzt auch essen, ich habe wirklich Hunger.«

Ava nickte. »Da hätte ich auch Lust drauf. Lass uns eine Bude suchen. In ein Restaurant will ich nach der langen Fahrt jetzt nicht mehr. Aber das Meer will ich heute noch unbedingt sehen, ob es nun dunkel ist oder nicht. Was sagst du?«

»Auf jeden Fall, Mama. Ein Blick aufs Meer gehört einfach dazu.«

Zwanzig Minuten später saßen sie an der Uferpromenade und aßen im Licht der Straßenlaterne jede eine Portion Pommes frites mit Ketchup und Majo. Ihren Blick hatten sie auf das tiefschwarze Meer gerichtet, von dem sie leider nichts erkennen konnten. Doch die salzige Seeluft nahmen sie wahr und genossen die stille Vertrautheit zwischen Mutter und Tochter.

»Hier ist es so friedlich und einfach wunderschön. Das Meeresrauschen wirkt so beruhigend auf mich. Lass uns morgen ganz lange hierherkommen. Am besten gleich am Vormittag zu einem Spaziergang. Und vielleicht ist es etwas später schon warm genug, um eine Runde zu schwimmen. Ich würde mich so drüber freuen, hab das Meer vermisst.«

»Ich auch«, sagte Ava verträumt. Sie legte eine Hand auf Cosimas Unterarm. »Ich bin froh, dass wir hier sind. Wir beide zusammen. Ich habe dich so lieb. Komm, Süße, lass uns fahren. Dein Arm ist ganz kalt. Ich habe doch gesagt, zieh dir wenigstens eine Weste an.«

»Es ist wirklich ziemlich frisch. Einverstanden, hab dich auch lieb, Mama.«

Den Müll entsorgten sie in einem nahegelegenen Abfalleimer, und dann gingen sie eilig zurück zum Auto.

ALS SIE BEIM FERIENHAUS ANKAMEN, war die Holztür nur angelehnt.

»Cosima …«, flüsterte Ava und wies mit dem Kopf in Richtung des Eingangs.

»Ich sehe es …«, flüsterte Cosima ängstlich zurück.

Avas Herz schlug augenblicklich schneller. *Wir sind hier nicht sicher. Schnapp dir dein Kind und geh, so schnell du kannst.* Rückwärts zog Ava Cosima von der Tür weg. Als das Mädchen protestieren wollte, legte sie sich einen Finger auf die Lippen, um ihr zu bedeuten, zu schweigen. Sie geleitete ihre Tochter zum Auto. Beide setzten sich nach vorne und verschlossen die Türen von innen.

»Jemand ist eingebrochen, Mama. Wir müssen die Polizei verständigen.«

»Ich muss rein, unsere Sachen holen. Wir können nicht hierbleiben. Anscheinend wurden wir verfolgt.«

Cosima sah Ava verständnislos an. »Quatsch, Mama. Hier wird jemand aus der Gegend eingebrochen sein, weil er bei Touristen viel Bargeld vermutet.«

Ava dachte einen Moment lang über die Theorie ihrer Tochter nach. Es wäre möglich, dass sie recht hatte. Vielleicht wurde Ava allmählich paranoid. Doch was war mit ihrer eigenen Theorie? Konnte es sein, dass ihr Stalker sie verfolgt hatte? *Du hast dich immer wieder nach einem möglichen Verfolger umgesehen. Kurz vor Belgien warst du lange allein auf der Autobahn unterwegs. Du hast aufgepasst wie ein Luchs, es kann nicht sein. Mach dich nicht verrückt.*

»Vielleicht hast du recht. Vielleicht war es bloß ein Einheimischer auf der Suche nach Bargeld. Aber was machen wir jetzt? Wir können nicht einfach da reinspazieren und drauf warten, dass uns am Ende noch jemand überfällt. Wir brauchen einen Plan.«

»Was schlägst du vor?«, wollte Cosima wissen.

»Ich geh rein und hol unsere Sachen raus. Dann rufen wir den Vermieter des Ferienhauses an und fahren im Anschluss nach Hause.«

Cosima sah ihre Mutter entgeistert an. »Das ist aber ein ganz schlechter Plan. Erstens kannst du nicht allein da rein, zweitens sind die Sachen jetzt erst mal egal, und drittens möchte ich nicht nach Hause. Wir sind doch gerade erst hier angekommen. Sollen wir uns dieses Wochenende nun auch noch nehmen lassen? Wir sind hier, um uns zu erholen, vergiss das nicht.«

Ava nickte bedächtig. Ihre Tochter hatte recht.

»Ich weiß nicht … Lass mich wenigstens unsere Sachen da rausholen. Du bleibst hier im Auto und verriegelst die Türen hinter mir, verstanden?«

Cosima schüttelte energisch den Kopf. »Das geht nicht, Mama. Wenn er noch dadrin ist, kann das wirklich gefährlich für dich werden. Lass uns zu zweit gehen.«

»Nein, auf keinen Fall. Du machst, was ich dir gesagt habe, verstanden?«, versicherte sich Ava ungewohnt streng.

»Gut, aber wenn du in exakt drei Minuten nicht hier bist, komme ich nach, und in diesem Punkt gebe ich nicht nach.«

Ava bedachte Cosima mit einem vorwurfsvollen Blick, dann verließ sie das Auto. Sie blieb am Wagen stehen, bis sich ihre Tochter von innen eingeschlossen hatte. Sie schlich zu ihrem Ferienhaus und drückte die aufgebrochene Tür vorsichtig und so leise wie möglich ein Stück weiter auf. Sie knarzte unangenehm. Ava lauschte in die darauffolgende Stille, doch sie vernahm kein Geräusch.

Es waren nur ein paar Meter bis zu dem Schlafzimmer, in welchem ihr Gepäck lag. Mit ihren elastischen weißen Sneakers verursachten Avas zaghafte Schritte nicht den geringsten Laut auf dem hölzernen Dielenboden. Nach wenigen Sekunden war sie an der Zimmertür angekommen und drückte langsam und kontrolliert die Klinke nach unten. Die Tür ließ sich nahezu geräuschlos öffnen. Ava bereitete sich innerlich auf einen Angriff vor, doch als sie sie ganz aufschob, geschah nichts dergleichen. Noch einmal hielt sie inne, um zu lauschen. Nichts. Kein verdächtiges Atmen aus dem schummrigen Zimmer; kein Rascheln; kein Knirschen von schleichenden Sohlen; kein Quietschen von sich öffnenden Schränken oder etwas Ähnliches. So traute sie sich, das Schlafzimmer leise zu betreten.

Schemenhaft sah sie ihr Gepäck offensichtlich unberührt im Halbdunkeln vor sich auf dem Bett stehen. Doch noch immer hatte sie Angst vor einem Hinterhalt. Sollte sie es wagen, das Licht anzuschalten? Ehe sie weiter darüber nachdachte, hatte ihre Hand den Schalter schon betätigt. Zwei Sekunden brauchten ihre Augen, um sich an die plötzliche Helligkeit zu gewöhnen, dann sah sie mit Entsetzen die Bescherung. In einer panischen Bewegung schnappte sie sich hektisch all ihre Gepäckstücke und verließ fluchtartig das Ferienhaus. Die Tür ließ sie achtlos offen stehen, sie war sowieso zu nichts mehr nutze, da das Türblatt mit einem Brecheisen beschädigt worden war.

Cosima kam ihr entgegen und half ihrer Mutter eilig, die Taschen im Wagen zu verstauen. Wortlos stiegen sie ein und verließen umgehend die Ferienanlage.

»Was war denn, Mama? Muss ich dir denn alles aus der Nase ziehen? So rede doch mit mir«, bettelte Cosima, doch Ava schien unter Schock zu stehen und konzentrierte sich nur darauf, so schnell wie möglich über alle Berge zu kommen.

Sie bog in den nächsten einsamen Waldweg ein, welchen sie finden konnte, und hielt für einen Moment auf einem abgelegenen Parkplatz. Sie wies Cosima in knappen Worten an, das Auto wieder von innen zu verriegeln. Dann nahm sie ihr Handy aus der Tasche und rief den Vermieter ihres Ferienhauses an.

Wortreich berichtete sie dem Mann von dem Einbruch und ihrer Flucht.

»Ich bedaure dies so sehr. Ich besitze noch ein anderes Häuschen in dem gleichen Ferienpark. Ich komme jetzt sofort raus und übergebe Ihnen die Schlüssel«, konnte Ava den Mann gedämpft durchs Handy hören.

»Nein, tut mir leid. Wir fahren jetzt heim. Ich wollte Sie nur umgehend informieren ... Nein, keine Chance. Aber danke. Ja genau ... das mit der Kostenrückerstattung vereinbaren wir in Ruhe, wenn wir wieder zu Hause sind. Kein Problem, es ist nicht Ihre Schuld. Ja ... danke.«

SCHWEIGEND FUHREN sie in die Nacht hinein. Cosima betrachtete unschlüssig das Profil ihrer Mutter. Ihren starren Blick und ihre fest zusammengepressten Lippen. Sie hielt das Lenkrad mit eisernem Griff umklammert. Sie wirkte verärgert auf das Mädchen, aber auch ängstlich.

»Magst du mir jetzt vielleicht erzählen, was du in dem Ferienhaus vorgefunden hast?«, setzte Cosima vorsichtig an.

Eine gefühlte Ewigkeit antwortete Ava nicht, sodass Cosima schon überlegte, ob sie ihre Frage wiederholen sollte.

Ava atmete einmal tief durch, bevor sie endlich sprach. »Ich weiß nicht, wie er das angestellt hat, aber er hat uns tatsächlich aufgespürt und ist uns die gesamte Strecke nachgefahren.«

»Woher weißt du, dass er es war?«, fragte Cosima zaghaft.

»Weil er uns eine Nachricht auf der Spiegeltür vom Kleiderschrank hinterlassen hat. Mit irgendeinem roten, schmierigen Stift. Könnte Lippenstift gewesen sein.«

»Was für eine Nachricht, Mama?«

»*Ich finde euch überall!*«, antwortete Ava gepresst.

Cosima seufzte schwer und wischte sich mit den Händen über die müden Augen. Einen Moment lang schwiegen die beiden.

»Wie kann er das gemacht haben? Es war lange Zeit definitiv

niemand hinter uns. Das weiß ich ganz genau.« Avas Stimme klang verzweifelt.

»Du, die neue Technik ... Wenn er jemals Zugriff auf dein Handy hatte, dann reicht das schon, um irgendeine Stalker-App draufzuspielen.«

AVA DACHTE einen Moment über Cosimas Worte nach. Der Typ konnte keinen Zugriff auf ihr Handy gehabt haben, denn in der Nacht des Einbruchs hatten sie sich mit den Handys zusammen im Zimmer eingeschlossen. Doch dann fiel ihr das Freibad ein. Dort konnte er mühelos an Cosimas Handy gelangt sein. Schließlich war es dem Schwein auch gelungen, unbemerkt Fotos von ihrem Kind zu schießen. Doch diesen Gedanken behielt sie lieber für sich. Am verletzlichen Blick ihrer Tochter konnte sie erkennen, dass diese schon genug Angst und Sorgen hatte. Da musste sie nicht auch noch Öl ins Feuer gießen.

»Oder er hat uns was ans Auto gehängt«, mutmaßte Cosima weiter.

»Wir sind hier doch nicht in einem billigen Krimi«, widersprach Ava. Das Thema war für sie damit erledigt. Egal, wie er es angestellt hatte – von nun an konnte sie nirgendwo mehr unbemerkt hin. Sie würde später mit Cosima zusammen beide Handys kontrollieren. Vier Augen sahen schließlich mehr als zwei.

Kurz darauf schlief Cosima auf dem Beifahrersitz tief und fest ein. Ava selbst musste sich sehr anstrengen, wach zu bleiben. Immerhin hatte sie die ganze Fahrt von hunderten Kilometern heute schon einmal hinter sich gebracht. Mitten in der Nacht hielt sie an, um Rast zu machen. Sie wollte nur einen Moment lang die Augen ausruhen, nachdem sie sich von innen im Wagen eingeschlossen hatte, schon schlief sie fest ein und erwachte erst am nächsten Morgen wieder von den warmen Sonnenstrahlen, welche durch die Frontscheibe fielen.

»Cosima, ich bin eingeschlafen«, flüsterte sie rau und schüttelte ihre immer noch dösende Tochter am Arm, bis diese allmählich erwachte.

»Wie spät ist es?«, fragte sie verwirrt.

Ava warf einen Blick auf ihr Handy. »Gleich sieben Uhr. Mensch, ich wollte mich nur kurz ausruhen.«

»Ist doch egal, Mama. Besser, als während der Fahrt einzuschlafen.«

Nachdem sie sich im Toilettenhäuschen des Parkplatzes erleichtert, sich frischgemacht und im Auto etwas gegessen und getrunken hatten, setzten sie ihre Fahrt nach Hause ohne weitere Zwischenfälle fort. Ihre Laune war denkbar schlecht, nachdem man ihnen nun auch noch den Kurzurlaub genommen hatte, auf welchen sie sich so gefreut hatten.

»Ich mach das wieder gut«, versprach Ava mit einem flüchtigen Seitenblick auf ihre Tochter.

Diese verdrehte genervt die Augen, dann fing sie sich wieder. »Es ist nicht deine Schuld, alles gut.«

Doch ihr Gesichtsausdruck strafte ihre Worte lügen. Sie konnte Cosima die Enttäuschung an den Augen ablesen. Sie selbst war ebenfalls untröstlich. Wie lange schon hatten sie keinen solchen Ausflug mehr geplant? Und dann geschah so was. Ava legte Cosima liebevoll eine Hand aufs Bein.

»Komm schon, Maus. Wir kriegen unser Geld zurück, und dann holen wir das bald nach, das verspreche ich dir.«

»Wie denn?«, verlangte Cosima vorwurfsvoll zu wissen und sah ihre Mutter trotzig an. Ava schwieg. »Er wird genau das Gleiche wieder tun – egal wohin wir fahren. Er wird uns finden, wo auch immer wir uns verstecken. Ich will das alles nicht mehr. Ich will mein altes Leben wieder zurückhaben. Meinst du, ich merke nicht, wie viele Sorgen du dir um mich machst? Und ich mache mir auch Sorgen, dass dir etwas passiert, denn offensichtlich gilt das alles hier eher dir. Mein Hund ist tot. Was soll denn als Nächstes passieren? Unsere Wohnung ist nicht mehr sicher, und verreisen können wir auch nicht. Er wird uns selbst dann finden, wenn wir umziehen. Ich sehe, dass du mit den Nerven fertig bist, aber ich kann auch nicht mehr, Mama. Ich habe mich auf diesen kurzen Urlaub echt gefreut, weißt du?« Cosima gestikulierte wild mit den Händen.

»Meinst du, ich hätte mich nicht darauf gefreut? Aber was soll ich denn machen, um diesen Wahnsinn zu beenden?«, wollte Ava verzweifelt wissen.

»Geh zur Polizei. Sie haben nur das mit Jaro und der Scheibe so richtig mitbekommen. Wenn sie wüssten, was sonst noch alles vorgefallen ist, würden sie uns sicher helfen. Was weiß ich – jemanden abstellen, der das Haus im Auge behält, oder so«, verlangte Cosima energisch.

»Im Leben tun sie das nicht. Stalkingopfer werden immer alleingelassen mit ihren Problemen.«

»Du hast es ja nicht mal versucht«, warf ihr Cosima wütend an den Kopf.

Ava sah ein, dass sie damit vollkommen recht hatte, doch sie konnte einfach nicht. Das Risiko war zu groß. Weil sie nichts mehr zu sagen hatte, schwieg sie auf den Vorwurf ihrer Tochter. Diese steckte sich entnervt die Stöpsel ihrer Kopfhörer in die Ohren und drehte am Handy die Musik auf volle Lautstärke auf.

Drei Stunden später waren sie wieder zu Hause; traurig und vor allem frustriert.

NOCH AM FOLGETAG suchte Ava die Autowerkstatt ihres Vertrauens auf, um Cosimas Verdacht nachzugehen, nachdem sie ihre Handys ohne Erfolg näher unter die Lupe genommen hatten.

›Ob man so eine Spionage-App überhaupt als solche erkennen kann?‹, hatte Cosima laut überlegt. Ava wusste es nicht.

»Frau Lubitsch, wie kann ich Ihnen weiterhelfen?« Der Mechaniker im Blaumann kam mit freundlichem Gesicht hinter seinem Tresen hervor.

»Wenn Sie vielleicht so freundlich wären, mal unter meinen Wagen zu sehen?«, begann Ava vorsichtig.

Ihr Gegenüber schien merklich irritiert zu sein.

»Und was genau suchen wir darunter?«, fragte er amüsiert, jedoch keinesfalls, um sie bösartig aufs Korn zu nehmen.

Ava seufzte. »Ich weiß gar nicht, was ich da sagen soll, ohne völlig paranoid zu klingen …«

»Trauen Sie sich einfach, dann sehe ich, was ich für Sie tun kann«, bot der Mann aufrichtig lächelnd an.

»Also, meine Tochter und ich … wir hatten in letzter Zeit seltsame … Vorkommnisse. Wir werden von einem Stalker verfolgt. Sogar in den Urlaub ist er uns nachgefahren, und ich habe keine Ahnung, wie er das gemacht hat …«

»Sie meinen einen Peilsender?«, fragte der Mann überrascht. Er rieb sich seine ölverschmierten Hände an einem ebenso dreckigen Lappen ab.

»Ja, meine Tochter hat mich auf die Idee gebracht. Ich weiß, das hört sich an wie in einem schlechten Krimi, aber es würde mich sehr beruhigen, wenn Sie vielleicht mal nachsehen könnten«, bat Ava.

»Das ist gar keine so schlechte Idee von Ihrer Tochter, das ist durchaus möglich. Diese GPS-Ortungssysteme gibt es heute für ganz kleines Geld zuhauf im Internet zu kaufen. Jeder Hinz und Kunz kommt mühelos an ein solches Gerät. Es wird mit dem Smartphone verbunden, bevor es angebracht wird, und schon weiß Ihr Verfolger von jedem Meter, den Sie zurücklegen. Wir bocken den Wagen mal eben hoch und werfen einen Blick drauf, einverstanden?«

Ava nickte und überreichte dem hilfsbereiten Mann ihren Schlüsselbund. Es dauerte keine zwei Minuten, bis er ihr Auto auf der Hebebühne hatte.

»Tatsächlich, junge Frau. Hier haben wir den Übeltäter«, rief er und demontierte ein winzig kleines, eckiges Gerät vom Fahrzeugboden, welches dort anscheinend mit einem starken Magneten angeheftet worden war. »Diese Dinger sind teuflisch und in einer Nacht- und-Nebel-Aktion innerhalb weniger Sekunden unters Auto geklatscht. Ich an Ihrer Stelle würde sofort die Polizei einschalten.«

Er überreichte ihr das winzige Stück Technik, welches in ihrer

Hand rot blinkte. Ava war fassungslos und wusste überhaupt nicht mehr, was sie noch sagen sollte.

»Ja, das werde ich wohl tun müssen«, stammelte sie. Es fiel ihr schwer, die richtigen Worte zu finden.

»Müssen Sie. Mit solchen Männern ist nicht zu spaßen. Wenn Sie das nächste Mal in Urlaub fahren, kommen Sie einfach unmittelbar vor der Fahrt hierher – wenn Sie nichts mehr ins Auto einladen müssen und es nirgendwo mehr abstellen. Dann kontrolliere ich den Wagenboden erneut, damit Ihnen so was nicht wieder passiert«, bot ihr der hilfsbereite Mann an.

Ava warf ihm einen erleichterten Blick zu.

»Danke, das ist so eine gute Idee. Das werde ich tun. Was schulde ich Ihnen?«, wollte sie wissen.

»Ach gar nichts, Sie sind eine treue Kundin. Ich habe Ihnen gerne geholfen«, wehrte er ab.

Ava dankte ihm von ganzem Herzen. Geschockt fuhr sie nach Hause.

KAPITEL ACHTUNDDREISSIG

»ICH MÖCHTE dich doch einfach nur sehen. Bitte«, sprach Ava auf die Mailbox von Monas Handy. Sie hatte sich schon seit Tagen weder von allein blicken lassen noch auf Avas Anrufe reagiert. Wie konnte sie ihre beste Freundin nur für eine Mörderin halten? Ava hatte bisher nicht einmal Gelegenheit dazu gehabt, ihr vom verpatzten Urlaub zu erzählen.

Sie nahm sich fest vor, am Abend bei Mona vorbeizufahren, falls sie auch diesmal nicht zurückrufen würde. So wollte sie die Dinge nicht zwischen ihnen stehen lassen. Sie brauchte Mona gerade in dieser schwierigen Zeit dringender als jemals zuvor.

Noch während sie ihr Handy gedankenverloren in der Hand hielt, klingelte dieses. Mona, na endlich. Doch ein Blick auf ihr Display verriet ihr, dass Cosima sie anrief. Mitten am Schulmorgen? Das war ungewöhnlich. Schnell wischte sie die Annahme-Funktion.

»Mama, der Typ ist hier«, flüsterte Cosima ängstlich in den Hörer.

Ava bekam augenblicklich schwitzige Hände und Herzrasen.

»Wo ist er? Bist du in Sicherheit?« Ihre Stimme klang aufgebracht und zittrig.

»Ich bin jetzt zurück im Gebäude und kann ihn nicht mehr sehen. Ich war draußen an der Toilettenanlage. Weil ich allein war, habe ich meinen Rucksack einen Moment lang an der

Heizung abgestellt. Ich glaube, er hat sich daran zu schaffen gemacht. Ich habe reingeschaut, es scheint nichts zu fehlen.«

»Hat er dir was getan oder dich bedroht?«, fragte Ava hektisch. Bisher hatte sie nur einen Bruchteil der Geschichte verstanden.

»Nein, hat er nicht – aber er war es eindeutig. Wir reden gleich, Mama. Kannst du mich bitte abholen? Ich will nicht mehr hier sein, ich habe Angst.«

»Ich komme sofort. Komm nicht raus, ich komme rein, ins mittlere Gebäude, dort wartest du auf mich, okay? Geh nur nicht mehr allein nach draußen, hörst du?«

»Ja, verstanden. Ich sage Herrn Piontek, dass mir schlecht ist. Dann lässt er mich gehen, ohne dass ich von der Sache erzählen muss«, fügte Cosima noch hinzu. So verblieben die beiden.

Ava ließ alles stehen und liegen und fuhr so schnell wie möglich zur Schule. Dort angekommen hastete sie aus dem Auto, lief über den Schulhof und ins Hauptgebäude hinein. Cosima hockte erschöpft und zusammengekauert auf dem Boden. Ava war so froh, sie unbeschadet zu sehen.

»Komm, Maus, lass uns gleich nach Hause fahren. Wir sind hier nicht mehr sicher.« Sie reichte ihrer Tochter eine Hand und zog diese auf die Beine. Cosima fühlte sich in ihren Armen schlapp und kraftlos an.

»Geht es dir wirklich gut?«, fragte Ava besorgt und drückte ihr Kind einen Moment lang an sich.

»Körperlich schon, nur kann ich das alles einfach nicht mehr aushalten, Mama.«

»Wir lassen uns was einfallen, Schatz. Das verspreche ich dir. Jetzt erzähl mir erst mal genau, was passiert ist.« Sie gingen eng umschlungen über den Parkplatz. Dann schlossen sie sich im Auto von innen ein, wie so oft in letzter Zeit.

»Wir hatten nach dem Sport nur eine kleine Pause. Die Zeit war knapp, weil wir von der Sporthalle aus noch zu unserem Schulgebäude laufen sollten. Ich musste dringend zur Toilette, weil ich beim Völkerball so viel Wasser getrunken hatte, doch da klingelte es schon. Ich sagte Celine, dass sie Herrn Piontek

Bescheid geben solle, dass ich noch einen kurzen Moment brauche. Als ich zu den Toilettenräumen ging, war ich daher allein auf dem Schulhof. Ich stellte meinen Rucksack nur einen Augenblick lang vor der Heizung auf dem Boden ab, weil ich ihn nicht mit in die Klokabine nehmen wollte – dort sind immer die Haken abgebrochen, und es ist so dreckig und eklig. Dann hörte ich ein Geräusch und dachte, eine andere Schülerin wäre mit mir im Nassraum. Ich schloss die Tür von meiner Kabine auf und bin so schrecklich erschrocken. Da saß dieser Kapuzenheini in der Hocke vor meinem Rucksack und hat ihn – keine Ahnung – durchwühlt oder so. Ich blieb wie angewurzelt stehen, und er hat in meine Richtung gestarrt. Dann ist er wortlos aufgesprungen und aus dem Toilettenhaus gerannt wie ein Wildgewordener«, schloss Cosima schaudernd ihren Bericht ab.

»Er hat keine Anstalten gemacht, dich in irgendeiner Weise anzugreifen?«, wollte Ava wissen.

Cosima schüttelte den Kopf. »Nein, das gar nicht. Ich weiß auch nicht, was er in meinem Rucksack gesucht hat. Sicher irgendwas Persönliches, ein Tagebuch oder so was. Aber ich habe nur Schulsachen bei mir, es fehlt mir nichts. Meine Bücher und Hefte sind noch alle da und unversehrt. Genauso wie mein Mäppchen.«

»Er hat dir auch nichts hineingetan?«, bohrte Ava nach. Die kranke DVD kam ihr wieder in den Sinn.

Cosima kramte erneut in ihrem Rucksack. »Nein, alles wie vorher.«

»Du sagtest, er habe in deine Richtung gesehen. Könntest du ihn mir vielleicht beschreiben? Oder wenigstens schätzen, wie alt er ungefähr ist?«

Cosima schüttelte den Kopf. »Nein, gar nicht, der hatte die Kapuze so tief über die Augen gezogen, dass ich nicht mal seinen Mund richtig erkennen konnte. Außerdem ging das alles viel zu schnell, und ich war doch auch so schlimm erschrocken. Einen dunkelblauen Jogginganzug hat er getragen, so einen weiten mit großer Kapuze. Daher weiß ich nicht mal, wie dünn oder dick er darunter ist.«

Ava nickte und strich ihrer Tochter beschwichtigend über den Rücken.

»Wir müssen überlegen, was wir tun. So kann es nicht weitergehen. Wenn du jetzt nicht mal mehr in der Schule sicher bist. Hat jemand was von diesem Vorfall mitbekommen?«

Cosima schüttelte erneut den Kopf.

»Lass uns nach Hause fahren. Wir lassen uns später in Ruhe was einfallen.«

Cosima nickte und zog ihr Englischbuch aus ihrem Rucksack.

»Du willst doch jetzt nicht zu Hause lernen, oder?«, fragte Ava skeptisch, doch Cosima nickte abermals.

»Ich will nicht, ich muss. Wir schreiben übermorgen einen Vokabeltest. Das ist reine Fleißarbeit, und nach der letzten Englischarbeit brauche ich diese Note dringend, damit ich noch eine Zwei auf dem Zeugnis bekomme.«

»Ich verstehe das und bewundere deinen Ehrgeiz, aber nach einem solchen Vorfall musst du dich auch ein wenig ausruhen und abschalten, hörst du?«

Cosima versprach es, dann kamen sie zu Hause an.

»WENIGSTENS HAST DU ETWAS GEGESSEN, besser als nichts.« Ava räumte Cosimas und ihren eigenen Teller ab.

»Deine Pekingsuppe ist auch wirklich unschlagbar lecker«, meinte Cosima und mühte sich um ein kleines Lächeln. »Vielleicht leg ich mich noch ein bisschen hin. Der Vorfall heute in der Schule war einfach zu viel für mich.«

»Mach das, Schatz. Ich werde jetzt das Geschirr spülen und dann noch an einem Text weiterarbeiten.« Ava kratzte die letzten Suppenreste aus dem Topf und beförderte diese in den Mülleimer.

»Ich bringe dir noch meine Brotdose zum Spülen«, sagte Cosima und trottete in ihr Zimmer.

Ava spritzte eine zu große Menge Spülmittel in ihr heißes, einlaufendes Wasser. Innerhalb weniger Sekunden bildete sich ein Schaumberg. Sie zog ihre Putzhandschuhe über und nahm sich die große, gläserne Salatschüssel vor.

Plötzlich ertönte ein markerschütternder Schrei. Ava erschrak so sehr, dass ihr die Schüssel aus den Händen glitt und auf den weißen Küchenfliesen mit einem lauten Knall in tausende Scherben zersprang. Sie kümmerte sich nicht darum und rannte panisch ins Zimmer ihrer Tochter.

»Was ist passiert?«, schrie sie schon im Flur, ehe sie das Zimmer erreichte, da hörte sie Cosima bereits herzzerreißend schluchzen. Ava stieß die Tür auf und fand das Mädchen hysterisch heulend auf dem Boden kauernd vor.

»Cosima, um Gottes willen …«, rief Ava und kniete sich zu ihrer völlig aufgelösten Tochter.

Vor der lag ihre aufgeklappte Brotdose. Cosima war nicht dazu in der Lage, zu sprechen. Mit blanker Furcht in den Augen schluchzte sie. Ihre Hände und ihr gesamter Oberkörper zitterten unkontrolliert, ihr Gesicht war zu einer Grimasse aus Schock und Ekel eingefroren. Sie starrte entsetzt ins Leere und wimmerte kläglich.

Ava umarmte sie und küsste ihr tränenfeuchtes Gesicht.

»So rede doch mit mir, Kind«, flehte sie verzweifelt. Ihr Blick fiel auf die Brotdose. Es schauderte sie vor Angst, als sie vorsichtig den Deckel gänzlich aufklappte. Sie schnappte entsetzt nach Luft, dann wurde ihr augenblicklich übel. Vor ihr in der Brotdose lag eine tote Ratte. Sie war auf dem Rücken drapiert und ihr kleiner Leib von oben bis unten aufgeschlitzt worden. Ihre Eingeweide hingen in dunkelroten, klumpigen Fetzen aus der Wunde heraus. Das Blut des Tieres hatte die Wände der Brotdose in einem rostigen Rotton eingefärbt.

Doch das war noch nicht das Schlimmste. Ava fand einen blutdurchtränkten Zettel mit einer Botschaft darauf:

Das passiert mit dreckigem Ungeziefer wie dir. Du bist die Nächste, die so endet!

Der Zettel war der Ratte mit einer Stecknadel in die geschundene Brust gerammt worden – mitten ins Herz. Das war zu viel. Ohne es steuern zu können, erbrach sich Ava neben Cosima auf den flauschigen Teppich.

Raus hier! Ava hatte Fluchtgedanken, doch diesmal sollte es nicht nur bei den Gedanken bleiben.

»Cosima, wir müssen weg. Wir können nicht mehr hierbleiben.« Ava nahm sich nicht die Zeit, ihr Erbrochenes von dem kleinen Läufer wegzuwischen oder die Scherben in der Küche aufzuheben. Sie hatte das übermächtige Bedürfnis, ihre Tochter sofort in Sicherheit zu bringen. Sie zog ihr Kind am Ärmel, wie einen störrischen Esel.

»Schatz, du bist geschockt, das bin ich auch. Aber jetzt müssen wir einen klaren Kopf behalten und verschwinden. Wir sind hier nicht mehr sicher. Komm schon, lass dich nicht so ziehen.«

Cosimas Blick ging weiter ins Leere. Ihr Gesicht war weiß wie die Wand; ihre Lippen vollkommen blutleer. Völlig willenlos ließ sie sich von ihrer Mutter auf die Beine helfen. Diese sperrte im nächsten Moment panisch die Haustür von innen zu. Sie riss wahllos mehrere Reisetaschen aus ihrem Schlafzimmerschrank und stopfte die erstbeste Kleidung und ein paar Schuhe von sich und Cosima hinein, die sie gerade finden konnte. Hektisch suchte sie die wichtigsten Gebrauchsgegenstände heraus und quetschte auch die noch in die Taschen, bis diese fast aus allen Nähten platzten. Cosima war außerstande, ihr dabei zur Hand zu gehen. Der Schock saß zu tief bei dem Mädchen. Ava mühte sich umso schneller ab, das Haus verlassen zu können. Sie riss sämtliche Stecker raus und schaltete überall die Lichter ab. Sie ließ die Scherben Scherben sein und das Erbrochene ebenfalls achtlos vor sich hintrocknen.

Schwer bepackt mit den ganzen Taschen stürmte sie aus dem Haus und lud alles in ihr Auto. Dann kam sie noch einmal zurück, beförderte die Ratte samt Brotbox draußen in die graue Tonne und schleifte ihre Tochter am Arm mit sich, bis diese sicher im Wagen saß und angeschnallt war.

Bevor Ava von außen ihre Wohnungstür verschloss, blickte sie einen Moment lang zurück. Sie würde nie wieder hierherkommen, nie wieder. Das war nicht mehr ihr Zuhause. Der Schlüssel drehte sich im Schloss. Ava schaltete auf Autopiloten, was in dieser Situation gut zu funktionieren schien. Sie tat alles Notwendige, um ihr Kind zu schützen, und die Konsequenzen waren ihr in diesem Moment vollkommen egal. Sie mussten weit weg und das sofort. Noch ein letztes Mal legte sie einen kurzen Zwischenstopp ein – in der Autowerkstatt. Der nette Mechaniker von neulich konnte an ihrem Gesichtsausdruck ablesen, dass sie sich in Not befand.

»Soll ich wieder nach einem Peilsender sehen?«, erkundigte er sich mitfühlend.

»Ja bitte, wir müssen hier weg.«

Der Mann stellte keine unnötigen Fragen, sondern checkte das Auto schnell und gründlich. Diesmal fand er keinen verdächtigen Gegenstand.

»Sauber«, sagte er beruhigend und verlangte erneut keinen Cent Geld für seine Hilfe. »Bitte passen Sie gut auf sich und Ihre Tochter auf«, gab er ihr einen letzten Ratschlag mit auf den Weg.

Ava dankte ihm und stieg ein. Panisch kontrollierte sie bis zur Autobahn immer wieder, ob sie womöglich verfolgt wurde. Doch sie konnte nichts Verdächtiges erkennen. Sie verließ die Straße der Werkstatt, dann das Wohnviertel und letztendlich auch ihre Stadt. Als sie auf der Autobahn sicher sein konnte, dass sie nicht verfolgt wurde, fuhr sie einfach nur geradeaus die vierspurige Straße entlang. Fast zwei Stunden sprach keine von ihnen auch nur ein Wort. Dann war es Cosima, die als Erste wieder redete …

»Was hast du vor? Wohin fahren wir?« Ihre Stimme klang brüchig, als wäre alle Kraft aus ihr entwichen. Ihr Haar säumte strähnig ihr vom Weinen aufgequollenes Gesicht. Ava versetzte es einen weiteren Stich ins Herz, ihre Tochter so zu sehen.

»Ich weiß es nicht. Wir können nicht mehr zurück nach Hause.« *Zurück nach Hause? Das hört sich falsch an. Das ist längst kein Zuhause mehr.*

»Ich weiß, ich kann auch nicht mehr in die Schule«, stellte Cosima nüchtern fest.

»Der Tank ist schon zur Hälfte leer. Wir müssen uns langsam was einfallen lassen. Ich fahr diese Ausfahrt in einem Kilometer raus, dann müssen wir zusammen nachdenken.«

Sie hielt auf dem nächsten Rastplatz, welcher auf ihrem Weg lag. Cosima griff vor sich auf den Boden und zog eine kleine Mineralwasserflasche hervor. Wortlos bot sie Ava einen Schluck an, doch die schüttelte den Kopf. Ava gab sich Mühe, ihre verfahrene Gesamtsituation so nüchtern und realistisch wie möglich zu betrachten.

»Fakt ist, dass wir nicht mehr zurückkönnen. Es ist zu gefährlich. Er weiß, wo wir wohnen. Er kennt deine Schule. Und er ist scheinbar unberechenbar. Jaro und die Ratte waren vermutlich nur der Anfang. Vielleicht würde er uns als Nächstes töten, nachdem er es an den Tieren ausprobiert hat.« Als Ava in das verschreckte Gesicht ihrer Tochter blickte, bereute sie ihre harten Worte sofort.

»Und jetzt? Willst du mich von der Schule abmelden, oder wie? Wir hätten den Umzug planen sollen, als sich die Situation noch nicht so zugespitzt hatte. Jetzt stehen wir da ohne Dach überm Kopf und können zusehen, was wir machen.« Cosima hatte recht.

»Es tut mir so leid, dass ich uns beide in diese Lage gebracht habe. Bisher hatte ich immer die Hoffnung, dass es irgendwann von allein aufhören würde. Du hast recht, aber nun sind wir eben in dieser Lage und müssen uns schnellstmöglich was einfallen lassen. Komm, Maus, ich brauche dich jetzt. Wo können wir hin? Was sollen wir machen?«, überlegte Ava. Gedankenverloren streichelte sie Cosimas Unterarm.

»Wir müssen uns eine Herberge suchen. Nichts Teures, kein Hotel oder so«, dachte das Mädchen laut nach.

Ava gab verschiedene Begriffe in die Suchleiste ihres Handys ein. Immer wieder schüttelte sie entnervt den Kopf. »Das ist zu teuer. Selbst wenn wir uns da eine Woche einmieten, haben wir immer noch keine langfristige Alternative und aus Kostengründen auch keine Zeit, uns eine dauerhafte Bleibe zu suchen. Dazu kommt das Problem mit dem Einkommensnachweis. Der Lohnausfall nach Jakotz bricht uns das Genick.«

Ava seufzte schwer und starrte angestrengt aus dem Fenster, als würde dort draußen die Antwort auf ihr Problem auf sie warten.

Auch Cosima dachte nach. Plötzlich erhellte sich ihr Gesicht. »Ich weiß, was wir tun sollten. Du wirst vermutlich nicht begeistert sein, aber das ist die einzige Lösung.«

Ava sah ihre Tochter fragend an.

»Wir fahren zu Oma.«

Sofort wehrte Ava den Vorschlag ab. »Auf keinen Fall, lieber wohne ich auf der Straße.«

»Mama, es geht hier aber nicht nur um dich. Nach Hause können wir nicht mehr, ein Motel ist zu teuer, verstehe ich alles. Aber wir können nicht hier im Auto wohnen. Ich brauche eine neue Schule. Oma wohnt am Ende der Welt, da findet er uns niemals. Außerdem braucht sie unsere Hilfe. Wir müssen ja nicht für immer bei ihr bleiben. Sicher brauchen wir dort keine Miete zu zahlen – im Gegenzug könnten wir ihre Bude wieder richtig auf Vordermann bringen und ihren Haushalt erledigen. Das Haus ist riesig. Wir hätten jede ein eigenes Zimmer, und du weißt selbst, wie großzügig die geschnitten sind. Du könntest so lange Geld sparen und beruflich auf die Beine kommen, bis auch ein Einkommensnachweis zum Mieten einer eigenen Wohnung kein Problem mehr wäre. Komm schon, Mama, das ist die Lösung«, bettelte Cosima.

So ungern es sich Ava auch eingestand, hatte ihre kluge Tochter wieder einmal recht. Daher gab sie sich schweren Herzens einen Ruck.

»Na gut, ich sehe ein, dass wir derzeit tatsächlich keine andere Option haben. Daher werde ich mich auf deinen Vorschlag einlassen. Wir fahren jetzt hin und reden mit ihr. Ich bin mir sicher, dass sie uns mit offenen Armen empfangen wird. Auch wenn sie in der Vergangenheit viele Fehler gemacht hat, ist sie kein böser Mensch.«

ES WAR BEREITS DUNKEL GEWORDEN, als sie bei dem alten Herrenhaus eintrafen. Ava hatte es nach reiflicher Überlegung unterlassen, ihre Mutter im Vorfeld anzurufen. Sie wollte ihr die Situation von Angesicht zu Angesicht erklären. Mit einem mulmigen Gefühl im Bauch drückte sie die Klingel an der Tür.

»Ava, Cosima … wie schön, euch zu sehen. Was verschafft mir die Ehre zu so später Stunde?« Dann registrierte Cäcilia Lubitsch die resignierten Gesichter der beiden und bat sie wortlos herein.

»Um Himmels willen«, sagte sie immer wieder aufgebracht, während ihre Tochter und Enkeltochter jeweils vor einer heißen Tasse Lavendeltee sitzend von den Vorkommnissen der letzten Monate sprachen. Sie wechselten sich in ihrer Erzählung ab, dabei begannen sie mit dem ersten Gefühl des Beobachtetwerdens damals im Park und endeten ihren Bericht mit der toten Ratte von vor wenigen Stunden.

»Mensch, Kinder, warum habt ihr euch damit denn nicht viel früher an mich gewandt? Es hätte doch gar nicht erst so weit kommen müssen. Euer armer Hund, auch wenn ich den Guten nicht kannte … Das tut mir so leid. Natürlich könnt ihr so lange hierbleiben, wie ihr wollt. Gerne für immer. Ava, egal was vorgefallen ist – das hier ist dein Elternhaus. Und nach dem tragischen Tod deines Adoptivbruders …« Cäcilia Lubitsch schwieg betreten, als sie das erschrockene Gesicht ihrer Tochter sah.

»Du hattest einen Bruder?«, fragte Cosima ihre Mutter überrascht.

»Ja … Kiran. Er ist als junger Mann gestorben. Ich möchte nicht darüber sprechen, es reißt alte Wunden auf«, stammelte Ava und hatte plötzlich Mühe, die aufsteigenden Tränen zurückzuhalten. Cäcilia entschuldigte sich mit einem stummen Blick bei ihr dafür, dass sie dieses Tabuthema überhaupt angesprochen hatte. Cosima kannte ihre Mutter gut genug, um die Sache erst mal ruhen zu lassen. Sie hatten ohnehin gerade andere Sorgen.

»Jedenfalls wollte ich sagen, dass du das alles hier sowieso allein erben wirst, wo doch niemand mehr aus unserer Familie übriggeblieben ist. Du bist mein Kind, Ava. Lass uns ein für alle Mal einen Strich unter die Vergangenheit ziehen. Du kannst hier schalten und walten, wie du es möchtest. Ihr könnt alles nach eurem Geschmack einrichten und euch die Zimmer selbst aussuchen. Solange ich mein vertrautes Schlafzimmer im Erdgeschoss behalten kann«, fügte sie hinzu.

Cosimas Blick begann zum ersten Mal an diesem trüben Tag zu strahlen.

»Das große Zimmer neben deinem Schlafzimmer ... das wäre also noch zu haben, richtig?«, fragte sie ihre Oma.

»Natürlich. Ein großes Mädchen braucht ein großes Zimmer. Und dieses graue Haus kann dringend ein wenig Farbe und Leben vertragen, also tob dich gerne richtig aus«, sagte Cäcilia lachend.

Als Ava in das seit Langem endlich wieder glückliche Gesicht ihrer Tochter blickte, wusste sie, dass sie das Richtige getan hatte, als sie über ihren Schatten gesprungen und ihre Mutter um eine Unterkunft gebeten hatte. Natürlich warteten unangenehme Aufgaben auf sie – die Ummeldung ihres Wohnsitzes und ihres Gewerbes, Cosimas Schulwechsel und es blieb die Frage, wie sie noch einmal zurückkehren konnte, um ihre Wohnung auszuräumen, ohne dass ihr Verfolger Wind davon bekam. Aber all dies war jetzt zweitrangig, und Stück für Stück würde es ihr schon gelingen. Jedenfalls musste sie ihre Tochter nun nicht mehr dieser Gefahr aussetzen. Gleich am nächsten Tag würde sie das örtliche Einwohnermeldeamt aufsuchen und sich beraten lassen, wie sie es anstellen konnte, nicht mehr gefunden zu werden.

Wie es jedoch in ihr drin aussah, das wusste niemand. Es fiel ihr alles andere als leicht, plötzlich in das Haus zurückzukehren, in welchem sie einst ein solch tragisches Unglück erlebt hatte. Zurück zu ihrer Mutter, die ihr in der dunkelsten Stunde ihres Daseins nicht beigestanden hatte. Sie würde das beklemmende Gefühl aushalten, aber nur, damit ihr Mädchen wieder unbeschwert leben konnte.

KAPITEL NEUNUNDDREISSIG

»SOLCH EIN SCHULWECHSEL mitten im Jahr ist nicht üblich, aber bei Ihnen herrschen besondere Gründe vor, das kann ich nachvollziehen. Daher verbleiben wir so. Ab nächster Woche ist Cosima hier verbindlich angemeldet, und in der Zwischenzeit fordere ich an ihrer alten Schule alle Unterlagen und Zeugnisse an. Natürlich werde ich ihre persönlichen Hintergründe vertraulich behandeln, das versteht sich doch von selbst, Frau Lubitsch.«

Ava bedankte sich herzlich bei dem Direktor und reichte ihm zum Abschied lächelnd die Hand. Cosima tat es ihr gleich, dann gingen sie.

»Ein Glück, das ist wesentlich besser gelaufen als gedacht. Er war sehr nett, findest du nicht auch?«, wollte Ava wissen, sobald sie außer Hörweite waren.

»Doch, das war er wirklich. Und ich finde dieses Umweltprojekt spannend, von welchem er erzählt hat. Dass er mich da gleich mit in die Arbeitsgemeinschaft eingetragen hat, erstaunt mich. Ich glaube, nun wird alles wieder gut, Mama.«

Ava drückte sie kurz an sich.

Nachdem dieser leidige Papierkram erledigt war, kamen die beiden endlich etwas zur Ruhe. Das Leben mit Avas Mutter gestaltete sich weit weniger problematisch als anfangs angenommen. Ava übernahm den Großteil der Haushaltsführung. Die

Lebensmittelkosten teilten sich die beiden Frauen. Ava war froh um die eingesparte Miete. So konnte sie ihr Gewerbe, welches mittlerweile ebenfalls umgemeldet war, Stück für Stück aufbauen.

»Ich muss den Schlüssel der alten Wohnung bald abgeben. Aber ich weiß noch nicht genau, wie ich unsere ganzen Sachen hierher verfrachten soll. Schließlich möchte ich dort gar nicht mehr gesehen werden. Nicht, dass dieser Typ doch noch unsere neue Adresse herausfindet«, sagte Ava beim Mittagessen.

»Du kannst vor allem nicht mit deiner kleinen Kaschemme von Auto dahin. Erstens erkennt er das sofort, und zweitens kriegst du darin so wenig an Kram unter, dass du zigmal hin und her fahren müsstest, das wäre viel zu riskant«, befand Cäcilia und schnitt sich ein Stück von ihrem Brokkoli-Röschen ab. »Wie lange hast du denn noch Zeit bis zur Schlüsselübergabe?«, wollte sie kauend wissen.

»Zwei Wochen.«

»Dann habe ich eine Idee. Am Samstag kommt Michael mit den neuen Getränken hierher. Dann stelle ich ihn dir vor. Wenn ich ihn darum bitte, wird er dich sicher für den restlichen Umzug begleiten. Er hat ein großes Auto, irgend so ein Geländewagen mit riesiger Abladefläche – ich kenne mich da nicht aus. Er kann dir beim Schleppen der Umzugskartons helfen und wird dich beschützen, falls dieser Verrückte es sich wagt, dort aufzutauchen. Außerdem hat er so viel Platz im Auto, dass du den ganzen Kleinkram auf einmal mitbringen kannst. Dann musst du dir nur noch überlegen, was du mit deinen Möbeln machst.«

»Das ist schon mit dem Vermieter geklärt, die kann ich dortlassen. Teilweise standen sie auch schon da, als ich eingezogen bin. Er wird möblierte Wohnungen besser los, und meine Möbel sind ohnehin nicht wertvoll. Hier habe ich alles, was ich brauche.« Ava wies kauend auf die Küche ihrer Mutter. »Meinst du, dein Nachbar würde das wirklich tun? Er kennt mich doch gar nicht«, fragte sie nach einem Moment des Schweigens.

»Michael ist ein Kavalier der alten Schule«, pries Cäcilia Ava den unbekannten Mann erneut an. »Er wird es ganz sicher tun, wenn ich ihn darum bitte.«

»Helfen lasse ich mir in diesem Punkt sehr gerne, aber ansonsten bin ich zu nichts bereit«, sagte Ava lachend und nahm ihrer Mutter damit gleich den Wind aus den Segeln.

»Wir werden sehen«, entgegnete Cäcilia mit einem verschmitzten Lächeln.

Dann aßen sie in Ruhe zu Ende.

»Du musst nicht aufessen, wenn du es nicht mehr schaffst. Den Rest geben wir den Schweinen draußen«, meinte Oma Lubitsch an Cosima gewandt.

Ava und Cosima tauschten einen verwirrten Blick.

»Welche Schweine, Mama?«, wollte Ava wissen.

»Na unsere, draußen auf dem Hof.«

»Mama, ich war ein kleines Mädchen, als wir das letzte Mal Schweine draußen hielten. Ich kann mich bloß ganz dunkel daran erinnern. Das meiste weiß ich nur aus deinen Erzählungen.«

»Du hast recht, Kind. Ich vergesse manchmal, wie viel Zeit inzwischen vergangen ist. Was ist aus unseren Schweinen damals geworden? Ich kann mich nicht mal mehr an ihre Namen erinnern.«

»Ich weiß es nicht mehr. Ich war noch so klein. Vielleicht sind sie gestorben, oder ihr habt sie an einen Schlachter verkauft. Das würde ich Papa noch am ehesten zutrauen.« Avas Stimme klang bitter.

»Weiß es der Kuckuck.« Cäcilia seufzte und stand auf, um den Tisch abzuräumen und den Abwasch vorzubereiten.

»Lass nur, Mama. Ich mach das schnell mit Cosima. Du hilfst uns schon mehr als genug damit, dass wir bei dir wohnen dürfen, und das auch noch umsonst. Dann kann ich dir wenigstens zur Hand gehen«, widersprach Ava und nahm ihrer Mutter den Teller aus ihren knochigen Fingern.

»Danke, Kind, ich bin auch ein wenig müde. Ich glaube, ich lege mich hin und lese noch etwas. Falls ich meine Brille finde«, sagte sie lächelnd, doch Cosima hielt sie ihr schon entgegen.

»Hier, Oma, sie lag auf dem Brotkorb.«

»Danke, mein Schatz, ich gehe mich hinlegen.« Dann zog sie sich zurück in ihr Schlafzimmer.

KAPITEL VIERZIG

EINIGE TAGE später hatte Cäcilia mit Avas Hilfe einen Apfelkuchen gebacken, welcher seinen verlockend süßen Duft im ganzen Haus verteilte. Sie hatte frischen Kaffee aufgebrüht, während Cosima die Sahne schlug. Als es klingelte, gingen die drei zusammen an die Haustür. Cäcilia begrüßte Michael so herzlich wie ein Familienmitglied. Ava betrachtete den großgewachsenen Mann neugierig.

»Und Sie müssen Cäcilias Tochter sein. Sie hat mir schon so viel von Ihnen erzählt.«

»Ich hoffe doch, nur Gutes.« Ava lachte und reichte ihm zur Begrüßung die Hand. Er drückte sie herzlich und mit einem warmen Lächeln im Gesicht, was ihm kleine Fältchen um die Augen bescherte. Dann wandte er sich Cosima zu.

»Und du musst die entzückende Enkeltochter sein, von der deine Oma ständig schwärmt. Es freut mich sehr, deine Bekanntschaft zu machen, junge Dame.«

Cosima grinste verlegen und erwiderte Michaels festen Händedruck. »Freut mich auch«, murmelte sie dabei, »wir waren beide schon mal zur selben Zeit hier, als Sie neulich die Getränke gebracht haben. Aber da habe ich Sie gar nicht richtig gesehen.«

»Stimmt«, er kratzte sich kurz am Hinterkopf, es wirkte verlegen, »ich war da mit den Kisten beschäftigt und auch ein bisschen knapp dran.«

Beim Kaffeetrinken betrachtete Ava den Mann unauffällig. Sie konnte nachvollziehen, warum ihre Mutter ihn mochte. Er war freundlich und tüchtig, jedenfalls auf den ersten Blick erweckte er diesen Anschein. Er sah gut aus mit seinen dunklen Haaren und den breiten Schultern. Ava musste bei diesem Gedanken über sich selbst lächeln. Was hatte ihr ihre Mutter da nur wieder für Flausen in den Kopf gesetzt? Sie war wohl nur zu lange alleine gewesen, das war alles.

»Ihre Mutter hat erwähnt, dass Sie Hilfe beim Ausräumen der alten Wohnung bräuchten …«, setzte er vorsichtig an. Er musterte sie prüfend, unsicher, wie viel sie ihm darüber erzählen würde von dem, was Oma Lubitsch beiläufig angedeutet hatte.

»Lassen Sie uns bitte Du sagen, wir scheinen vom Alter her nicht weit auseinander zu sein. Ich bin Ava«, erwiderte sie und hielt ihm erneut lächelnd ihre Hand entgegen.

»Michael.« Sanft drückte er ihre Hand. Ein prickelnder Schauer überlief Avas Rücken; verlegen senkte sie den Blick.

»Das ist richtig. Ich weiß nicht, was meine Mutter Ihnen … entschuldige bitte, was sie dir erzählt hat. Ich hatte Ärger in der alten Heimat und musste mit Cosima mehr oder weniger flüchten.«

»Sie hat es mir erklärt, ich weiß Bescheid. Darum ist es umso wichtiger, dass du nicht allein dorthin zurückkehrst. Ich möchte mich nicht aufdrängen, aber ich halte das für sehr gefährlich. Außerdem sagte deine Mutter, dass dein Auto für den Transport der restlichen Habseligkeiten viel zu klein sei.«

»Das stimmt. Ich möchte wirklich nicht wie ein verängstigtes Mädchen klingen, aber ich würde mich ziemlich davor fürchten, alleine zurückzugehen. Wir haben es hier mit einem absolut Irren zu tun.«

Michael nickte verständnisvoll. »Wenn du einverstanden bist, würde ich dich sehr gerne begleiten. Lass deinen Wagen am besten hier. Ich habe mir da schon was überlegt. Eine Bekannte von mir leidet seit Jahren unter kreisrundem Haarausfall. Ich könnte dir eine Perücke von ihr mitbringen. Wenn wir dann zu dir in die ehemalige Wohnung fahren und du mit einem fremden

Auto, einem fremden Mann und einem veränderten Äußeren dort auftauchst, wird er sicher keinen Verdacht schöpfen.«

»Das ist eine tolle Idee, vielen Dank.« Ava war ehrlich überrascht. »Ich will unter allen Umständen vermeiden, dass er uns hier findet. Daher würde ich dieses großzügige Angebot gerne annehmen. Natürlich zahle ich dir deine Zeit und alle Unkosten, wie zum Beispiel Benzin.«

»Auf keinen Fall. Ich bin ein Bekannter deiner Mutter. Das ist für mich Ehrensache, dir da zu helfen.«

»Eher ein guter Freund nach all den Jahren deiner Hilfe.« Fast schon mütterlich tätschelte Cäcilia dem jungen Mann den Unterarm.

»Ich weiß nicht, was ich sagen soll. Herzlichen Dank, wirklich. Das werde ich dir nicht vergessen, Michael«, entgegnete Ava erleichtert. Sie war all die Jahre gut ohne Partner ausgekommen, aber nun spürte sie, wie allein sie sich in dieser Zeit oftmals gefühlt hatte. *Spinn nicht rum. Erhol dich erst mal von den ganzen Strapazen der letzten Monate, bevor du dich hier in eine Romanze stürzt.*

Es wurde noch ein langer Nachmittag. Ava und Michael besprachen alle Details, wie sie möglichst unerkannt ihre Sachen abholen und dann den Schlüssel an den Vermieter zurückgeben würden. Danach gingen sie zum gemütlichen Teil über und plauderten über Gott und die Welt. Dafür, dass sie sich noch so fremd waren, hatten sie sich erstaunlich viel zu erzählen.

KAPITEL EINUNDVIERZIG

AVA KAM sich seltsam dabei vor, als sie sich die Perücke überzog und ihre kastanienbraunen Naturlocken gegen einen blonden Bob tauschte. Michael betrachtete sie amüsiert.

»Du hast gut lachen. Die steht mir wirklich gar nicht«, sagte Ava gespielt entrüstet, musste hierbei aber selbst schmunzeln. Vor allem als sie in den Rückspiegel blickte und ihr eine völlig fremde Frau in die Augen zu sehen schien.

»Lass sie lieber auf. Laut Navi sind wir nur noch knapp einen halben Kilometer von unserem Ziel entfernt.«

Nachdenklich betrachtete Ava die vertrauten Straßen um sich herum, die ihr plötzlich so feindlich gesinnt zu sein schienen. Ihr fiel mit Schrecken ihr Erbrochenes auf dem Läufer in Cosimas Zimmer ein. Sie würde ihn entsorgen müssen, ohne dass Michael ihn zu Gesicht bekam. Das wäre ihr doch zu peinlich gewesen. Der Zustand ihrer Küche, welche sie mitten über dem Spülen mit der zerbrochenen Glasschüssel auf dem Fußboden zurückgelassen hatte, war gerade schon schlimm genug.

Sie hatte Cosima gebeten, aus Sicherheitsgründen bei ihrer Oma zu bleiben. Außerdem wollte sie dem Mädchen das unnötige Aufreißen alter Wunden ersparen. Sie selbst fühlte sich elend bei dem Gedanken, gleich ihre ehemalige Wohnung zu betreten, welche von dem Stalker entweiht worden war. Michael schien intuitiv zu spüren, wie ihr zumute war. Tröstend legte er seine große Hand auf ihre. Seine Wärme beruhigte sie sofort. Dankbar blickte sie ihn von der Seite an.

»Wir bringen das hier blitzschnell hinter uns, und dann brauchst du nie mehr zurückzukommen.«

Ava nickte und kämpfte gegen die Tränen an, welche sich unaufhaltsam ihren Weg nach draußen zu bahnen versuchten. Diese Stippvisite in ihre alte Stadt setzte ihr mehr zu, als sie es zuvor für möglich gehalten hätte.

»Bringen wir es hinter uns«, sagte sie, als sie vor dem Mehrfamilienhaus parkten. Ava blickte sich unsicher nach allen Seiten um, doch sie sah nichts Verdächtiges. Sie stiegen aus dem Auto aus. Sie suchte mit den Augen unauffällig die Straße ab, konnte jedoch keine fragwürdig wirkende Gestalt ausmachen. Beschützend legte ihr Begleiter einen Arm um ihre Schulter. Dankbar sah sie ihn an. Mit einem aufmunternden Nicken nahm er ihr sanft den Schlüsselbund aus den zitternden Händen und schloss die Tür für sie auf. Sie führte Michael in die Küche.

»Ich kümmere mich gleich mal um die Scherben hier auf dem Boden. Hast du eine Mülltüte und einen Handfeger für mich?«, fragte er nach und schaute sich in der ansonsten sauberen und aufgeräumten Wohnung um.

»Natürlich. Es tut mir leid … also das hier«, stammelte Ava und wies auf die Überbleibsel des Schüssel. Sie reichte ihm die Utensilien zur Reinigung. »Aber Cosima hatte so geschrien. Wegen der toten Ratte, weißt du?«

Sie brach hilflos ab. Nun ließen sich die Tränen bei dieser schmerzhaften Erinnerung doch nicht mehr zurückhalten. Sie schluchzte unkontrolliert, ihre Schultern bebten.

Sofort war Michael auf den Beinen und näherte sich ihr behutsam. Mit fragendem Gesichtsausdruck breitete er seine Arme für sie aus, als wollte er sich erst versichern, dass sie so viel Nähe zu ihm ertragen konnte. Dankbar ließ sich Ava von ihm umarmen. Sie legte für einen Moment ihren Kopf an seine Schulter und spürte seine sanften Hände, die beruhigend über ihren Rücken strichen. Sie atmete seinen Duft nach Aftershave und Seife ein und fühlte sich so geborgen wie schon lange nicht mehr.

Das geht zu schnell, Ava, lass das. Kümmere dich lieber um deine Angelegenheit, damit hast du gerade schon genug zu verarbeiten. Auf die innere Stimme der Vernunft hörend, löste sie sich widerwillig aus Michaels beschützender Umarmung. Verlegen betrachtete sie den Fleck, welchen ihre Schminke beim Weinen auf seinem gelben Shirt zurückgelassen hatte. Sie nahm einen feuchten Lappen zur Hand und wischte daran herum, während sie sich mehrmals dafür entschuldigte, sein Oberteil beschmiert zu haben. Doch Michael lächelte milde.

»Alles gut, ich habe eine Waschmaschine«, sagte er lachend und lockerte die angespannte Stimmung damit wieder ein wenig auf. Dann beugte er sich in die Hocke, um die Scherben aufzusammeln. Ava nutzte die Gelegenheit, um den vom Erbrochenen besudelten kleinen Teppich aus Cosimas Zimmer unbemerkt nach draußen zu bringen und in der Mülltonne zu entsorgen. Sie hatte Glück, nichts davon durchgesickert und der Teppich darunter noch sauber.

Beim Ausräumen der Vitrine des Wohnzimmerschranks nahm Ava vorsichtig das Fachwerkhaus aus der gläsernen Ablage. Sie betrachtete es mit Schwermut. »Auf dieses wunderschöne Gebilde muss ich besonders gut aufpassen.«

Michael trat hinter sie und betrachtete das Kunstwerk interessiert. »Ist das von deiner Tochter?«

»Ja, Cosima hat es aus lauter einzelnen Eisstäbchen zusammengeklebt. Es ist wunderschön. Wir hatten hier tolle Zeiten zusammen, und ich bin traurig, dass uns das alles genommen wurde.«

Sachte drückte er ihre Schultern und hauchte ihr einen Kuss auf den Hinterkopf. »Gib es mir, ich werde es sorgsam verpacken und sicher auf meiner Ladefläche verstauen.«

Stundenlang füllten die beiden die Kisten, welche Michael von seiner Arbeit im Supermarkt mitgebracht hatte. Als alle

Schränke ausgeräumt und ihr gesamtes Hab und Gut auf seinem Anhänger verstaut war, wusch Ava ein jedes der Fächer und Regale von innen aus.

»Du sollst die Wohnung sicher nur besenrein hinterlassen – nicht steril«, meinte Michael, doch er ließ sie gewähren.

»Du hast mir so tüchtig geholfen, dafür danke ich dir so sehr«, sagte Ava lächelnd. Dann rief sie wie vereinbart ihren Vermieter an, damit dieser rüberkäme, einen Blick auf die Wohnung werfen würde und ihr ihre Kaution zurückzahlte. Als all dies reibungslos über die Bühne gegangen war, gab Ava ihre Wohnungsschlüssel mit einem etwas wehmütigen Gefühl an ihn zurück.

»Schade, Sie waren wirklich eine problemlose Mieterin. Ich wünsche Ihnen auf Ihrem weiteren Lebensweg alles erdenklich Gute«, sagte der Mann.

Ava dankte ihm herzlich. Ein letztes Mal blickte sie sich seufzend in der Wohnung um, in welcher sie so viele schöne Jahre mit ihrer Tochter verbracht hatte. Dann machte sie sich mit Michael auf den Weg zu ihrem neuen Zuhause.

Die Anspannung fiel erst ein wenig von Ava ab, als sie sich längst auf der Autobahn befanden. Sie zog sich die Perücke vom Kopf und schüttelte ihre langen Locken aus, um diese wieder in Form zu bringen.

»Besser?«, fragte Michael mit einem Seitenblick auf sie, als hätte er ihre Gedanken erraten.

»Viel besser, danke. Ich hatte bis zum Schluss Angst, dass der Kerl doch noch irgendwo auftauchen würde. Es ist komisch …« Ava strich sich nachdenklich mit dem Zeigefinger über ihre Jeans. »Noch vor Kurzem war ich dort so glücklich mit Cosima, und jetzt geht es mir gar nicht mehr schnell genug, von dort zu verschwinden. Wie das Leben manchmal so spielt …«

»Ein kluger Freund von mir – Frank – hat einmal gesagt, erstens kommt es anders und zweitens als man denkt. Er hatte recht. Das Leben verläuft niemals in vorhersehbaren Bahnen«, antwortete Michael. »Er ist mit sechsunddreißig Jahren völlig überraschend gestorben. Damit war er selbst Beweis genug, dass er recht hatte.«

Ava sah ihn fragend an und drückte ihr Mitgefühl aus, indem sie ihre Hand einen Moment lang auf seinen Arm legte.

»Er war lange krank«, sagte der zur Erklärung. Sie fuhren eine Weile schweigend weiter.

»Darf ich dich heute Abend zu einem Glas Wein zu mir nach Hause einladen? Nichts Besonderes, nur ... wir könnten uns ein wenig unterhalten und was zusammen trinken. Aber wenn du nach dem aufwühlenden Tag lieber nicht ...«

»Danke, Michael, ich komme gerne.« Ava musste kaum mit sich ringen, um diese Entscheidung zu treffen. Sie hatte so gute Gespräche mit Michael, und sie mochte ihn.

Er stockte einen Moment lang. Dann betrachtete er sie von der Seite, als wollte er abschätzen, ob sie das ernst gemeint hatte.

»Das freut mich zu hören. Wirklich. Ava, ich weiß, dass du in letzter Zeit viel mitgemacht hast.« Nun legte er seine Hand auf ihre. Sie war so groß, dass sie Avas zierliche Hand komplett umschloss. Sie war warm und fest und fühlte sich gut auf ihrer an. Sie unternahm nichts, um sie ihm zu entziehen, sondern genoss seine Wärme und die Kraft, die er ausstrahlte. Auch in ihrer alten Wohnung hatte sie sich in seiner Nähe viel sicherer gefühlt, als sie es zuvor befürchtet hatte. Einen Moment lang legte sie ihren Kopf an seine Schulter und seufzte wohlig. Sofort spürte sie sein kratziges Kinn an ihrer Stirn. Sie roch sein Aftershave. Sie schloss die Augen und ließ diesen vertrauten Moment kurz auf sich wirken. Das fühlte sich gut an, so an seiner Seite.

Dann war die Magie verflogen. Er musste schalten und entzog ihr seine Hand. Sie setzte sich aufrecht hin und brachte ihr Gespräch wieder in Gang. Bis zum Haus ihrer Mutter unterhielten sich die beiden angeregt. Dort angekommen, lief ihnen Cosima schon freudig entgegen.

»Das ist immer wieder schön zu sehen, wie lieb du dich auf mich freust, mein Schatz«, sagte Ava lachend, denn sie wusste ganz genau, dass Cosima nicht ihretwegen so sehnsüchtig auf sie gewartet hatte.

»Meine Kleider, endlich habe ich euch wieder!«, jubelte das Mädchen und war eine ganz andere als noch vor wenigen Wochen. Ava freute sich sehr darüber, dass sie endlich wieder glücklich und unbeschwert wirkte. Alles war wieder gut. Mit dem Ausräumen ihrer alten Wohnung konnte Ava dieses dunkle Kapitel mit dem Stalker endlich hinter sich lassen und sich ebenfalls erlauben, wieder glücklich zu sein. Vielleicht ja eines Tages auch mit Michael an ihrer Seite, wer wusste das schon?

Also wirklich, Ava, jetzt nicht übertreiben. Du solltest erst mal in deinem neuen Zuhause richtig Fuß fassen und dein Gewerbe zum Laufen bringen. Auch wenn ihre innere Stimme sie auf diese Weise ermahnte, konnte sie ihr Lächeln nicht verbergen, als Michael sie an ihre Verabredung am Abend erinnerte.

»Ich werde pünktlich da sein«, versprach sie.

Er half ihr, die restlichen Sachen ins Haus zu tragen. Cäcilia bot ihm Geld für seine Unterstützung an, doch das lehnte er kategorisch ab. Zum Abschied – nachdem er Cosimas Fachwerkhäuschen wie versprochen völlig unbeschadet in das neue Zimmer des Mädchens transportiert hatte – drückte er Ava einen flüchtigen Kuss auf die Wange.

»Oh, ihr beiden versteht euch aber gut.« Avas Mutter schien äußerst erfreut über diese Tatsache zu sein. »Habe ich dir nicht gleich gesagt, was für ein tüchtiger Kerl er ist?«, fragte sie mit einem verschmitzten Lächeln. Ihre Tochter hätte ein wenig Glück mehr als verdient.

»Guter Versuch, Mama. Aber ich möchte diesbezüglich in meinem Tempo vorgehen.« Ava lachte, hatte die Pläne ihrer Mutter längst durchschaut.

»Ich will nur, dass es dir gutgeht, Kind«, sagte diese. Ava dachte einen Moment darüber nach, dass das nicht immer so gewesen war.

Doch, es war schon immer so, aber sie hat einen Fehler begangen. Einen unverzeihlichen zwar, aber nur einen Fehler. Es war keine böse Absicht. Ava rang einen Moment lang mit sich, dann gab sie sich einen Ruck und nahm ihre Mutter fest in die Arme. Sie fühlte sich klein und zerbrechlich an. Mit Tränen in den faltigen Augen blickte sie dankbar zu ihrer Tochter herauf.

»Danke, mein Kind.«

»Ich hab dich lieb, Mama«, flüsterte Ava in ihr schütteres Haar.

»Ich dich auch, mein Schatz«, sagte Cäcilia leise und drückte so fest zurück, wie ihre kraftlosen Arme es zuließen.

KAPITEL ZWEIUNDVIERZIG

ES FOLGTE eine Zeit der Ruhe. Cosima lebte sich überraschend schnell in der neuen Schule ein. Es dauerte nicht lange, und sie hatte eine erste Freundin gefunden, Denise. Die Mädchen arbeiteten zusammen an einem Biologieprojekt. Dennoch fehlten ihr ihre alten Freunde sehr. Mit Celine unterhielt sie sich regelmäßig über Videocall. In den nächsten Ferien hatten sie vor, sich einige Tage lang bei Cosima im neuen Haus zu treffen und wieder mal in Ruhe Zeit miteinander zu verbringen.

Ava hingegen weinte ihrer ehemaligen Wohnung und dem Leben, welches sie hinter sich gelassen hatte, keine Träne nach. Sie war dankbar für die zweite Chance, die sie mit ihrer Mutter hatte. Auch wenn diese zunehmend mehr Hilfe benötigte, stand ihr Ava wieder gerne zur Seite. Es machte ihr Spaß, das in die Jahre gekommene Haus Stück für Stück vom alten Dreck zu befreien und wieder den einstigen Glanz zum Vorschein zu bringen. Nur um den Dachboden machte Ava weiterhin einen großen Bogen. Die Erinnerungen an damals waren zu schmerzhaft.

Mit den Schreibaufträgen funktionierte es ganz gut. Von dem Fenster im oberen Stock aus, wo sie sich ein großzügig geschnittenes Zimmer ganz nach ihren Wünschen eingerichtet hatte, konnte sie beim Schreiben ihre riesige, uralte Tanne sehen, welche schon in ihrer Kindheit die Macht besessen hatte, sie wunderbar zu erden. Der Baum hatte bereits in seiner vollen

Größe dagestanden, als Ava noch ein kleines Mädchen gewesen war. Er übte eine geradezu magische Anziehung auf sie aus und schien seine Ruhe und Kraft auf sie zu übertragen. Sie konnte viel konzentrierter arbeiten als in ihrer früheren Wohnung. Dies führte schnell zu ersten Erfolgen. Die meisten Kunden, welche ihr einen Auftrag vergaben, griffen gerne wieder auf Ava zurück, wenn sie ein weiteres Anliegen hatten. Wenn sie sich auch zukünftig so anstrengte, würde sie bald wieder Vollzeit arbeiten können, doch diesmal flösse das Geld in ihre eigene Tasche.

Nur ungern dachte sie an Jakotz und dessen fiese Machenschaften zurück. Vorbei. Zum Glück. Endlich konnte sie dieses alte Leben hinter sich lassen und wieder ganz von vorne beginnen.

Längst hatte sie erkannt, dass sie nicht nur wegen des Stalkers unglücklich gewesen war, sondern auch wegen ihrer Gesamtsituation. Ein Leben ganz ohne Familie war nicht einfach. Hier kümmerten sich ihre Mutter und sie gegenseitig umeinander, und dann war da auch noch Michael. Ein verklärtes Lächeln schlich sich auf Avas Lippen, als sie an den bisher einzigen Kuss dachte, welchen sie am Abend des restlichen Umzugs ausgetauscht hatten. Er war süß und verlockend gewesen. Er hatte mehr versprochen. Sie hätte seinen Kuss auch dann erwidert, wenn sie keinen Wein getrunken hätte, da war sie sich ganz sicher.

Doch sie wollte jetzt keine Beziehung. Noch nicht. Das hatte sie ihm klargemacht. Er hatte genauso verständnisvoll reagiert, wie sie es von ihm erwartet hatte. Aber vielleicht später einmal … Was hatte er doch gleich über die Zukunft gesagt? Erstens kommt es anders und zweitens als man denkt.

KAPITEL DREIUNDVIERZIG

»BRAUCHST DU WIRKLICH NICHTS, außer Milch und Käse? Sieh nochmal nach, Mama. Was ist denn mit deinem Naturjoghurt? Und isst du das Brot, welches Cosima und ich mögen? Oder wieder das mit dem Dinkel?«

»Ich brauche sonst wirklich nichts, Ava. Höchstens noch olivgrünen Nähfaden für Cosimas Decke, falls du so was zufällig findest. Sonst nichts, danke«, antwortete Cäcilia und steckte ihrer Enkelin vor dem Einkauf ein wenig Taschengeld zu.

»Mama, du sollst doch nicht …«, setzte Ava an, doch sie brach ab, als sie die Freude ihrer Tochter sah und das eingeschworene Lächeln zwischen ihrem Kind und ihrer Mutter. Cosima war seit ihrer Ankunft sichtlich aufgeblüht, dachte Ava zufrieden. »Gut, dann bis später.«

Sie verließen das Haus und zogen die Tür hinter sich zu. Cosima hatte bereits ihren Autoschlüssel an sich genommen und sich in den Wagen gesetzt. Ava öffnete die Klappe des Briefkastens und entdeckte einen weißen Umschlag. Ihr Herz begann augenblicklich heftig zu pochen, noch ehe sie begriff, was sie da vor Augen hatte. Mit zwei zitternden Fingern nestelte sie das Kuvert ungelenk aus dem Briefkasten heraus, da dessen kleiner Schlüssel sich ebenfalls an ihrem Schlüsselbund befand. Fast erwartete sie, die gestelzte Handschrift des Stalkers zu erkennen.

Bei einem Blick auf das Papier raste ihr Herz, sie spürte einen kalten Schweißfilm auf ihrer Haut.

Dann erkannte sie zu ihrer grenzenlosen Erleichterung die Adresse des örtlichen Stromanbieters und atmete zittrig die verbrauchte Luft aus ihren Lungen aus, welche sie, ohne es zu merken, angehalten hatte. *Komm runter, Ava. Es ist vorbei. Willst du dir jetzt wegen jedem Brief gleich ins Hemd machen?* Mit weichen Knien ging Ava zum Auto.

»Ist was?«, fragte ihre Tochter alarmiert, angesichts des angespannten Gesichtsausdrucks ihrer Mutter.

»Nein, alles gut. Vermutlich eine Rechnung. Mach auf«, sagte sie und reichte ihrer Tochter den Brief, während sie selbst den Motor startete.

»Ach so ja, das ist so ein Fragebogen, wegen des Umzugs. Nichts Schlimmes«, erklärte Cosima, nachdem sie die mit Computer geschriebenen Zeilen überflogen hatte.

Ava fuhr zum Supermarkt. Sie ging gerne mit Cosima einkaufen, doch der Schrecken hatte ihr die Freude trotz allem ein wenig genommen. Das Stalking hatte Spuren hinterlassen, ohne Frage.

Eine Dreiviertelstunde später kamen sie mit vollgeladenem Einkaufswagen wieder aus dem Supermarkt heraus. Ava schloss den Kofferraum auf und packte die Lebensmittel nach Gewicht in die Tüten.

»Wie immer, die schweren Sachen nach unten, Maus.«

»Ich bin doch nicht blöd. Ich wollte die Eier jetzt zuerst in die Tüte legen«, scherzte Cosima.

Ava lachte.

»Bist du bitte so lieb und bringst den Einkaufswagen weg?«, bat sie ihre Tochter, während sie selbst auf der Fahrerseite einstieg.

Dann sah sie den Brief, welcher unter ihrem Scheibenwischer befestigt worden war. Mit pochendem Herzen drehte Ava sich nach ihrer Tochter um. Diese war immer noch auf dem Weg auf die andere Seite unter das Vordach, wo die leeren Einkaufswägen abgestellt wurden.

Wird künftig jeder Umschlag gleich eine Panikattacke bei dir auslösen? Das ist doch lächerlich.

Vor Schreck nach Luft ringend ignorierte Ava die boshafte Stimme in ihrem Kopf, stieg eilig aus dem Auto und nahm den Brief von der Frontscheibe an sich. Diesmal erkannte sie sofort die Handschrift ihres Verfolgers, doch sie hatte keine Zeit, ihn genauer zu inspizieren. Schnell versteckte sie ihn unter ihrem Shirt, bevor Cosima ihn noch entdecken würde. *Das darf doch nicht wahr sein. Ich dachte, wir wären hier endlich in Sicherheit und hätten diesen Kerl hinter uns gelassen.*

Während der Fahrt konnte sich Ava kaum auf den Verkehr konzentrieren. Sie versuchte das Zittern ihrer Hände vor ihrer Tochter zu verbergen. Cosima hatte den Blick fest auf ihr Handy gerichtet, was Ava in diesem Moment nur recht war.

»… da hängen noch einige Arbeitsblätter dran, aber Denise und ich sind ein gutes Team. Das wird schon werden. Ich hoffe, dass wir mindestens eine Zwei für dieses Projekt bekommen. Hörst du mir überhaupt zu, Mama? Alles in Ordnung?«, fragte Cosima und riss ihre Mutter aus deren tiefen trüben Gedanken. »Du hast mir nicht zugehört, oder?«, wollte das Mädchen im nächsten Moment vorwurfsvoll wissen.

»Es tut mir leid, mein Schatz. Ich hatte tatsächlich gerade andere Dinge im Kopf, bitte entschuldige.«

»Ich kann mir schon denken, was du im Kopf hast. Du hast sicher gerade an Michael gedacht, hab ich recht?«, fragte Cosima mit einem frechen Grinsen.

»Nein, eigentlich hatte ich gerade über einen Auftrag nachgedacht«, log Ava. Sie konnte keinen klaren Gedanken mehr fassen. *Wie zur Hölle konnte er uns finden?* Und nun? Sollte sie wieder mit Cosima umziehen, jetzt, da sie sich gerade erst eingelebt hatten? Sollten sie bis in alle Ewigkeit nicht mehr in Sicherheit leben dürfen? *Jetzt warte doch erst mal ab, was in dem Brief drinsteht.*

Doch dann fiel ihr ein, dass sie nicht mehr allein war. Sie hatte jetzt ihre Mutter und Michael. Beide wussten von ihrem Problem, und beide wären bereit, ihre Tochter und sie zu beschützen. Damit war sie im Vorteil, im Gegensatz zu der Situation in der

Vergangenheit. Er hatte sie zu isolieren versucht, aber auch wenn das bei Mona leider funktioniert hatte und die sich weiterhin nicht mehr meldete, würde ihm das diesmal nicht gelingen.

Dennoch legte sie den Rest des Weges mit einem flauen Gefühl im Magen zurück. Allein schon, weil sie nicht den Mut aufbrachte, Cosima die Wahrheit zu sagen. Ihre Tochter hatte genug gelitten. Sie würde es nicht verkraften, wenn nun alles wieder von vorne losginge.

Zu Hause angekommen, konnte sie es kaum erwarten, ihre Einkäufe auszuräumen und sich loszueisen.

In ihrem Zimmer riss sie den Umschlag unter ihrem Shirt hervor.

Erneut zitterten ihre Hände unkontrolliert, als sie den Brief auseinanderfaltete und las:

Na Dreckstück?

Du dachtest wohl, du könntest mir entkommen? Das ist ein Irrglaube, ich finde dich, wo auch immer du hingehst. Du glaubst wohl, im Schoß deiner Liebsten wärst du vor mir in Sicherheit, aber du weißt nicht, wozu ich in der Lage bin. Würden deine Mutter und dieser Kerl dich immer noch mögen, wenn ich ihnen reinen Wein über dich einschenke? Wein, ein gutes Stichwort – ich habe euch gesehen; euch beim Knutschen erwischt. Du denkst wohl, du angelst dir einen großen starken Mann, der dich dann vor mir Bösewicht beschützt? Das passt zu dir Schlampe. Aber auch das ist ein fataler Irrglaube. Ich lasse mich nicht aufhalten, von niemandem. Du weißt nichts über mich, aber ich alles über dich. Selbst dein dreckigstes, fiesestes Geheimnis. Oh ja, auch dieses Geheimnis, wir wissen doch beide ganz genau, wovon ich spreche, oder? Du bist eine kleine verlauste Maus und ich die Katze. Wenn ich genug mit dir gespielt habe, werde ich dich in blutige Fetzen reißen, wie diese widerwärtige Ratte neulich – das ist ein Versprechen.

Dein Schatten

KAPITEL VIERUNDVIERZIG

»ICH BIN SO FROH, dass du endlich rangehst, Mona. Ich vermisse dich. Wir sind umgezogen. Es ging alles so schnell, ich konnte dich einfach nicht erreichen.«

Einen kurzen Moment herrschte Schweigen am anderen Ende, sodass Ava schon befürchtete, Mona wäre nur aus Versehen ans Handy gegangen und würde nun jede Sekunde wieder auflegen.

»Bist du da?«, fragte sie ängstlich.

»Ich bin da. Ava … *mir* tut es leid. Ich hätte nicht … Können wir uns bitte treffen? Hier ist auch einiges passiert, und ich denke, wir sollten uns lieber von Angesicht zu Angesicht unterhalten. Falls du mich nach dem langen Untertauchen überhaupt wiedersehen willst. Es hatte nichts mit dir zu tun, es ging mir nicht so gut«, fügte Mona zögerlich hinzu. Ihre Stimme hörte sich schuldbewusst an.

»Von Herzen gerne, ich bin so froh, dass du mich sprechen willst. Aber nicht in unserer Stadt. Ich möchte nicht gesehen werden, wenn du verstehst.«

»Klar verstehe ich das. Ich habe heute frei. Sag mir einfach, wo ich hinkommen soll, dann bin ich gleich bei dir.«

»Das mit ›gleich‹ wird eher nichts, ich wohne fast zwei Stunden weg, in meinem Elternhaus.«

»Du wohnst in deinem Elternhaus? Im Ernst? Du hattest doch

mal gesagt, du wolltest da nie wieder hin, aber mehr wolltest du mir nicht darüber erzählen«, wunderte sich Mona.

»Ja, eine lange Geschichte, das erklär ich dir später. Entweder kommst du hierher, oder wir verabreden uns irgendwo auf halber Strecke – wie es dir lieber ist.«

Eine Stunde später trafen sich Mona und Ava auf dem vereinbarten Rastplatz, wo sie sich in einer stürmischen Umarmung begrüßten.

»Ava, es tut mir so leid. Ich wollte dich nicht fallen lassen. Nach dem Brief war ich erst mal sauer und verunsichert, aber dann lag es gar nicht mehr an dir, dass ich mich zurückgezogen habe. Ich hatte nur Probleme. Aber dazu gleich mehr. Hier herrscht eine komische Atmosphäre. Sieh mal den dicken Trucker da hinten, der schaut die ganze Zeit so penetrant zu uns rüber.«

Ava folgte Monas Blick; sie wurden wirklich interessiert gemustert.

»Du hast recht, lass uns von hier verschwinden.«

»Wohin?«

»Ich weiß es nicht. Wir fahren einfach die nächste Ausfahrt raus und dann immer der Nase nach, oder?«

Die Frauen stiegen in ihre Autos und verließen die Raststätte. Sie fuhren hintereinander in die angrenzende Stadt und suchten sich gemeinsam ein nettes, kleines Café. Sie bestellten sich hausgemachten Kirschkuchen mit Schlagsahne und jede ein Kännchen Kaffee.

»Bist du mir noch böse?«, wollte Mona wissen. Nervös wärmte sie sich die Hände an ihrer heißen Tasse, obwohl es draußen angenehm sommerlich war.

»Nein, wirklich nicht. Bist du mir denn noch böse?«

»Ich war nicht böse auf dich, Ava. Dieser Brief hat mich nur einfach verunsichert. Es fällt mir manchmal schwer, dass ich – als deine beste Freundin – nichts über deine Vergangenheit weiß. Aber ich habe das in all den Jahren zu akzeptieren gelernt. Nur dieser Brief, der hat alte Wunden aufgerissen. Doch ich hätte nicht so reagieren dürfen. Das war ein Fehler. Das lag auch gar nicht an dir. Ich habe kurz nach unserem Streit so einen Mist erlebt … Da habe ich mich von allem und jedem zurückgezogen, weißt du?«

Ava legte ihre Hände auf die ihrer Freundin.

»Ich kann es verstehen, alles gut. Aber was ist los bei dir? Du hattest am Telefon schon angedeutet, dass du in ernsthaften Schwierigkeiten steckst. Was ist passiert? So lange bin ich doch noch gar nicht weg.« Ava blickte Mona durchdringend an. Wenn sie den Gesichtsausdruck ihres Gegenübers las, ahnte sie, dass ihre beste Freundin ein schlimmes Problem plagen musste.

»Kannst du dich noch an das Gespräch über Karim erinnern?«, begann Mona zögerlich.

»Dein sexy neuer Arbeitskollege, der dir gleich schöne Augen gemacht hat?«, fragte Ava lächelnd.

»Ja, genau der.« Wieder stieß Mona einen tiefen Seufzer aus und senkte traurig den Blick.

»Oh Gott, du bist verliebt, und er will nichts von dir?«, vermutete Ava ernst.

»Nein, eher im Gegenteil. Ich will nichts mehr von ihm … Er ist nervig und anspruchsvoll. Außerdem hat er ein ziemlich krankes Hobby.«

»Welches denn?«, wollte Ava wissen.

»Er sammelt tote Schmetterlinge. Ich weiß nicht mal, ob die wirklich alle tot sind, wenn er sie sich anschafft, und ich will es auch nicht wissen. Er hat mir seine eklige Schmetterlingssammlung gezeigt. Er präpariert die armen Dinger und spießt sie in solchen hölzernen Schaukästen an Stecknadeln auf, voll gestört.«

Angewidert verzog Ava das Gesicht. »So ein skurriles Hobby bei einem jungen Mann … Nein, das wäre auch nicht mein Fall. Dann würde ich sagen, Hände weg.«

Mona seufzte. »So einfach ist das leider nicht …«

»Du meinst, weil er bei dir arbeitet?«

»Nein, weil ich schwanger von ihm bin.«

Ava verschluckte sich an einer Kirsche und hustete wild drauf los, bis die Blicke der Bedienung auf ihr ruhten und diese ihr ein Glas Wasser brachte.

»Alles in Ordnung?«, erkundigte sie sich, Ava nickte und musste immer noch husten.

»Du bist schwanger? Wie ist das passiert?«, flüsterte sie fassungslos, nachdem ihr Atem sich wieder halbwegs normalisiert hatte.

»Wie soll das schon passiert sein? Von den Bienchen und Blümchen brauche ich dir doch sicher nichts zu erzählen, oder?«, versuchte sich Mona an einem trockenen Scherz.

»Jetzt lass dir doch nicht alles aus der Nase ziehen. Wie? Wo? Wann? Warum?«, bohrte Ava interessiert nach.

»Auf der letzten Betriebsfeier, kurz nach unserem Streit. Ich hatte dir noch erzählt, dass ich freitags hingehen wollte, weißt du noch?«

Ava nickte und hing gebannt an den Lippen ihrer Freundin.

»Wir waren blöd, hatten zu viel getrunken. Irgendwann hat Karim mich gefragt, ob er mir bei sich zu Hause seine ›Spezialsammlung‹ zeigen solle. Er hat ein großes Geheimnis darum gemacht, um was es sich dabei handelte. Ich blöde Kuh bin mit ihm gegangen.«

»Du hast doch nicht etwa mit ihm geschlafen, nachdem du diese ekligen, aufgespießten Schmetterlinge gesehen hast, oder?«, fragte Ava empört.

»Nein, natürlich nicht. Wofür hältst du mich? Kaum waren wir in seiner Wohnung, hat er mich auch schon geküsst. Ich kann mich gar nicht mehr richtig daran erinnern, es ist einfach so passiert. Ich wurde morgens in seinem Bett wach, aber statt mir mit meinem heftigen Kater ein Taxi zu rufen, hat er mir dann seine hässlichen Schmetterlinge unter die Nase gehalten. Mir ist fast schlecht geworden, das kannst du mir glauben. Ich wollte diese Nacht ganz schnell vergessen. Ich habe das auch alles verdrängt, bis mir dann immer wieder schlecht geworden ist. Ich hatte Karim gefragt, ob wir in dieser Nacht ein Kondom benutzt hatten, doch er meinte, so was hätte er gar nicht zu Hause. Kurz und gut, der Schwangerschaftstest war positiv und der Kontrolltest ebenfalls.«

Ava überdachte ihre Antwort einen Moment lang, doch dann

konnte sie ihre Freude kaum im Zaum halten. »Mann hin oder her – aber so ein Kind ist doch wundervoll. Sieh dir nur mal meine Cosima an.«

Mona musterte ihre Freundin verständnislos.

»Nein, ich lasse es wegmachen. Ich will das nicht. Genau das wollte ich immer vermeiden«, erwiderte sie entrüstet.

Ava blickte sie erschrocken an. »Aber du kannst doch nicht … Es ist doch dein Kind. Ich möchte dir nicht reinreden, aber bitte überleg dir das ganz gut. So viele Frauen können keine Kinder bekommen, und dir wird dieses einzigartige Geschenk einfach so in die Hände gelegt.«

»Deine Cosima ist einzigartig, Ava. Ich liebe sie, als wäre sie meine eigene Tochter, aber für mich passt das nicht. Wenn ich überhaupt jemals ein Kind haben möchte, dann mit einem Mann, den ich wirklich von Herzen liebe. Was würde Karim diesem Kind mit auf den Weg geben? Wie man Schmetterlinge aufspießt? Nein danke. Ich bin jetzt in der achten Woche und habe nächste Woche einen Termin zur Abtreibung. Aber ich fürchte mich davor, sehr sogar.«

Ava blieb einen Moment lang wie versteinert sitzen. Sie konnte die Entscheidung ihrer Freundin nicht im Geringsten nachvollziehen. Natürlich war Karim nicht der Traummann, für den Mona ihn zuerst gehalten hatte, aber das war doch noch lange kein Grund, ein Kind abzutreiben. Das Kleine konnte schließlich nichts für die Fehlentscheidung seiner Eltern.

»Ava, ich meine das wirklich nicht böse – ich bin nicht hier, um mir deine Erlaubnis abzuholen. Ich wollte es dir einfach nur erzählen und hatte vielleicht gehofft … dass du mich eventuell zu diesem Termin begleiten könntest. Aber ich sehe, dass dich dieses Thema als Mutter anscheinend zu sehr mitnimmt. Es tut mir leid.«

Endlich fand Ava ihre Stimme wieder. Sie rieb sich die Unterarme, um ihr plötzliches Frösteln zu verbergen.

»Nein, du hast recht. Selbstverständlich ist das deine Entscheidung. Du müsstest die nächsten zwanzig Jahre die Verantwortung für dieses Kind tragen. Doch du wärst nicht allein damit. Ich würde dir gerne immer zur Seite stehen«, sagte sie rau und legte ihre Hand auf die ihrer Freundin. »Und so eine Abtreibung ist für deinen Körper eine große Belastung, damit ist wirklich nicht zu spaßen.«

»Ich weiß das, Ava, und ein Spaß ist das ganz sicher nicht für mich. Ich stelle es mir schrecklich vor. Aber für mich passt es mit einem Kind dennoch nicht. Vielleicht hätte ich dir gar nicht davon erzählen sollen. Es tut mir leid.« Frustriert entzog sie Ava ihre Hand und trank ihre Tasse aus.

»Mir tut es leid, ich hätte nicht so reagieren dürfen. Natürlich werde ich dich begleiten, wenn du das noch möchtest«, versuchte Ava die angespannte Situation zu retten. Gleichzeitig fühlte sie, dass dies eine Lüge war. Sie würde dieser Abtreibung niemals beiwohnen können. Nicht sie. Nicht noch einmal, das würde sie nicht durchstehen. Sie hatte das untrügliche Gefühl, ihre beste Freundin soeben endgültig verloren zu haben.

»Wir werden sehen. Du, Liebes, kannst du mir das nächste Mal von deinen Neuigkeiten erzählen, bitte? Ich muss heute noch so vieles erledigen.« Mona legte Geld für sie beide auf den Tisch und stand hektisch auf. Tränen glänzten in ihren Augen.

»Bitte, Mona, bleib doch. Lass uns reden. Wir können auch spazieren gehen, wenn dir das lieber ist«, bat Ava. Gleichzeitig fühlte sie, dass es wohl das Beste wäre, ihre Freundin ziehen zu lassen. Allein beim Gedanken an diese Abtreibung drehte sich Ava der Magen um.

»Nein, heute nicht. Ich melde mich bei dir, wenn alles vorbei ist und es mir wieder besser geht. Bitte verzeih mir.« Mona zog ihre Jeansjacke über, griff nach ihrer Handtasche, welche an der Stuhllehne hing, und verließ das Café völlig überstürzt.

Seufzend blieb Ava zurück. Sie bezahlte vom Geld ihrer Freundin die Rechnung und ahnte, dass sie Mona soeben zum letzten Mal im Leben gesehen hatte. Sie spürte, dass diese Freundschaft nicht mehr zu retten war, und fragte sich verwirrt, wie das nach so vielen gemeinsamen Jahren hatte passieren können. Und das gerade jetzt, da sie selbst so viel Kummer hatte. Mit einem dicken Kloß im Hals fuhr sie wieder nach Hause.

IN DIESER NACHT lag Ava noch lange wach und dachte über Mona nach. Schade um die jahrelange Freundschaft. Doch sie spürte ebenso, dass sie die Entscheidung ihrer Freundin, das Kind abtreiben zu lassen, nicht würde mittragen können. Jeder sollte tun, was er für richtig hielt, doch Ava wollte nicht in irgendeiner Form daran beteiligt sein. Diesmal würde sie nichts mehr unternehmen, um den Kontakt zwischen ihr und Mona wiederherzustellen, auch wenn diese Erkenntnis sehr schmerzte.

Gefühlte Stunden später fiel sie endlich in einen unruhigen Schlaf und wurde von wüsten Alpträumen über tote Babys geplagt. Sie wälzte sich im Bett herum und kam einfach nicht zur Ruhe.

Als sie von unten ein lautes Poltern vernahm, ging sie im Halbschlaf erst davon aus, dass dies Teil ihres Traumes war. Doch das Poltern wiederholte sich mehrfach und riss sie jedes Mal ein Stück weiter aus dem Schlaf, bis sie benommen die Augen öffnete und angestrengt in die Dunkelheit lauschte. Der Lärm kam von unten, eindeutig. War jemand in ihr Elternhaus eingebrochen? Doch dann erkannte sie es klar und deutlich. Jemand hämmerte wie im Wahn an die Haustür. Ava war innerhalb weniger Sekunden hellwach. Sie sprang aus dem Bett, zog sich eilig ihren weißen Frotteebademantel über und schlich aus ihrem Zimmer. Sie stellte sich auf den oberen Treppenabsatz und lauschte. Dann vernahm sie das Hämmern an die massive hölzerne Haustür erneut, diesmal begleitet von einem verzweifelten Rufen.

»Ava, öffne die Tür. Ich bin es, Michael«, hörte sie es leise und gedämpft. Doch es handelte sich unverkennbar um seine Stimme, weswegen Ava, so schnell es ihr in der Düsternis möglich war, nach unten huschte und die Haustür entriegelte.

»Oh Gott, Michael«, entfuhr es ihr erschrocken, als sie im Halbdunkeln erkannte, dass der große Mann blutverschmiert vor ihr stand. »Was ist passiert?«

Eilig schloss sie die Tür hinter ihm und zog ihn mit sich in die Küche. Dort schaltete sie das Licht an, um die Ursache seiner Blutung zu suchen. Sie schob ihn auf einen Stuhl. Er sah blass und stark geschwächt aus. Noch immer rann zähflüssiges, dunkelrotes Blut aus seinen beiden Nasenlöchern über seine Lippen, tropfte ihm vom Kinn auf die Brust und versickerte dort im Stoff seines Oberteils. Auf seinem linken Arm hatte er zudem eine tiefe Stichwunde, augenscheinlich von einem Messer.

»Was ist passiert?«, wiederholte sie geschockt ihre Frage. Währenddessen goss sie ihm ein großes Glas kalten Wassers direkt vom Hahn ein und bereitete ein nasses Küchenhandtuch für ihn vor, welches sie fest auswrang, es faltete und ihm vorsichtig in den Nacken legte, damit die Blutung aus der Nase gestoppt würde. Sein komplettes Pyjamaoberteil war blutdurchtränkt.

»Er hat mich angegriffen«, brachte Michael gepresst hervor.

Ava setzte sich ihm gegenüber. Sie hatte den kleinen Verbandskasten aus dem Küchenschrank genommen und begann, seine Stichwunde am Arm mit einer nicht brennenden Wundlösung zu desinfizieren.

»Wer hat dich angegriffen?« Ava betrachtete ihn verwirrt. Wieder registrierte sie, dass Michael noch seinen Schlafanzug trug, als wäre er soeben erst aus dem Bett gestiegen. Doch sie verstand nicht, wieso er dann an ihrem Haus war.

»Bitte erzähl mir genau, was passiert ist. Ich habe es noch nicht verstanden«, bat Ava und suchte den Blick ihres unter Schock stehenden Gegenübers. Er war auffallend bleich, und seine Stirn glänzte ungesund. Vielleicht hatte er zu viel Blut verloren.

»Soll ich dir einen Krankenwagen rufen?«, fragte Ava besorgt, doch Michael schüttelte den Kopf.

»Es geht schon, ich muss mich nur kurz beruhigen«, erwiderte er und trank gierig einen großen Schluck Wasser. Seine Hand, welche das Glas umklammert hielt, zitterte unkontrolliert. Danach schien er mehr bei sich zu sein und war fokussiert genug, um Avas Blick zu erwidern.

»Von meinem Schlafzimmerfenster aus kann ich euer Haus sehen«, setzte er an. Ava nickte, diese Aussicht hatte er ihr schließlich schon einmal gezeigt, an dem Abend, als sie mit ihm Wein getrunken hatte.

»Ich habe Geräusche gehört. Zuerst einen Wagen, dann eine zuschlagende Autotür. Ich wurde davon wach. Ich ging an mein Fenster, konnte aber in der Dunkelheit nichts erkennen – außer einer Taschenlampe. Ihr Licht wackelte unruhig um euer Haus herum, was mir merkwürdig vorkam. Ich wollte nachschauen, was da bei euch los ist. Wenn nachts einer ums Haus herumschleicht, dann hat er sicher keine guten Absichten. Ich bin vorsichtig, vor allem seit du mir von diesem komischen Kauz erzählt hast.«

Ava nickte und folgte seinen Erzählungen aufmerksam.

»Also kam ich, so schnell ich konnte, zu euch rüber, um nach dem Rechten zu sehen. Daher entschuldige bitte meinen Aufzug, es blieb keine Zeit, um mich umzuziehen.« Beschämt blickte Michael an sich herunter, wie er im dunkelblauen, blutbefleckten Pyjama vor Ava saß.

»Ich mache bestimmt keinen besonders männlichen Eindruck auf dich«, versuchte er sich mit einem schiefen Grinsen an einem Scherz, doch Ava war gerade nicht zum Lachen zumute. Daher winkte sie lächelnd ab und forderte ihn auf, weiterzuerzählen.

»An eurem Haus sah ich diesen Mann, welchen du beschrieben hast. Der mit der dunklen Kapuze – er stand mit dem Rücken zu mir und leuchtete mit der Taschenlampe euer Türschloss an. Anscheinend wollte er kontrollieren, wie einfach dieses zu knacken wäre; jedenfalls vermute ich das. Ich wollte mich von hinten anschleichen und ihn überwältigen, aber diese blöden Hausschuhe hier saßen nicht richtig auf dem unebenen Waldboden, und ich brachte im Dunkeln einen Ast zum Durchbrechen. Sofort drehte sich der Kerl um und sprang mich völlig unerwartet an. Dabei rammte er mir ein Messer in den Unterarm. Es ging alles so schnell. Ich wollte ihn schlagen, doch er stieg von mir runter und rannte in Richtung der Straße. Kurz darauf hörte ich den Motor seines Autos aufheulen.«

»So ein Mist. Aber sein Auto konntest du nicht sehen? Oder

sein Nummernschild erkennen? Ich wüsste so gerne, ob er aus dem Ort kommt, an welchem wir vorher gewohnt haben.«

Michael schüttelte bedauernd den Kopf. »Das tut mir leid, Ava. Es war stockdunkel. Ich konnte weder diesen Mann richtig erkennen, noch die Umrisse seines Autos. Wir sollten sofort die Polizei einschalten.«

Doch Ava verneinte entschieden. »Nein, die konnte mir zu Hause auch nicht helfen. Ich fahr dich jetzt ins Krankenhaus, diese Wunde muss sicher genäht werden.«

Sie tupfte mit einem sauberen Mullläppchen die frisch desinfizierte Wunde vorsichtig ab. Es war ein ordentlicher Stich, so lang wie die Spitze eines Messers. Nicht besonders groß, aber vermutlich recht tief. Da sie mit Blut gefüllt war, konnte Ava das nicht richtig abschätzen. Jedoch war die Blutung schon weitgehend gestoppt.

»Nein, Ava, das ist lieb. Aber wenn du keine Polizei möchtest, sollten wir auch nicht ins Krankenhaus fahren. Hast du zufällig Zinksalbe zu Hause?«

Ava sah Michael verständnislos an.

»Du kannst eine solch tiefe Stichwunde von einem Messer doch nicht mit Zinksalbe behandeln«, widersprach sie fassungslos.

»Doch. Meine Mutter hat mit Zinksalbe alles zubekommen. Sogar, wenn sich eine unserer Katzen draußen im Kampf verletzt hat. Zink ist ein wahres Wundermittel, darauf hat sie geschworen. Mein Vater hat sich auf der Arbeit einmal eine Fingerkuppe abgeschnitten, ganz vorne das Stück.«

Ava verzog angewidert das Gesicht.

»Da hat sie dann aber nicht auch Zinksalbe drauf getan, oder etwa doch?«, fragte sie zweifelnd.

Michael grinste triumphierend.

»Oh doch – und innerhalb eines Tages war die Wunde abgeheilt. Also hast du?«, wollte er abermals wissen.

Ava nickte zögerlich und ging in ihr Zimmer. Sie kramte in der Kiste mit den Medikamenten und hatte nach kurzer Zeit eine volle Tube Zinksalbe daraus hervorgeholt, die sie immer zu

Hause hatte – für kleine Schürfwunden und oberflächliche Verletzungen.

»Die ist noch ganz neu, aber ich scheue mich wirklich, diese Stichwunde auf eigene Faust damit zu behandeln. Das muss sich unbedingt ein Arzt ansehen, oder willst du dir am Ende noch eine Blutvergiftung einfangen?«, zweifelte Ava weiterhin.

»Nein, du wirst sehen – morgen ist mein Arm wie neu. Vertrau mir.« Michaels Nase hatte nun auch endlich zu bluten aufgehört.

»Meinst du, sie ist gebrochen?«, wollte Ava wissen. Sie beförderte einen großen Klecks der Zinksalbe auf einen Tupfer und sprühte die Wunde noch einmal mit dem antiseptischen Wundspray ein.

»Das brennt gar nicht, was ist das?«, fragte Michael interessiert.

»Ein Schleimhautdesinfektionsmittel – extra so konzipiert, dass es nicht brennt, aber genauso desinfizierend wie das normale«, erklärte Ava und wartete noch immer auf seine Antwort.

»Ach so, die Nase …« Er betastete sie mit der anderen Hand vorsichtig und gab dann Entwarnung. »Nein, die ist nicht gebrochen. Er ist in mich reingelaufen, hat mir nicht mit der Faust eine draufgegeben oder so.«

»Bist du dir sicher?«, hakte Ava nach und begutachtete seine Nase kritisch. Abgesehen von der Blutung schien sie äußerlich unverletzt zu sein, war also nicht sichtbar geschwollen, blau oder gekrümmt.

»Ich bin mir sicher, die ist in Ordnung. Du bist eine tolle Krankenschwester. Offensichtlich hast du den Beruf verfehlt«, antwortete er grinsend, doch dann wurde er schnell wieder ernst. »Ich mache mir eher Sorgen um euch. Was ist, wenn der Dreckskerl wiederkommt? Wie willst du jetzt weiter vorgehen?«

Ava drückte das sterile Läppchen mit der Zinksalbe immer noch skeptisch auf die Wunde und begann dann, Michaels Arm mit einer Mullbinde zu umwickeln.

»Ich weiß es nicht …«, gab sie resigniert zu, nachdem sie eine Weile lang nachgedacht hatte. »Ich hatte so sehr gehofft, dass ich von nun an unbehelligt mit Cosima hier leben kann. Es ist schrecklich, dass er mich gefunden hat, obwohl ich von behördlicher Seite aus zahlreiche Schutzmaßnahmen getroffen hatte. Wo soll ich mich denn noch verstecken, damit ich meine Tochter in Sicherheit weiß und endlich meine Ruhe bekomme?«

Ava seufzte verzweifelt. Sie war müde und es leid, sich mit derartigen Problemen herumschlagen zu müssen.

»Ihr seid hier nicht sicher. Wenn du möchtest, könnt ihr erst mal bei mir schlafen«, schlug er vorsichtig vor.

Ava schüttelte entschieden den Kopf. »Wir können nicht zu dritt rüberkommen. Ich möchte Cosima und meine Mutter auch nicht wecken, das will ich nicht. Heute Nacht wird er sich sicher nicht nochmal hertrauen und dann … Ich muss morgen in Ruhe darüber nachdenken, wie wir jetzt weiter verfahren. Ich habe keine Ahnung, wie er uns schon wieder ausfindig machen konnte. Ich war so vorsichtig und habe wirklich alles unternommen, um uns vor seiner Verfolgung zu schützen. Ich kann es nicht begreifen. Außerdem scheint er immer gewalttätiger zu werden. Ich bin es gewohnt, dass er Tiere nicht verschont, ob kleine oder große. Aber dass er jetzt auch noch dich angegriffen hat, zeigt nur zu gut, dass er zu allem bereit ist. Der Typ ist ein vollkommen Irrer. Danke, dass du uns so gut verteidigt hast. Weiß der Kuckuck, was heute Nacht ohne deine Hilfe passiert wäre.«

Dankbar legte Ava ihre Hand auf Michaels unverletzten Arm.

»Keine Ursache. Ich habe keine Familie. Außer euch habe ich niemanden, den ich beschützen könnte.« Er brach sofort ab, als er Avas zweifelnden Blick sah. »Ich wollte dich zu nichts drängen, so war das nicht gemeint.«

»Es ist schon gut, Michael. Ich fühle ebenso wie du, aber gib mir Zeit. Ich war zu lange allein, um jetzt eine Beziehung übers Knie zu brechen, okay?« Ein warmherziges Lächeln umspielte Avas Lippen. *Vielleicht wäre er der Richtige. Ich werde es auf mich zukommen lassen und auf mein Herz hören.*

»Das hast du schön gesagt. Mir geht es im Grunde doch genauso, ich bin auch schon ewig allein. Sei mir eine Freundin, mehr wünsche ich mir gar nicht, und wenn sich dann mit der Zeit mehr ergibt, bin ich ein glücklicher Mann. Aber ohne dich bedrängen zu wollen – wäre es dir recht, wenn ich diese Nacht wenigstens bei euch im Wohnzimmer auf dem Sofa schliefe? Du weißt nicht, ob der Typ nicht doch wieder hier aufkreuzt. Mir wäre das jedenfalls sicherer, wenn ich ein Auge darauf haben könnte«, bat Michael.

Diesen Wunsch wollte ihm Ava nicht ausschlagen. Im Gegenteil, sie war dankbar dafür, dass ein Mann im Haus war. So würde sie zumindest für die restlichen drei Stunden vielleicht noch etwas Schlaf finden. Zehn Minuten später hatte sie die Couch im Wohnzimmer mit gemütlichen Kissen und Decken ausgestattet.

»Ich danke dir, gute Nacht.« Sie hauchte Michael einen zarten Kuss auf die Stirn, bevor sie das Wohnzimmerlicht ausschaltete. Ein Glück, dass ihre Mutter und Cosima nichts von dem ganzen Tumult mitbekommen hatten.

»Gute Nacht«, antwortete Michael lächelnd und schloss die Augen, noch ehe Ava das Licht löschte. In ihrem Zimmer angekommen, konnte auch sie beruhigt einschlafen. Dabei dachte sie die ganze Zeit an Michael.

KAPITEL FÜNFUNDVIERZIG

ALS AVA am nächsten Morgen erwachte, schlich sie sich nach unten und sah, dass Michael noch tief und fest schlief. Sie würde es tunlichst vermeiden, den armen Kerl aufzuwecken. Sie nahm leise ihre leichte Jacke von der Garderobe und verließ das Haus, um frische Brötchen beim Bäcker zu kaufen. Wenigstens mit einem gemeinsamen Frühstück konnte sie sich bei Michael für dessen Hilfe bedanken. Sie ging die zwanzig Meter bis zur Straße durchs Unterholz.

Schon von Weitem konnte sie erkennen, dass etwas mit ihrem Auto nicht stimmte. Mit einem mulmigen Gefühl im Magen trat Ava näher. Langsam umrundete sie das Auto, nur um ihre schreckliche Vermutung auch auf der anderen Seite bestätigt zu sehen. Jemand hatte ihr alle vier Reifen plattgemacht. Das schwarze Gummi war großflächig aufgeschnitten worden, dazu hatte der Typ also ein Messer bei sich getragen. Sie hatte es geahnt, Tränen schossen ihr in die Augen.

Im nächsten Moment schüttelte sich Ava vor Weinen. Das war zu viel für ihre schon so angeschlagenen Nerven. Würde das denn niemals aufhören? Sie erkannte mit Schrecken und Abscheu, wie zerrüttet ihr neu aufgebautes Leben längst wieder war. Er würde sie nie in Ruhe lassen, wie er ihr es angekündigt hatte. Selbst wenn sie mit Cosima auf die andere Seite der Welt flüchten würde, würde er sie aufspüren, ihnen folgen und sie zerstören. So konnte es einfach nicht mehr weitergehen. Das durfte sie ihm nicht durchgehen lassen.

Doch gleichzeitig stellte sie sich die verbitterte Frage, was sie schon dagegen ausrichten sollte? Sie war ihm hilflos ausgeliefert, solange sie nicht mal wusste, mit wem sie es zu tun hatte. Frustriert und mit verweintem Gesicht stapfte sie zurück zum Haus. Sie sah dabei unter sich auf den Boden, doch als sie den Blick endlich hob, offenbarte sich ihr die nächste Katastrophe. Ungläubig starrte sie auf die graue Fassade ihres Elternhauses, welche jemand mit blutroter Sprühfarbe bearbeitet hatte. Zwei Meter lang und riesengroß prangte das Wort ›Mörderin‹ auf der Hauswand, was Michael in der Nacht und von seiner Perspektive aus nicht hatte erkennen können.

Dies riss Ava endgültig den Boden unter den Füßen weg. Sie ließ sich auf den moosbewachsenen Humus fallen, rollte sich zusammen wie ein hilfloser Embryo und gewährte den Tränen der Verzweiflung freien Lauf.

NACH DEM GEBRAUCH einiger Eimer mit Seifenlauge hatte Ava wenigstens die schlimmsten Spuren der Schmierereien an der Hausfassade beseitigen können. Die Buchstaben waren stark verblasst, wenn auch nicht ganz verschwunden. Die Spuren auf Avas Seele jedoch waren schlimmer denn je. Ganz zu schweigen von den Wunden, welche bei Cosima durch diesen Vorfall aufgerissen wurden. Auch ihre alte Mutter befand sich in einem Zustand heller Aufregung, und Ava hatte alle Hände voll damit zu tun, die beiden wieder zu beruhigen und zu einer gewissen Normalität zurückzukehren. Ohne Michael hätte sie die folgenden Tage vermutlich nicht überstanden. Er hatte ihr vier neue Reifen bestellt und sie innerhalb weniger Stunden gegen die zerstörten gewechselt. Er hatte sein eigenes Auto im Freien geparkt und Ava den Platz in seiner Garage angeboten, damit ihr Wagen kein weiteres Mal sabotiert werden konnte.

»Da kommt er niemals drauf, dass das Auto bei mir steht. Außerdem ist die Garage abschließbar«, hatte er gesagt und Ava seinen Schlüssel überlassen. Dankbar hatte sie sein Angebot angenommen, denn für die neuen Reifen hatte sie tief in die Tasche greifen müssen.

»Ich danke dir so sehr. Ich wüsste gar nicht mehr, was ich ohne dich tun sollte. Ich hätte das Auto ohne dich von einer Werkstatt teuer abschleppen lassen müssen. Das wäre mit den neuen Reifen und dem Wechsel eine Summe gewesen, die ich nicht so einfach hätte verkraften können«, sagte sie zum wiederholten Mal, doch Michael winkte – bescheiden wie immer – mit einem verlegenen Lächeln ab.

»Das war doch nicht der Rede wert. Freunde helfen sich gegenseitig. Du hast mir schließlich auch geholfen.« Mit einem schiefen Lächeln wies er auf die gut verheilende Wunde an seinem Unterarm.

»Die wäre dir ohne mich gar nicht erst zugefügt worden«, erwiderte Ava schuldbewusst. Dann begutachtete sie die frische Narbe aus der Nähe.

»Die Zinksalbe ist wirklich ein Geheimtipp. Man kann regelrecht dabei zusehen, wie dieser Stich verheilt. Faszinierend.«

»Bei mir heilt alles schnell ab«, sagte Michael, nicht ohne Stolz in der Stimme.

»Wie wäre es heute mit einem gemeinsamen Mittagessen in der Stadt? Ich würde dich gerne einladen, als Dankeschön für deine ganze Mühe mit dem Auto.«

Michael wirkte überrascht. »Ein Dankeschön möchte ich gar nicht, aber gegen ein gemeinsames Mittagessen hätte ich natürlich nichts einzuwenden.«

»Wie schnell kannst du startklar sein?«, wollte Ava wissen.

»Ich brauche nur ein paar Minuten, um mich umzuziehen, aber Cosima ist doch noch gar nicht zu Hause«, warf er ein.

»Cosima bleibt heute Mittag mit ein paar anderen Kids in der Schule, um ein Projekt fertigzustellen. Du müsstest also mit mir vorliebnehmen, wenn es dich nicht stört«, sagte Ava. Diese Worte verfehlten ihre Wirkung nicht. Ein Strahlen stahl sich auf Michaels Gesicht.

»Mit dem größten Vergnügen«, entgegnete er. Dann wies er in

Richtung der Haustür. Cäcilia stand auf der Schwelle und betrachtete die beiden amüsiert.

»Wir sollten sie fragen, ob sie mitmöchte«, flüsterte er. Ava nickte.

»Mama, wir gehen essen. Magst du uns begleiten? Ich lade dich ein«, rief sie, doch ihre Mutter winkte sofort ab.

»Nein, mein Kind, ich habe keinen Hunger. Geht ihr beiden mal schön allein!«, erwiderte sie und verzog sich ins Haus, um nicht weiter zu stören.

»Sie will uns wohl verkuppeln«, vermutete Michael lachend.

Ava betrachtete sein Gesicht. Sie mochte die kleinen Fältchen um seine Augen. »Oh ja, von Anfang an.«

Dann trennten sie sich, damit Michael sich umziehen konnte. Anschließend fuhren sie mit seinem Auto in die Stadt.

»Was magst du lieber? Griechisch? Asiatisch, oder Italienisch?«, wollte Ava wissen.

»Das kannst du dir aussuchen, ich esse alles gerne.«

»Hm, dann lass uns heute zum Asiaten, einverstanden?«, fragte Ava mit einem Seitenblick auf Michael, der den Wagen geschickt durch den Verkehr lenkte.

»Wie Madame wünschen«, scherzte er.

Er ist so erfrischend unkompliziert, und man kann eine Menge Spaß mit ihm haben. Und er sieht gut aus … Ava musste angesichts ihrer Gedanken lächeln. Nachdem er eine freie Parklücke ergattert hatte, hakte sie sich bei Michael unter, und sie betraten das Restaurant, wie ein altes Ehepaar.

ES WAR ein wunderschönes Essen mit ihm gewesen, doch in der Nacht kamen die dunklen Gedanken wieder zurück. Man hatte ihr Eigentum beschädigt und das ihrer Mutter. Man hatte ihr und ihrer Tochter die Sicherheit des neuen Zuhauses weggenommen. Und vor allem beschäftigte Ava unentwegt die Frage, was als Nächstes passieren würde. Alle ihre Bemühungen, ihm zu entkommen, waren umsonst gewesen. Sie lag in der Dunkelheit wach und lauschte auf jedes noch so kleine Geräusch; doch alte Häuser waren voll davon. Knarzte da nur das Holz, oder schlich der fremde Mann im Flur herum? War es nur der Wind, der durch die Mauern sauste, oder kam das Surren von dem erneuten Einsprühen der Hauswand mit Farbe? Jeder dieser Gedanken trieb ihre Angst nur noch weiter voran.

Michael hatte erneut vorgeschlagen, auf ihrem Sofa unten im Wohnzimmer zu schlafen. Nahe bei der Haustüre, damit jeder Eindringling erst mal an ihm vorbeimüsse. Doch dieses Angebot hatte Ava abgelehnt. Es wäre ihr unverschämt vorgekommen, ihn abermals auf der ungemütlichen Couch schlafen zu lassen, und bei Tageslicht hatte sie außerdem weitaus weniger Angst gehabt als jetzt in tiefschwarzer Nacht. Nun bereute sie es, seine Hilfe nicht angenommen zu haben, wobei sie immer noch fand, dass er eine ruhige Nacht in seinem eigenen Bett verdient hatte. Er war schon schlimm genug verletzt worden. Das Verheilen der Stichwunde an seinem Arm schritt zwar gut voran, dennoch sah sie immer noch nicht harmlos aus.

›Mach dir darum keinen Kopf, das braucht einfach seine Zeit‹, hatte er gesagt und ihre Bedenken weggelächelt. Er tat alles dafür, ihre Sorgen und Ängste zu zerstreuen. Dennoch nahm er sie sehr ernst. Ja, es tat ihr gut, mit ihm zusammen zu sein. Wer weiß, vielleicht würde eines Tages doch mehr daraus werden. Wenn sie dieses dunkle Kapitel irgendwann im Leben hinter sich gebracht hätte. *Falls das jemals aufhören sollte.*

Nachdem sich Avas Gedanken zwei Stunden lang im Kreis gedreht hatten, stand sie resigniert seufzend auf. Es hatte keinen Sinn, mit Gewalt einschlafen zu wollen. Ihr fielen ihre Tabletten von zu Hause wieder ein. Vielleicht sollte sie eine nehmen, oder doch lieber nur eine halbe?

Sie tastete sich zur Tür vor und knipste das Licht an. Einen Moment lang blinzelte sie in die ungewohnte Helligkeit, bis ihre Augen sich daran gewöhnt hatten. Dann durchsuchte sie ihre immer noch halb ausgepackten Kisten vom Umzug. Zielstrebig fand sie den Karton, in welchem sie die Medikamente lagerte. Derselbe, in welchem sie die Zinksalbe für Michael gefunden hatte. Nach kurzem Kramen hielt sie die Packung mit dem

Schlafmittel in den Händen. Ein Blick auf die Uhr verriet ihr, dass es schon kurz nach eins war. Viel zu spät für eine ganze Tablette. Sie halbierte eine der weißen Pillen an der dafür vorgesehenen Sollbruchstelle und warf eine der Hälften lose in die Packung zurück.

Während sie mit nackten Füßen die Holztreppe ins Erdgeschoss hinunterschlich, nahm sie sich fest vor, die restlichen Kisten am Wochenende auszupacken. Cosima hatte ihr Zimmer so schön gestaltet und sogar ihre Wände ganz selbstständig in einem satten Lilaton gestrichen, doch sie selbst war einfach zu faul und zu beschäftigt gewesen, um sich um das Auspacken ihrer Umzugskartons zu kümmern. Aber so konnte es nicht bleiben. *Musst du die denn überhaupt noch auspacken, oder solltest du lieber gleich wieder umziehen, wenn der Stalker erneut hinter dir her ist?* Ava versuchte diesen Gedanken keine weitere Beachtung zu schenken.

In der Küche angekommen, goss sie sich an der Spüle ein Glas kalten Wassers ein. Sie schluckte ihre halbe Schlaftablette herunter und betete, dass diese schnell wirken und ihre unruhigen Gedanken zum Erliegen bringen möge. Doch bis dies geschehen würde, müsste sie es mindestens noch eine halbe Stunde aushalten, eher länger. Sie schlich unschlüssig im düsteren Erdgeschoss herum. An einem der Fenster schob sie die Gardinen ein wenig zur Seite, um einen Blick in den verwilderten Garten zu werfen. Angestrengt starrte sie nach draußen. *Auch hier gibt es keine Rollläden. Deine Familie und du seid ungeschützt. Wieso lässt du Cosima auch im Erdgeschoss schlafen? Oben bei dir wäre sie wesentlich sicherer.*

Erneut zwang Ava die mahnende Stimme in ihrem Kopf zum Schweigen. Aber es war richtig – dass Cosima direkt an einem Fenster im Erdgeschoss schlief, passte ihr ganz und gar nicht, da sie nun wieder mit dem wohlbekannten Problem zu kämpfen hatte. Die Fenster waren uralt, die Holzrahmen längst morsch und brüchig. Wie schwer würde es sein, ein solches Fenster mit einem Brecheisen aus dem Rahmen zu hebeln?

Auf der anderen Seite würde ein Einbrecher Cosima überall

finden, ob sie nun oben oder unten schlief. Ava schüttelte heftig mit dem Kopf. Hörte dieses Gedankenkarussell denn niemals auf? *Nicht, bevor du diesen Schweinehund endlich losgeworden bist. So kann es jedenfalls nicht weitergehen.*

Ava starrte angestrengt in die Finsternis. War dort hinter dem Baum ein Schatten in Menschengestalt? In der Hecke weiter hinten schien sich etwas zu bewegen. Je angestrengter Ava ihren Blick zu fokussieren versuchte, umso weniger konnte sie erkennen. Sie kniff die Augen fest zusammen. *Du brauchst eine Brille, als wenn ich es nicht schon Monate predigen würde.* Diese Nacht war ein einziger Alptraum, und sie war noch weit davon entfernt, endlich müde zu werden.

Also wandte sie sich vom Fenster ab und schlich zu Cosimas Zimmer neben dem ihrer Mutter. Leise drückte sie die quietschende Klinke herunter. Das Holz war auch hier verzogen, die Tür klemmte wie immer. Ava gab ihr einen energischen Ruck, dann öffnete sie sich.

Ava stand im halbdunklen Raum. Es roch nach ihrer Tochter. Wie früher, als Cosima noch ein ganz kleines Kind gewesen war. Süß und irgendwie nach Babypuder. Ava liebte diesen Duft. Sie hielt einen Moment lang inne, atmete ihn tief ein und lauschte den gleichmäßigen Atemzügen ihrer Tochter. Hier fühlte sie sich sofort viel wohler. Sie dachte daran, sich für eine Weile neben Cosima zu legen. Sie brauchte in diesem Augenblick die Nähe ihres Kindes mehr als alles andere. Wie immer lag ihre Tochter nahe an der Wand. Ava schlüpfte vorsichtig zu ihr unter die Decke und legte ihre Hand auf Cosimas warmen Arm. Sie schloss einen Moment lang ihre Augen.

Das Zimmer hier strahlt so viel Ruhe aus. Bleib einfach, bis du merkst, dass dein Schlafmittel wirkt, dann geh in dein eigenes Zimmer. Kaum hatte Ava diesen Gedanken zu Ende gebracht, fiel sie in einen tiefen, traumlosen Schlaf.

KAPITEL SECHSUNDVIERZIG

»MAMA, MACH MIR PLATZ, DAS ZIEPT«, beschwerte sich Cosima und zog ein Büschel ihrer dicken Haare unter Avas Schulter hervor. Diese schlug die Augen auf. Dann fiel ihr wieder ein, dass sie sich in der Nacht zu ihrer Tochter gelegt hatte.

»Guten Morgen, mein Schatz.«

»Morgen, Mama. Alles gut bei dir? Was machst du hier?«, fragte Cosima, doch sie wirkte nicht böse.

»Tut mir leid, Maus. Das war so nicht geplant. Ich konnte nicht schlafen und wollte nur nach dir sehen.«

»Kein Problem, aber jetzt lass mich noch ans Handy, heute ist schließlich Samstag, endlich mal kein Zeitdruck und keine Schule. Frühstücken wir in einer Stunde?«

Ava nickte. »Einverstanden. Ich mach mich jetzt fertig und geh Brötchen kaufen.«

Nachdem sie sich kurz abgeduscht hatte, zog sie sich an und verließ das Haus. Sie ging rüber zum Grundstück von Michael und schloss dessen Garage auf. Was für ein Segen, dass ihr Auto nun über Nacht in Sicherheit stand, damit ihr eine solche Attacke wie mit den zerschnittenen Reifen nicht noch einmal passieren konnte. Schließlich hatte sie das nicht nur Nerven, sondern auch eine ganz schöne Stange Geld gekostet. Sie entriegelte ihren Wagen und fuhr in die Stadt, um frische Brötchen zu besorgen. Michael brachte sie auch welche mit und hängte diese in einer separaten Tüte an den Griff seiner Haustür, denn sie wollte ihn nicht schon früh am Morgen belästigen.

Nach einem gemütlichen Frühstück mit ihrer Mutter und ihrer Tochter überlegte Ava, was sie heute noch zu erledigen hätten.

»Ich möchte nicht den ganzen Tag im Haus sitzen, ich muss raus. Wie wäre es, wenn wir erst mal unseren Wochenendgroßeinkauf über die Bühne bringen?«, schlug sie vor und biss erneut in ihr Marmeladenbrötchen.

»Gute Idee, wir müssen auch noch in die Drogerie. Einige meiner Pflegeartikel sind fast leer, und ich brauche einen neuen Antipickelstift.«

»Das trifft sich gut, denn mir ist das Putzmittel ausgegangen. Dann lass uns heute gemütlich alles besorgen. Ich fühle mich derzeit nicht wohl hier im Haus. Mama, möchtest du mitkommen?«, wollte Ava mit einem fragenden Blick auf Cäcilia wissen.

»Nein danke, mein Kind. Das ist mir zu anstrengend. Wenn das Wetter so schön bleibt, setze ich mich nachher mit meinem Buch ein wenig raus in die Sonne. Vielleicht könntest du mir ein paar Kleinigkeiten mitbringen?«

Ava nickte. »Klar, mach ich gerne. Dann schreiben wir gleich zusammen eine Liste, was du alles brauchst.«

Ava und Cosima ließen es sich an diesem sonnigen Samstag richtig gutgehen. Sie fuhren in die Stadt und kehrten in einem kleinen, gemütlichen Eiscafé ein. Ava bestellte sich einen Krokant-Becher und Cosima einen mit frischen Erdbeeren und einem Berg Schlagsahne.

»Es ist schön heute. Ich bin froh, dass wir Zeit füreinander haben«, sagte Ava.

Cosima nickte. »Aber nächstes Wochenende will ich bei Celine übernachten.«

»Schatz, ich fahre nicht gerne zurück in die alte Heimat. Soll sie nicht lieber bei uns schlafen?«, schlug Ava vor.

»Ist mir auch recht, aber der Stalker hat uns auch hier gefunden. Daher macht es keinen Unterschied, ob bei mir oder bei ihr. Ich kann sie dennoch fragen, ob sie kommen möchte.«

Ava nickte nachdenklich. Ihr Eis schmeckte auf einmal fad.

»Ich begreife immer noch nicht, wie er uns gefunden hat«, dachte sie laut nach.

»Ich auch nicht, aber ich glaube, wir müssen uns langsam damit abfinden, dass er immer da sein wird.«

Die Worte ihrer Tochter erschütterten sie. So weit war es schon gekommen? Dass Cosima ihren unbekannten Verfolger als einen Teil ihres Lebens betrachtete? So durfte es nicht weitergehen. Doch mittlerweile fühlte sich Ava wieder sehr wohl mit ihrer Mutter, die wollte sie unter keinen Umständen verlassen.

»Vielleicht sollte meine Mutter ihr Haus verkaufen und mit uns wegziehen«, überlegte Ava.

»Das macht Oma im Leben nicht mit. Sie liebt dieses Haus«, widersprach Cosima.

Ich liebe dieses Haus ganz und gar nicht, schoss es Ava durch den Kopf. »Ich weiß es nicht, mag sein, dass du recht hast. Aber mir persönlich wäre es fast das Liebste. Dann würden wir sie wenigstens nicht allein zurücklassen.«

Ava bezahlte die Rechnung für die Eisbecher, dann schlenderten die beiden gemütlich durch die anderen Geschäfte und besorgten in den nächsten Stunden alles, was sie die Tage benötigten. Ava genoss den Tag sehr. Immer mal wieder blickte sie sich suchend um, aber sie konnte unter den Menschen niemanden ausmachen, der sich in irgendeiner Weise verdächtig verhielt. Oder einen Kapuzenpulli getragen hätte. Sie freute sich über die Zeit, die sie mit Cosima zusammen verbringen konnte.

»Ich hätte Lust auf einen Burger«, sagte das Mädchen zwei Stunden nach dem Eis.

»Wir machen heute, was du möchtest«, erwiderte Ava lachend. Kurz darauf stellten sie sich in der Schlange im Schnellrestaurant an und studierten gemeinsam die Speisekarte, welche über dem Verkaufstresen hing. Es war einer der wenigen unbeschwerten Momente der letzten Monate. Ava kostete jede Sekunde davon aus.

AN DIESEM ABEND nahm Ava gleich ihre Schlaftablette ein und diesmal eine ganze.

»Ich hab dich lieb, mein Schatz«, flüsterte sie Cosima an der Tür zu. Zärtlich betrachtete sie einen Moment das hübsche Gesicht ihrer Tochter.

»Ich dich auch, Mama«, erwiderte das Mädchen leichthin.

»Bekomme ich noch eine Umarmung?«, wollte Ava lachend wissen. Seufzend stand Cosima auf und nahm ihre Mutter fest in die Arme.

»Du bist mal ein emotionales Wesen«, scherzte sie und küsste Ava auf die Wange.

»Klar, du kennst mich doch«, sagte Ava grinsend und drückte ihre Tochter, die sie selbst um einen halben Kopf überragte, fest an sich. »Egal, wie groß du bist. Du wirst immer mein kleines Mädchen bleiben.« Zärtlich strich sie mit der Hand über Cosimas Haare.

»Dein kleines Mädchen? Na, wer ist hier klein?«, wollte Cosima lachend wissen und streckte sich extra groß.

»Geh bald schlafen, ja?«

Cosima schüttelte den Kopf. »Auf keinen Fall, es ist Samstag. Ich schau mir noch einen Film auf dem Handy an und telefoniere mit Celine. Schlaf gut.«

Dann gaben sich die beiden noch einen Kuss, und Ava schloss die Zimmertür von außen. Die Zeit, bis das Schlafmittel wirkte, nutzte sie, um sich mit ihrer Mutter in die Küche zu setzen, zu reden und einen heißen Lavendeltee zu trinken.

»Für mich bitte keinen Zucker, Mama. Ich habe mir die Zähne schon geputzt.«

»Ava, ich wollte dir dringend was sagen.« Cäcilia strich sich seufzend eine Strähne ihres weißen Haares aus der Stirn und nahm ihrer Tochter gegenüber Platz. Dann sah sie ihr mit ernstem Blick in die Augen, als wollte sie sich versichern, dass sie auch wirklich Avas volle Aufmerksamkeit hatte.

»Ich wollte mich noch einmal für alles bei dir entschuldigen«, begann Cäcilia leise und griff nach der Hand ihrer Tochter.

Ava schwieg betreten und schaute nach unten. Mit dem

Fingernagel ihrer freien Hand kratzte sie einen fast unsichtbaren Wachsfleck von der Tischplatte ab.

»Ich habe damals einen schrecklichen Fehler gemacht, Kind. Einen unverzeihlichen Fehler. Das habe ich bis heute jeden einzelnen Tag bereut, das kannst du mir glauben. Ich habe es nicht getan, um dir zu schaden, ganz im Gegenteil. Ich … ich habe Kiran geliebt wie mein eigenes Kind. Ich bin auch heute noch untröstlich, dass er in so jungen Jahren sterben musste. Diese Schuld muss ich mit mir tragen und werde sie mit ins Grab nehmen. Zudem habe ich nicht nur Kirans Tod zu verantworten. Ich … ich wollte das alles nicht. Das war nicht meine Absicht. Ich wünschte, dass ich alles rückgängig machen könnte und alles so gekommen wäre, wie Gott es für euch vorgesehen hatte. Aber damals war es nicht üblich, sich als Frau gegen den Willen des eigenen Ehemanns aufzulehnen, und du weißt, dass dein Vater –«

»Bitte nicht, Mama. Ich will nicht darüber reden, und es ist lange her«, wehrte Ava das Gespräch mit erhobener Hand ab. »Vor allem über ihn will ich nie wieder sprechen. Er ist seit damals nicht mehr mein Vater, sondern ein Tyrann, der mein Leben zerstört hat. Ich bin froh, dass er tot ist.«

»Geh bitte nicht so hart mit ihm ins Gericht. Ich will deinen Vater keinesfalls in Schutz nehmen. Was er dir angetan hat, ist unverzeihlich. Er war ein Tyrann und ein Choleriker, ohne Frage. Mir ist klar, dass du von alldem nichts mehr wissen willst, aber irgendwann müssen wir doch darüber sprechen. Wer weiß, wie lange der Herrgott mich noch hier auf der Erde leben lässt. Du bist so gut zu mir, Ava, doch kannst du mir jemals wirklich aus tiefstem Herzen vergeben?«

Cäcilia sah ihre Tochter ernst an, Tränen schimmerten in ihren wässrig blauen Augen. Sie tat Ava leid. Sie erkannte in dem Blick ihrer Mutter, dass diese nicht weniger gelitten hatte als sie selbst. Ihr Vater war der Schuldige. Ihre Mutter hatte sich ihrem Mann unterworfen, wie er es von ihr erwartet hatte.

Ava spürte in sich hinein, ob da noch Wut und Groll gegen ihre Mutter in ihrem Herzen vorhanden waren. Sie fand nichts von diesen Gefühlen; nur Trauer und den Schmerz des Verlustes, welcher ihr zum ständigen Begleiter geworden war.

»Ich ... ich verzeihe dir, Mama«, stammelte Ava leise und drückte die Hände ihrer Mutter in ihren eigenen. Sie blickte ihr fest in die Augen.

»Und das sagst du auch nicht nur so, mein Kind?«, wollte diese hoffnungsvoll wissen.

»Ich sage nie etwas, wenn ich es nicht so meine. Ich verzeihe dir und trage dir nicht mehr nach, was damals passiert ist. Aber Papa werde ich niemals vergeben, hörst du?«

Cäcilia nickte unter Tränen und erhob sich, um ihre Tochter in den Arm zu nehmen. Sie konnte nicht mehr sprechen, nur noch weinen. Ava weinte ebenfalls. Sie stand auf und legte ihre Arme um ihre gebrechliche Mutter. Sie weinte in ihr weißes Haar und konnte spüren, wie ein Teil ihrer seelischen Wunden endlich abzuheilen schien.

»Alles ist gut, ich verzeihe dir«, flüsterte sie erneut.

Als sie zu Bett ging, fühlte sie sich von einer tonnenschweren Last befreit und glücklich, aber gleichzeitig emotional so ausgelaugt, dass sie sofort einschlief.

KAPITEL SIEBENUNDVIERZIG

IN DER NACHT erwachte Ava mit einem schalen Geschmack im Mund. Sie meinte, einen Knall oder Ähnliches gehört zu haben. Schlaftrunken setzte sie sich auf. Draußen war es noch dunkel. Sie nahm ihr Handy vom Nachtschrank und las die Uhrzeit ab. Es war kurz nach vier Uhr morgens. Das Geräusch musste laut gewesen sein, dass sie trotz Schlaftablette davon wach geworden war. Oder war sie nur erwacht, weil sie so dringend zur Toilette musste?

Sie verließ ihr Zimmer und tapste auf nackten Füßen müde ins Badezimmer. Im Flur strich ihr ein warmer, zarter Hauch durchs Haar. Es roch nach Sommer und versprach, ein sonniger Tag zu werden. Während Ava auf der Kloschüssel saß und ihre Blase entleerte, putzte sie sich gleichzeitig die Zähne, um den schlechten Geschmack zu vertreiben. Unter einem Windstoß öffnete sich die Badezimmertür. Ava zog ab, wusch sich die Hände und spülte sich im Anschluss den Mund aus.

Wo kommt diese Zugluft her? Ava hatte ihre Mutter und ihre Tochter wegen ihres gruseligen Verfolgers extra angewiesen, über Nacht alle Fenster geschlossen zu halten, auch wenn die Temperaturen für diese Schutzmaßnahme viel zu hoch waren.

Leicht beunruhigt lief sie die Treppe hinab ins Erdgeschoss. Obwohl es schon jetzt angenehm lau war, überzog eine Gänsehaut Avas gesamten Körper. Ihre Nackenhaare stellten sich unwillkürlich auf, als sie die offene Zimmertür ihrer Mutter sah, welche in der Zugluft unkontrolliert hin und her schwang. Das war ungewöhnlich, ihre Mutter hielt diese Tür sonst immer geschlossen.

Mit drei großen Sätzen stürmte Ava in Cäcilias Zimmer. Mit einem flauen Gefühl im Magen ertastete sie im Dunkeln den Lichtschalter neben der Tür und schaltete die Deckenbeleuchtung ein. Sie blinzelte wegen der plötzlichen Helligkeit. Wie angewurzelt blieb sie im Türrahmen stehen und starrte ungläubig auf das Bett ihrer Mutter. Sie öffnete den Mund weit, doch kein einziger Ton kam heraus. Ihr Gehirn weigerte sich zu verarbeiten, was ihre Augen sahen. Ava presste unter Schock die Hände an ihre Wangen. Unaussprechlich war der Anblick, welcher sich ihr im Bett ihrer Mutter bot.

Erst als der markerschütternde Schrei im Raum verhallte, begriff Ava, dass es ihr eigener gewesen war. Laut, durchdringend und unmenschlich, wie von einem verwundeten Tier. Schiere Verzweiflung hielt ihr Herz fest umklammert. Sie konnte sehen, aber nicht verstehen, welchen Wahnsinn ihre Augen da erfassten. Ihr Herz hämmerte so heftig in ihrem Kopf, dass es ein Wunder war, dass sie überhaupt noch aufrecht stehen konnte. Übelkeit übermannte sie, doch die nahm sie nicht einmal richtig wahr. Endlich gelang es Ava, sich aus ihrer Schockstarre zu befreien.

»Mama!«, schrie sie entsetzt und war mit einem Satz bei ihrer Mutter. Tränen rannen ihr übers verschwitzte Gesicht. Ihre Hände zitterten, als sie nach dem großen Kissen griff, welches das Gesicht der reglosen Gestalt im Bett vor ihr vollständig bedeckte. Die runzligen Hände der Frau lagen, wie zu einem letzten Gebet gefaltet, auf der Bettdecke. Die Haut schimmerte bläulich. *Das ist nicht meine Mutter. Das ist nicht meine Mutter.* Wie ein Mantra formte Avas Kopf immer wieder diesen einen Satz, als würde er eine höhere Macht beschwören, nicht wahr sein zu lassen, was die junge Frau bereits seit Minuten wusste.

Panisch riss Ava das Kissen vom Gesicht ihrer Mutter. Cäcilia lag vollkommen still und mit geschlossenen Lidern da, als würde sie schlafen, wenn da nicht diese ungesunde wachsweiße Gesichtsfarbe gewesen wäre. Die Lippen ihrer Mutter waren blutleer, genauso wie die übrige Haut.

Sie schien im Schlaf von ihrem Angreifer überrascht worden zu sein und machte nicht den Eindruck, als hätte sie sich gegen das Ersticken gewehrt. Ava starrte die leblose Hülle eine Weile fassungslos an. Dann schrie und weinte sie. Der Wahnsinn übermannte sie endgültig. Sie kniete sich neben das Bett und legte den Kopf auf den Bauch ihrer toten Mutter. *Das darf nicht sein. Wer hat dir das angetan, Mama?* Ava ließ ihren Tränen freien Lauf. Es konnte nicht wahr sein. Jemand hatte sie umgebracht. Sie hatte doch niemandem was getan. Wer erstickte eine alte Frau mit einem Kissen? Wer konnte so grausam sein?

Avas Puls hämmerte immer noch viel zu schnell und zu heftig. Ihre Schultern bebten. Kummer und Schmerz hielten ihr Herz mit eisiger Faust umklammert, und ihre Gedanken rasten. Doch plötzlich durchzuckte sie ein Gedanke, der noch viel schrecklicher war als das Wissen um ihre tote Mutter.

»Oh Gott, Cosima!«, schrie Ava geschockt und sprang auf.

Sie hastete panisch ins Nebenzimmer zu ihrer Tochter, dabei schürfte sie sich den Arm am Türrahmen auf, was sie nicht einmal bemerkte. Sie riss heftig keuchend die Tür auf und schrie verzweifelt nach Cosima. Sie schluchzte und wimmerte. Sie betete, dass ihre Tochter noch leben möge. Die Bettdecke ihres Kindes lag auf dem Boden. Das Bett war bis auf ihr Kissen leer, das Laken halb von der Matratze gerissen. Das Fenster stand weit offen, ein warmer Wind wehte ins Zimmer.

Ava schrie unkontrolliert nach Cosima. Sie lief durchs ganze Haus und suchte ihre Tochter panisch. Dabei wusste sie längst, dass sie weg war. Sie spürte diese grausame Leere in ihrem Herzen. Es drohte vor Kummer und Pein fast zu zerspringen. Ava war dem Wahnsinn nahe. *Verdammt, konzentriere dich endlich. Reiß dich zusammen und finde deine Tochter, statt hier wie ein aufgescheuchtes Huhn hin und her zu laufen. Damit hilfst du ihr kein Stück.*

Ava atmete einige Züge tief ein und aus, um sich wenigstens ansatzweise zu sammeln. Sie unterbrach sofort die Suche im

Haus und fokussierte ihre Aufmerksamkeit auf das Zimmer ihrer Tochter. War es möglich … Hatte das Schwein sie ebenfalls umgebracht? Nein, das konnte nicht sein. Das durfte nicht sein. Eine bis dahin ungeahnte Wut stieg in Ava empor und bahnte sich langsam einen Weg in ihr Bewusstsein. Ihre Augen verengten sich zu Schlitzen, und ihre Hände formten sich zu Fäusten, bis die Knöchel weiß hervortraten. Sie würde Cosima finden, und wenn es das Letzte wäre, was sie tat. Aus reiner Intuition riss sie das Kissen vom Bett ihrer Tochter. Darunter fand sie tatsächlich einen Zettel in der ihr so bekannten Handschrift.

Hallo Dreckstück,

der Tod deiner Mutter war nicht zu vermeiden, sorry. Jemand musste dir schließlich endlich klarmachen, wie ernst die Lage ist. Auge um Auge, Zahn um Zahn. Du hast mich zu vernichten versucht, aber ich habe überlebt. Leider kann ich das nicht von allen in diesem Spiel behaupten, du elende Mörderin. Und jetzt zahlst du die Zeche dafür. Du wirst dein Leben lassen, so wie du ein Leben genommen hast, ohne auch nur mit der Wimper zu zucken. Du bist das Schwein in diesem Spiel, nicht ich.

Wenn du das Mädchen noch einmal lebend wiedersehen willst, bist du bis Punkt fünf Uhr heute Morgen in den alten Sandsteinhöhlen. Du weißt, welche ich meine – bist ja hier aufgewachsen. Schaltest du die Polizei ein, ist die Kleine tot. Bringst du jemand anderes zur Verstärkung mit, ist die Kleine ebenfalls tot. Ich werde keine Gnade mit dir walten lassen, aber ich will wissen, warum du mein Leben zerstört hast, du krankes Dreckstück. Die Zeit läuft, tick tack.

Dein Schatten

Ava ließ den Zettel mit zitternden Fingern fallen.

Natürlich kannte sie die Sandsteinhöhlen, als Kinder hatten sie oft dort gespielt. Später waren sie dann für die Öffentlichkeit abgesperrt worden.

Sie rannte zurück in ihr Zimmer, um einen Blick auf ihre Uhr zu werfen. Vier Uhr vierunddreißig. Das konnte sie schaffen. Sie streifte sich ihre dünnen Sneakers über die nackten Füße. Noch im Nachthemd stürmte sie aus dem Haus. Die Tür ließ sie achtlos offenstehen. Sie rannte panisch zu Michaels Garage. Für den Bruchteil einer Sekunde überlegte sie, ihn zu wecken und um Hilfe zu bitten, doch das durfte sie nicht riskieren. Die Worte des Entführers waren mehr als deutlich gewesen.

Sie riss das Garagentor hoch und setzte sich in ihr Auto. Ihre Finger zitterten, als sie mit unruhigen Händen den Motor startete. In ihrer Panik vergaß sie den Rückwärtsgang und fuhr in einem Satz nach vorne, wo sie mit dem Auto, begleitet von einem metallischen Knirschen, an die Garagenmauer prallte. Der Motor erstarb. *Verdammt, bitte geh wieder an.* Sie drehte erneut hektisch den Zündschlüssel herum, doch der Motor stotterte und ging wieder aus. *Jetzt reiß dich verdammt nochmal zusammen. Willst du Cosima durch so einen Scheiß verlieren?* Noch einmal, diesmal kontrollierter, startete sie den Motor. Endlich sprang dieser unter lautem Protestgeheul an. *Danke, oh danke!* Ava schaltete in den Rückwärtsgang und fuhr, so schnell sie konnte, aus der Garage heraus und hinunter zur Straße.

Innerhalb weniger Minuten erreichte sie die dunklen Sandsteinhöhlen auf dem abgelegenen, unwegsamen Gelände. Hier würde ihr niemand zu Hilfe eilen können. Ava war es völlig egal, ob sie selbst heute mit dem Leben davonkommen würde. Aber ihr Kind würde sie um jeden Preis beschützen, koste es, was es wolle. Sie stoppte den Wagen, sprang hinaus und rannte über die Grünflächen, dann über den sandigen Boden und direkt in die Höhlen hinein. Die im Wind flatternden rot-weißen Absperrbänder ignorierte sie; eines zerriss sie achtlos, da es ihr den Weg ins Innere versperrte. *Den Weg zu meinem Kind.*

Sie fragte sich, wie sie sich hier bloß orientieren sollte. Dies war am hellen Tag schon kaum möglich, angesichts der verwinkelten Gänge. Doch im Dunkeln würde sie sich gnadenlos verlaufen und dann nicht mehr rechtzeitig ankommen.

Ihr Herz pochte wie wild, und sie hatte Mühe, ihre Lungen mit ausreichend Sauerstoff zu füllen. Avas Kopf dröhnte von dem Grauen, welches von ihrem gesamten Körper Besitz ergriffen hatte; ihre panischen Gedanken drehten sich einzig und allein um ihre Tochter. Was auch immer der Unbekannte ihr antun würde, sie war für Cosima zu sterben bereit. Ihrem geliebten Mädchen würde keiner auch nur ein einziges Haar krümmen, dafür würde Ava schon sorgen – und wenn es das Letzte sein sollte, was sie hier auf dieser Welt tun würde. Unbewusst ballte sie die Hände zu Fäusten und presste ihre Kiefer fest aufeinander.

Sie betrat den riesigen Hauptteil der Höhle und hatte keine Ahnung, wo sie zu suchen anfangen sollte. Schon hier am Eingang war es stockdunkel und kühl. Viel dunkler noch als draußen im Freien. Ava konnte kaum die Hand vor Augen sehen. Daher schaltete sie die Taschenlampe ihres Handys ein.

Die Sandsteinhöhlen waren verwinkelt. Ein unterirdisches Labyrinth von mehreren tausend Quadratmetern. Ava fragte sich verzweifelt, wie sie Cosima hier nur finden sollte. Panisch drehte sie sich im Kreis, bis sie aus einer der größeren Abzweigungen tatsächlich einen sanften Schimmer wahrzunehmen glaubte. Sie schaltete die Taschenlampe aus, um sich zu vergewissern, dass ihr ihre Augen keinen Streich gespielt hatten. Tatsächlich, von dort drüben kam Licht.

Ava lief so leise wie möglich darauf zu. Sollte sie nach Cosima rufen oder eher das Überraschungsmoment für sich nutzen? Sie schlich sich leise näher und bereute es bitter, dass sie nicht daran gedacht hatte, sich ein Messer von zu Hause einzustecken. Doch die Zeit war so knapp bemessen gewesen, dass sie sich nicht mal hatte umziehen können. Noch immer trug sie ihr weißes Nachthemd, welches sich in dem warmen Föhn sanft hin und her bewegte. In der Höhle wehte ein konstanter Wind. Trotzdem fröstelte sie.

Endlich konnte sie um eine Ecke in die Abzweigung schauen. Und da sah sie ihre Tochter; es zerriss ihr fast das Herz. Cosima lag in eine warme Wolldecke gehüllt auf dem nackten Steinboden und schlief offenbar tief und fest. Soweit Ava es aus der Ferne beurteilen konnte, schien sie unversehrt zu sein. Hatte das Schwein sie bloß betäubt? Ihr fiel der unangenehm riechende Lappen auf dem Boden neben dem Bett des Mädchens wieder ein, welchen sie nur unterschwellig wahrgenommen hatte.

Von dem Entführer sah sie keine Spur. *Dies ist eine Falle, aber für Cosima musst du das Risiko eingehen.* Ehe Ava darüber nachdenken konnte, rannte sie zu ihrem schlafenden Kind. Sie kniete nieder und rief panisch Cosimas Namen, dabei versuchte sie, sie an den Armen wach zu rütteln – vergeblich. Ava kamen augenblicklich die Tränen. Verzweifelt strich sie Cosima das zerzauste Haar aus dem Gesicht.

»Werde wach, Kind. Ich flehe dich an!«, beschwor sie das Mädchen, doch sie erhielt keine Reaktion, was sie nur noch panischer werden ließ. *Atme ruhig, verdammt. Du hilfst ihr nicht, wenn du jetzt auch noch in Ohnmacht fällst.*

Ihre Tochter atmete tief und gleichmäßig, wie im Schlaf. Sie kam jedoch nicht zu sich und war völlig unempfänglich für die Versuche ihrer Mutter, sie zu wecken. Ava schob ihren Arm unter Cosimas Schultern und mühte sich ab, sie hochzuheben, doch sie merkte schnell, dass ihre Kraft dafür nicht ausreichte. Immerhin war das Mädchen längst größer als sie. Ava würde ihre Tochter höchstens an den Armen aus der Höhle hinausschleifen können, falls sie dazu genug Zeit hatte.

Ihre Gedanken wurden jäh unterbrochen, als plötzlich die Gestalt im schwarzen Kapuzenpulli aus einem Schatten hervortrat. Ava saß in der Hocke vor dem Mann und starrte feindselig in dessen dunkles Gesicht. Langsam schob er sich die Kapuze vom Kopf. Ava schnappte nach Luft. Ihr Gehirn weigerte sich zu verarbeiten, was ihre Augen sahen. Sie konnte nicht mehr klar denken.

»Nein … du?«, fragte sie fassungslos und verstand nun gar nichts mehr. »Du …?«, stammelte sie noch einmal; sie war sprachlos und so geschockt, dass sie nicht dazu fähig war, einen zusammenhängenden Satz über die Lippen zu bringen. »Warum?«

»Du willst mein Warum wirklich wissen? Du hast tatsächlich keine Ahnung, wer ich bin, oder?«, fragte der Mann fast belustigt und kniete sich nun ebenfalls hin. In seinem vertrauten Gesicht konnte Ava den blanken Hass ihr gegenüber erkennen.

»Ich ... du und ich, wir haben uns doch so gut verstanden, Michael. Du hast mich doch vor ihm beschützt, und du wurdest dabei sogar verletzt. Ich kann es nicht verstehen. Warum du? Wer bist du denn, außer dem Nachbarn meiner Mutter und dem Mann, in den ich mich verliebt habe? Ich kann die Zusammenhänge nicht begreifen. Erklär es mir bitte.«

Ava konnte ihre Verwirrung nicht verbergen. In ihrem Kopf ratterten die Gedanken unaufhörlich, aber sie bekam sie nicht zu fassen. Sie hatte Michael Andreas Brunner erst kennengelernt, nachdem sie wegen ihres Verfolgers zu ihrer Mutter gezogen war. Sie hatte ihn vorher noch niemals gesehen. Gesichter konnte sie sich gut merken, sie war sich daher ganz sicher. Sie schüttelte den Kopf und gestikulierte mit den Armen. »Ich kann es nicht begreifen. Ich dachte, du magst mich? Ich fühlte mich von dir beschützt, konnte mir sogar eine Beziehung mit dir vorstellen. Warum das alles hier? Bitte erklär es mir? Ich kannte dich nicht mal, als der Stalker in unser Leben getreten ist. Ich verstehe es nicht. Warum tust du das?«

Ava rang verzweifelt um die richtigen Worte und brach dann hilflos ab. Dabei legte sie eine ihrer Hände auf die Schulter ihrer Tochter, als wollte sie kontrollieren, ob Cosima noch atmete.

»Sag du es mir, warum ich all das getan habe«, forderte Michael sie auf. Seine Augen ruhten geduldig auf ihr. Sein Blick war hart und unnachgiebig.

»Ich weiß es nicht. Bitte sag mir, ob es Cosima gutgeht«, flehte Ava und wies auf ihr immer noch schlafendes Mädchen.

»Sie ist nur betäubt und wird all diese unschönen Szenen hier verschlafen. Wir wollen die Kleine nicht traumatisieren, oder?«, fragte er in provozierendem Tonfall. Nichts erinnerte mehr an den freundlichen, tüchtigen Nachbarn, in welchen sich Ava sogar ein wenig verliebt hatte. Nichts an den Mann, der sie zärtlich geküsst hatte. Seine Augen waren kalt und starrten sie unerbittlich und hasserfüllt an.

»Rede mit mir, ich verstehe es wirklich nicht«, flehte Ava erneut. Mit einem bittenden Blick sah sie ihn an. »Und warum hast du meine Mutter umgebracht? Was hat sie mit all dem hier zu tun?«

»Das habe ich dir doch geschrieben – deine Mutter ist ein Bauernopfer. Eine Tote, die nichts für all das hier konnte – genau wie meine Frau. Auge um Auge, Zahn um Zahn, nicht?«, sagte er kalt.

»Wie deine Frau?«, fragte Ava vollkommen verständnislos.

»Ja, wie meine Frau. Du hast sie auf dem Gewissen, du Mörderin. Klingelt es immer noch nicht bei dir? Keine Ahnung, wer ich sein könnte?«

Ava zuckte verzweifelt mit den Schultern.

»Ich weiß es ehrlich nicht. Ich wusste nicht mal, dass du verheiratet warst, und deine Frau kannte ich doch gar nicht.« Verwirrt schüttelte sie den Kopf. »Vielleicht verwechselst du mich auch einfach«, fügte sie hoffnungsvoll hinzu.

»Ich verwechsle dich ganz sicher nicht. Meine Frau war eine Unbekannte für dich. Dennoch hat dich das keine Sekunde davon abgehalten, ihr das Leben zu zerstören und meines gleich mit.« Seine harten Gesichtszüge waren nun von Schmerz gezeichnet. Wie hatte er sich in der ganzen Zeit nur derart verstellen können? »Enja ist tot, und du bist schuld daran.«

»Michael, bitte, da muss wirklich eine Verwechslung vorliegen. Ich kenne und kannte niemals eine Enja. Einen solch ungewöhnlichen Namen hätte ich mir gemerkt. Das ist ein Missverständnis, bitte sei doch vernünftig«, beschwor sie ihr Gegenüber.

»Ich habe nicht behauptet, dass du Enja kanntest. Sie nicht. Aber du kennst ihre Tochter, beziehungsweise unsere gemeinsame Tochter, sehr gut«, sagte Michael verbittert und wies mit dem Kinn auf Cosima. »Darf ich vorstellen, unsere Tochter

Amalia. *Meine* Tochter Amalia. Jetzt klingelt es doch bei dir, oder?«, fragte er abschätzend, als er die Erkenntnis in Avas Augen bemerkte.

Ava konnte seinem Blick nicht länger standhalten. Sie stützte sich nun mit den Händen auf dem Sandboden ab und begann heftig zu schluchzen und zu weinen. Sie hatte es von Anfang an geahnt. Schon damals im Park, als man sie beobachtet hatte, hatte ihr Unterbewusstsein die wahren Hintergründe erkannt, doch sie hatte es nicht wahrhaben wollen. Hatte gehofft, dass sie nach all diesen langen Jahren mit ihrer grausamen Tat einfach ungeschoren davonkäme. Die Schuld übermannte sie mit einer ungeahnten Heftigkeit. Er hatte recht gehabt – sie war das Schwein in diesem Spiel. Sie hatte eine Familie zerstört; es dann verdrängt und gehofft, dass sie damit durchkäme. Aber sie hatte es nicht getan, weil sie ein böser Mensch war.

»Es tut mir so leid«, beteuerte sie in aufrichtiger Reue.

»Es ist zu spät, du hast mir alles genommen, was mir lieb und teuer war«, klagte er sie an. »Und jetzt habe ich nach dieser unendlich langen Zeit und dem unfassbaren Leid, welches du meiner Frau und mir angetan hast, ein Recht auf dein Warum. Es macht die Sache keinesfalls besser, wenn du dich erklärst, aber ich warte schon vierzehn Jahre lang auf diese Erklärung. Bevor du stirbst, werde ich dir all deine Fragen beantworten, aber jetzt erzählst du mir zuerst, warum du mir und meiner Enja das angetan hast«, forderte er Ava zu einer Antwort auf.

Diese schluchzte und schniefte und brauchte eine ganze Weile, bis sie zu sprechen in der Lage war.

»Das ist eine lange Geschichte, die schon viel früher begann«, wimmerte sie.

»Das Mädchen wird noch eine ganze Weile schlafen, ich habe Zeit«, forderte er hart und verschränkte die Arme vor der Brust, als würde er sich vor dem wappnen, was Ava zu erzählen hätte. Als würde er sein Herz vor den alten Wunden schützen wollen, welche Ava ihm gleich wieder aufreißen würde.

Ava nickte und seufzte schwer. Sie war Michael diese Erklärung mehr als schuldig. Sie begann an dem verhängnisvollen Tag kurz nach ihrem eigenen fünfzehnten Geburtstag. »Ich war noch ein Kind. Ein eng befreundetes Ehepaar meiner Eltern ist damals mit dem Auto verunglückt.«

Sie hob den Blick. Michael setzte sich nun richtig auf den Boden und signalisierte ihr, dass er ihre ganze Geschichte von Anfang an verstehen wollte. Ava tat es ihm gleich und kniete sich nun ebenfalls hin, ihm gegenüber. Zwischen den beiden brannten einige Kerzen, welche Michael zuvor entzündet hatte, um die Höhle dezent zu beleuchten. Er nickte ihr zu, forderte sie auf fortzufahren.

»Sie waren beide auf der Stelle tot. Meine Eltern fühlten sich dazu verpflichtet, deren Sohn bei uns aufzunehmen, weil der ansonsten keine Familie mehr hatte, die sich hätte um ihn kümmern können. In einem späteren Gerichtsverfahren wurde ihnen auch das Sorgerecht für Kiran zugesprochen. Er war also so etwas wie ein Adoptivbruder für mich, jedenfalls offiziell. Inoffiziell habe ich mich in Kiran verliebt, sobald er bei uns eingezogen war, und ihm schien es mit mir nicht anders zu gehen.« Beim Gedanken an ihren Bruder wurde Ava wehmütig ums Herz.

»Das war die schönste und aufregendste Zeit in meinem ganzen Leben. Ich war erst fünfzehn und zum ersten Mal verliebt und das in einer Heftigkeit und Ernsthaftigkeit, welche man keiner Jugendlichen zutrauen würde. Kiran war damals siebzehn Jahre alt und liebte mich ebenfalls aufrichtig. Natürlich mussten wir unsere Liebe vor meinen Eltern und vor der ganzen Welt geheim halten. Dies gelang uns anfangs gut. Kiran versprach mir, dass wir von zu Hause fortgehen würden, sobald ich volljährig wäre. Wir malten uns unsere wunderschöne gemeinsame Zukunft in den schillerndsten Farben aus und konnten es kaum erwarten.«

Ava erinnerte sich in diesem Moment so gut an die Vergangenheit und an Kiran, dass sich ihre Augen mit Tränen füllten. Sogar seinen Geruch hatte sie in der Nase. Sauber, nach frischer Seife, so hatte er gerochen. Sie schloss die Lider und ließ eine Welle des Schmerzes über sich hinweggleiten. Dann fasste sie sich wieder und blickte ängstlich zu Cosima hinüber. Fragend sah sie Michael an.

»Ich würde ihr kein Haar krümmen, das weißt du. Schließlich ist sie mein Fleisch und Blut; meine Tochter«, rechtfertigte dieser sich.

Ava nickte und fuhr mit ihrer Erzählung fort. »Wir fühlten uns wie Romeo und Julia und wollten für immer und ewig zusammenbleiben. Kennst du das Gefühl, wenn du diesen einen richtigen Menschen getroffen hast? Cosima hat mich einmal gefragt, woher man weiß, dass der Partner der Richtige ist. Man weiß es einfach. Es gibt keine Fragen mehr und keine Unsicherheit. Obwohl wir so jung waren, wusste ich instinktiv, dass ich mit Kiran für den Rest meines Lebens zusammenbleiben wollte. Ohne Wenn und Aber.«

Ava blickte zu Boden, mit Augen voller Tränen. So lange hatte sie ihre Vergangenheit unter Verschluss gehalten. Es war seltsam, aber auch irgendwie befreiend, nun darüber zu sprechen.

»Aber so ist es natürlich nicht gekommen?«, vermutete Michael. Seine Stimme klang wieder sanfter. Er blickte Ava erwartungsvoll an.

»Nein, es war einfach zu schön, um wahr zu sein. Wir sind unvorsichtig geworden. Wir haben einen entscheidenden Fehler begangen. Ich wurde schwanger von Kiran, da war ich noch keine sechzehn Jahre alt. Durch meine kindliche Naivität hatte ich viel zu spät bemerkt, dass ein kleines Leben in mir heranwuchs. Erst als sich mein Bauch langsam zu wölben begann, verstand ich, was da geschah. Ich habe mich sofort Kiran anvertraut. Er flehte mich an, mit ihm zu verschwinden. Er wusste, dass meine Eltern uns dieses Kind niemals erlauben würden, doch ich nahm sie in Schutz. Ich war so unglaublich dumm, ich hätte auf ihn hören sollen und mit ihm das Weite suchen. Doch ich war ein Feigling. Vor allem mein Vater war immer streng zu uns gewesen. Ich fürchtete mich vor den Konsequenzen, wenn er uns finden würde. Ich war völlig verzweifelt. Ich liebte Kiran so sehr, und ich liebte unser Kind von Anfang an über alles. Wir spürten beide intuitiv, dass es ein Mädchen werden würde, und wir haben uns gemeinsam für den Namen Cosima entschieden. Kiran und ich, wir waren immer einer Meinung. Doch in dem Punkt Flucht gab ich nicht nach.

Er hat es vorausgesehen. Er hat mich bekniet, mit ihm zu kommen. Er hat mir versprochen, dass wir das zusammen hinkriegen, doch ich habe diese Entscheidung immer weiter hinausgezögert, bis es zu spät war. Konnte ich meinen Eltern anfangs noch einreden, dass ich einfach nur ein wenig moppelig geworden war, merkten sie schon bald, dass mit meinem Bauch etwas nicht stimmte. Ehe ich mich versah, sagten sie mir auf den Kopf zu, dass ich schwanger sei. Leugnen war zwecklos. Es kann sich niemand vorstellen, welche Hölle ich zu Hause durchgemacht habe. Ich schwieg beharrlich, wer der Vater des Kindes war, doch Kiran stand edelmütig zu seiner Vaterschaft, um mich zu beschützen. Mein Vater ist vollkommen ausgerastet; hat uns angeschrien und getobt. Er warf uns vor, wir würden Schande über die Familie bringen. Jeder würde sich künftig das Maul über uns zerreißen, dass wir Inzest betrieben hätten, dabei waren wir nicht einmal blutsverwandt. Auf Kiran war er noch sehr viel wütender als auf mich. Er hat ihm vorgeworfen, dass er seine Gutmütigkeit ausgenutzt hätte; schließlich hätte mein Vater ihn in seiner Not aufgenommen und durchgefüttert, und nun würde er sich zum Dank an seiner einzigen Tochter vergehen und diese auch noch schwängern. Er hat Kiran verprügelt, bis der nicht mehr laufen konnte.«

Bei dem Gedanken an das Erlebte brach Ava erneut in Tränen aus. Unaufhaltsam rannen sie ihr über die Wangen, und sie schüttelte sich vor Schluchzen.

»Was ist dann passiert?«, wollte Michael wissen. Obwohl er einen solchen Hass auf Ava hatte, schien ihn ihre Vergangenheit nicht kaltzulassen. Ava holte tief Luft und sammelte sich einen Moment lang, um die Kraft aufzubringen, weiterzuerzählen.

»Es war grausam. Sie haben uns getrennt und Kiran auf dem Dachboden eingeschlossen. Ich durfte nicht mehr zur Schule gehen, dort haben sie mich einfach krankgemeldet. Mich haben sie in meinem Zimmer eingesperrt, weg von Kiran. Meine Mutter durfte nur zu mir, wenn sie mir was zu essen brachte oder ich zur Toilette musste. Zwei Tage lang haben sie darüber diskutiert, wie sie nun verfahren würden. Meine Mutter hat in dieser Zeit oft geweint. Sie wollte mich natürlich beschützen, hatte aber nicht die Kraft, sich gegen meinen Vater aufzulehnen. Und dann kam der Metzger.«

Ava schlug die Hände vors Gesicht und brach, überwältigt von diesen schrecklichen Erinnerungen, endgültig in Schluchzen aus.

»Der Metzger?«, wollte Michael verständnislos wissen. Sanft zog er an Avas Armen, damit er ihr Gesicht wieder sehen konnte.

»Ich weiß nicht, wie er wirklich hieß. Er war ein entfernter Verwandter meines Vaters, ein Veterinärmediziner. Ich kannte ihn bis dahin nur flüchtig, doch schon als Kind hatte mir seine Erscheinung Angst eingejagt. Mein Vater kam mit ihm in mein Zimmer. Sie haben mich mit Gewalt am Bett festgebunden. Meine Mutter schrie und wollte mir zur Hilfe eilen, doch mein Vater schlug ihr mit der Faust ins Gesicht. Er hat sie so brutal geschlagen, dass er ihr das Jochbein gebrochen hatte. Ich kann mich noch heute genau an dieses grässliche Knacken erinnern. Sie haben mich mit Händen und Füßen an die Bettpfosten gefesselt, obwohl ich mich nach Kräften gewehrt hatte. Ich schrie wie am Spieß, aber sie waren einfach zu stark für mich. Ich konnte Kiran über mir hören, wie er panisch nach mir brüllte und versuchte, die Dachbodenluke einzutreten, um mir zur Hilfe zu eilen, doch es gelang ihm nicht. Genauso wenig wie es mir gelang, mich gegen die gewaltige Kraft dieser Männer aufzulehnen. Meine Mutter lag schluchzend in einer Ecke. Ihre ganze Bluse war voller Blut, welches ihr aus der Nase geschossen war. Dann hat mir der Metzger eine Spritze in den Arm gerammt. Ich wurde völlig benommen, war aber dennoch hellwach. Ich habe alles gespürt …«

Ava krümmte sich wie unter Schmerzen auf dem Boden zusammen und wimmerte unkontrolliert. Ihre Schultern bebten, Tränen rannen ihr übers Gesicht. Einen Moment lang war sie nicht mehr dazu in der Lage, weiterzuerzählen.

Fast schon zärtlich strich ihr Michael mit seiner großen Hand beruhigend über den Rücken.

»Sie haben dir dein Kind … weggenommen?«, fragte er vorsichtig und war dabei mit seiner Formulierung sehr behutsam.

Ava nickte, immer noch zuckend und bebend. »Sie haben es mir weggenommen; es mir entrissen, aus meinem Unterleib. Es war noch lange nicht überlebensfähig. Ich weiß nicht genau, wie sie es getan haben. Ich kann mich kaum daran erinnern. Aber ich weiß noch gut, dass ich die ganze grausame Prozedur über vor Schmerzen geschrien habe und mir mein Vater den Zipfel meiner Bettdecke in den Mund gestopft hat, damit ich nicht mehr so laut bin.«

Immer wieder musste Ava ihre Erzählung unterbrechen, weil sie von heftigen Weinkrämpfen geschüttelt wurde. Sie hatte diese grausamen Erinnerungen so vehement aus ihrem Verstand verbannt, dass sie sie jetzt mit einer ungeahnten Heftigkeit überfielen. Michael sah sie aufmerksam an und forderte sie dann sanft zum Weitersprechen auf. Stockend und schniefend schilderte Ava den Verlauf ihres schrecklichen Schicksals.

»Als sie mit mir fertig waren, banden sie mich los. Ich blieb heulend und stark blutend in meinem Bett liegen. Ich weiß nicht, wohin sie mein Baby gebracht haben. Sie haben es vermutlich einfach weggeschmissen wie ein Stück Müll, die Schweine.« Ava sah Michael beim Gedanken an ihren Vater mit einem verächtlichen Gesichtsausdruck an, bevor sie wieder mit leeren Augen in die Ferne blickte, als könnte sie dort die verblassten Erinnerungen besser erkennen.

»Ich kann mich kaum noch an diese Tage entsinnen. Ich muss versuchen, die Ereignisse in die richtige Reihenfolge zu bringen. Irgendwann rappelte ich mich wieder auf. Ich verließ schwankend mein Zimmer. Niemand scherte sich mehr um mich. Blut lief mir die Beine hinunter, und ich hatte schreckliche Schmerzen im Unterleib. Ich hätte verbluten können, aber das war mir vollkommen egal. Ich wollte nur zu Kiran. Ich schleppte mich zur Tür des Dachbodens hinauf. Mein Vater war nicht mehr im Haus.

Vermutlich hat er dieses Monster von Tierarzt heimgebracht oder die Gesichtsverletzung meiner Mutter im Krankenhaus versorgen lassen. Ich kann mich nicht mehr erinnern, wo meine Mutter war. Sie war selbst schwer verletzt und vielleicht ohnmächtig, das weiß ich nicht. Kiran war immer noch eingesperrt, aber der Schlüssel steckte von außen an der Luke. Ich drehte ihn um und konnte die letzten Treppenstufen nach oben kaum allein bewältigen. Ich hatte solche Schmerzen. Ich rief nach Kiran, weinend und fast ohne Stimme. Ich zog mich das letzte Stück schwerfällig am Geländer hinauf. Kiran antwortete mir nicht. Dann sah ich ihn.«

Ava brach erneut ab und schlug sich verzweifelt die Hände vors Gesicht. Sie weinte unkontrolliert. Ihre Schultern bebten.

»Was war mit ihm?«, fragte Michael leise und ließ Ava einen Moment, bis sie sich wieder einigermaßen gefasst hatte.

»Unser Dachboden ist hellhörig und befand sich genau über meinem damaligen Zimmer. Kiran muss die Zwangsabtreibung von Anfang bis Ende mitverfolgt haben. Er hat es nicht ertragen, was sie mit mir gemacht haben und dass sie ihm sein Baby weggenommen haben. Ich fand ihn an einem Deckenbalken hängend, wo er sich mit seinem eigenen Gürtel stranguliert hatte. Ich weiß nicht mehr, wie ich aus dem Haus gekommen bin. Ich war so geschockt und traumatisiert, dass ich ab diesem Ereignis große Gedächtnislücken habe. Ich kann mich nur noch daran erinnern, dass ich plötzlich barfuß und im dünnen Nachthemd über unsere Hauptstraße geschwankt bin. Es war eisig. Immer noch rann mir Blut an den Beinen hinunter. Dann bin ich zusammengebrochen und erst im Krankenhaus wieder erwacht.«

Ava wischte sich mit dem Ärmel ihres Nachthemdes die Tränen aus dem Gesicht. Sie atmete zittrig ein und aus, brauchte eine kurze Pause. Sie schaute zu Cosima hin, die noch immer in Decken gehüllt tief und fest schlief. Plötzlich hatte sie wahnsinnige Angst, sie auch noch zu verlieren. Bittend sah sie zu Michael.

»Was hast du ihr gegeben, dass sie so fest schläft?«, wollte sie wissen.

»Mach dir keine Gedanken darum. Sie wird aufwachen und sich nicht mehr an die Entführung erinnern. Du schuldest mir noch immer den Rest der Geschichte«, forderte er sie nun in härterem Tonfall auf.

Richtig, Ava war ihm noch viele Antworten schuldig. Sie seufzte schwer und fuhr dann mit der Erzählung ihres weiteren Schicksals fort.

»Meine Eltern hatten das alles anders geplant. Ich sollte niemals das Haus verlassen, bis ich wieder gesund wäre. Auch Kiran sollte nicht sterben. Sie wollten uns zu Hause einsperren, bis wir wieder zur Vernunft gekommen wären und eingesehen hätten, dass wir nicht diese Schande über die Familie hätten bringen dürfen. Doch dadurch, dass ich das Haus verlassen hatte, schaltete der Notarzt natürlich die Polizei ein, und die informierten dann das Jugendamt. Kurz und gut, man hat mich von meinen Eltern weggeholt. Da ich zu alt für eine Pflegefamilie war, wurde ich in ein Kinderheim gesteckt. Ich kann dir nicht sagen, wie düster es zu der Zeit um meine Psyche stand und wie oft ich ebenfalls über Selbstmord nachgedacht habe. Ich wollte nicht mehr leben. Ich hatte alles verloren, was mir auf dieser Welt etwas bedeutet hatte. Mein Kind und meinen Mann. Einmal in der Woche hatte ich einen Therapietermin bei einer Psychologin, doch die konnte mir auch nicht helfen. Ich hätte damals in eine psychiatrische Einrichtung gehört, in der ich mein Trauma anständig hätte aufarbeiten können, doch das kam für das Heim nicht in Frage. So konnte ich nie richtig verarbeiten, was mir an seelischem Schaden zugefügt worden war; von den körperlichen Wunden ganz zu schweigen. Sie mussten mich nach der Zwangsabtreibung zweimal operieren und verkündeten mir dann, dass ich niemals wieder Kinder würde bekommen können. Dafür waren die Verletzungen zu schwerwiegend gewesen. Das Wissen, dass mir dieses Martyrium mein eigener Vater angetan hatte, machte die Sache noch viel schlimmer. Außerdem kam ich nicht über den Verlust von Kiran hinweg. Ohne ihn wollte ich sowieso keine Kinder mehr bekommen. Doch um mein Mädchen trauerte ich sehr. Ich steigerte mich immer wieder in die Vorstellung hinein, wie ich sie in den Armen wiegen und zu ihr sprechen würde. Dabei war es bloß mein Kissen, das ich zärtlich in den Händen hielt und weinend an mich drückte. Ich wollte nur tot sein, mehr wünschte ich mir in diesem Augenblick nicht. Ich hatte nichts mehr im Leben, wofür es sich zu kämpfen lohnte. Doch irgendwie machte ich trotzdem weiter; tief traumatisiert und schwer gestört, wenn du mich fragst.«

Fröstelnd rieb sich Ava über die Arme und war dankbar dafür, dass Michael wenigstens Cosima in eine Wolldecke gehüllt hatte. Dann sprach sie langsam weiter.

»Ich saß meine Zeit im Kinderheim ab und hatte dort auch die Gelegenheit, meinen Schulabschluss zu schaffen. Schon damals isolierte ich mich von allen anderen. Ich war körperlich anwesend, doch nicht geistig. Ich hätte einfach sehr viel mehr psychologische Hilfe gebraucht, aber das hat niemand erkannt, und es hat auch niemanden interessiert. Ich habe funktioniert, mein Zimmer in Ordnung gehalten, mich auf keine Streitigkeiten mit den anderen Jugendlichen eingelassen und sogar fleißig gelernt, weil mich das von meinem Schmerz ablenkte. Das war alles, was die interessiert hat. Wie es in mir drin aussah, das schien denen egal zu sein. Meine Eltern sah ich in diesen zweieinhalb Jahren nicht wieder, das wollte ich auch nicht mehr. Nie wieder.

Dann wurde ich als Volljährige in die Freiheit entlassen. Ich schaffte es ohne Hilfe, mir ein Leben aufzubauen. Auch ohne Ausbildung fand ich einen Job als Verkäuferin in einem kleinen Supermarkt. Ich arbeitete sehr viel, schließlich hatte ich zu Hause niemanden, der auf mich wartete. Somit konnte ich mir schnell eine winzige Wohnung für mich allein leisten. Äußerlich kam ich gut zurecht. Ich war fleißig und sparsam mit meinem Geld, doch auch hier wusste niemand, wie es in mir drin aussah. Die Sehnsucht nach Kiran und unserer Tochter trieb mich fast in den Wahnsinn. Ich trug mittlerweile starke Muttergefühle in mir, jedoch hatte ich kein Kind, das ich in den Armen wiegen und nach Strich und Faden verwöhnen durfte. Das blieb mir verwehrt. Man hatte mir mein Kind genommen, nicht jedoch die Gefühle, die ich bereits für mein Mädchen entwickelt hatte. Ich hätte auch kein Kind adoptieren dürfen. Ich war blutjung, alleinstehend und zudem schwer traumatisiert. Und unfruchtbar …«

Ava schüttelte frustriert den Kopf bei der Erinnerung an ihre damals so aussichtslose Situation. Mit dem Zeigefinger zeichnete sie gedankenverloren ein Muster in den sandigen Höhlenboden.

»Und dann hast du dir gedacht, nehme ich doch einfach das Kind einer anderen Familie weg?«, schrie Michael plötzlich empört und sprang ungehalten auf die Beine.

Ava tat es ihm gleich und stand ebenfalls auf. Beschwichtigend hob sie die Hände in die Höhe.

»Bitte beruhige dich. So war es nicht, Michael. Ich bin doch nicht … böse. Ich war krank. Sehr krank und vermutlich nicht wirklich zurechnungsfähig. Bitte hör dir auch den Rest der Geschichte an, bevor du über mich urteilst. Mein damaliger Geisteszustand ist sicher keine Entschuldigung, aber vielleicht kannst du mich so doch etwas besser verstehen.«

Michael blickte sie mit einem kalten Gesichtsausdruck an. Dann seufzte er und bedeutete Ava mit einem Nicken, weiterzuerzählen. Die beiden standen sich gegenüber, und Ava gestikulierte hilflos mit den Händen, suchte nach den richtigen Worten.

»Ich wollte das alles so nicht. Das hatte ich niemals geplant. Egal wie gut ich mein Leben nach außen auch im Griff hatte, ich war schwer geschädigt. Dieser Kinderwunsch … er hat mich fast in den Wahnsinn getrieben. Ich konnte Tag und Nacht an nichts anderes mehr denken, als endlich mein eigenes Baby in den Armen zu halten. Du weißt nicht, wie mächtig ein unerfüllter Kinderwunsch sein kann. Es ist ein Schmerz der Vernichtung, das ist keine Übertreibung. Ich war verzweifelt. Ich wollte so sehr Mutter sein und wünschte mir mein eigenes Kind so sehnsüchtig zurück. Nach Feierabend konnte ich es gar nicht zu Hause in meiner Wohnung aushalten. Ich lief oft stundenlang einfach so durch die Straßen. Bis ich … bis ich eine Frau sah. Die Sonne schien strahlend an diesem Tag, doch sie vermochte mein Herz nicht zu wärmen. Ich bog um eine Straßenecke und sah die Frau vor mir. Deine Frau.«

Michael nickte ernst und gab Ava mit einer ungeduldigen

Handbewegung zu verstehen, mit ihrer Schilderung fortzufahren. Ava stockte noch einen Moment. Sie brachte es kaum fertig, die Geschehnisse aus ihrer Erinnerung in Worte zu fassen.

»Deine Frau hat die Wäsche im Garten aufgehängt. Euer Baby … die kleine Amalia … lag im Freien in der Wiege. Vermutlich wollte deine Frau, dass sie ein wenig Sonne abbekam. Ich konnte das Baby durch die Hecke, hinter welcher ich mich versteckte, kaum sehen. Deine Frau sprach ruhig mit ihm. Mein Herz tat mir weh von dem Verlust, welchen ich selbst erlitten hatte. Ich … es ist mit keinerlei Worten zu beschreiben, was ich in diesem Moment gefühlt hatte. Ich wollte doch so gerne Mutter sein …«

Ava brach erneut in heftiges Schluchzen aus, doch diesmal blickte Michael sie hart und unerbittlich an und verlangte fordernd, sie solle weitersprechen. Sie wischte sich mit dem Handrücken die Tränen aus dem Gesicht.

»Deine Frau … ihr sind scheinbar die Wäscheklammern ausgegangen. Sie wandte sich an das Baby, an Cosima … Amalia. ›Die Mami ist sofort zurück, meine Kleine‹, hat sie gesagt und ist dann durch die offene Balkontür ins Haus gegangen. Das Baby ließ sie draußen zurück.« Michael schnaubte verächtlich, doch Ava brachte ihn mit der ausgestreckten Hand zum Schweigen. »Bitte lass es mich zu Ende erklären. Es sollte kein Vorwurf sein. Nichts rechtfertigt, was ich an diesem verhängnisvollen Tag getan habe. Bitte.«

Michael nickte knapp.

»Sie war kaum im Haus, da hörte ich euer Telefon läuten. Ich konnte hören, dass sie sich mit jemandem unterhielt. Euer Baby wimmerte leise. Es hat nicht richtig geweint, aber es war unzufrieden so allein in der Sonne. Ich wollte es zuerst nur trösten. Ich war wie von einer inneren Kraft getrieben, als ich mich der Wiege näherte. Ich kann es nicht anders beschreiben. Ich beugte mich über das winzige Mädchen, und ehe ich mich versah, hatte ich die Kleine in den Armen. Ich wollte sie nur kurz halten, das schwöre ich dir. Doch dann sah ich plötzlich Cosima in ihr, mein eigenes Baby, welches ich niemals zu Gesicht bekommen hatte.

Ich kann es dir nicht erklären, ich war wie betäubt. Ich habe sie einfach mitgenommen.«

Ava wimmerte bestürzt auf. Sie sah schuldbewusst zu Michael auf und konnte seinem unnachgiebigen, vorwurfsvollen Blick kaum standhalten.

»Bitte vergib mir, ich habe sie einfach mitgenommen. Ich habe mir illegal gefälschte Papiere besorgt auf Wegen, an die ich mich nicht mehr erinnern möchte. Auf dem Schwarzmarkt findet man alles. Man erstellte mir eine Geburtsurkunde für die Kleine und einen Mutterpass. Geld hatte ich keines, also musste ich mit meinem Körper bezahlen, dann habe ich Cosima als mein eigenes Kind ausgegeben. Bitte verzeih mir und nimm mir mein Kind nicht weg. Ich flehe dich an.« Ava schluchzte und weinte. Sie hatte so vieles verdrängt und es so lange ganz weit von sich weggeschoben, dass ihr Kind nicht ihres war.

Michael baute sich bedrohlich vor ihr auf.

»Ich soll dir vergeben?«, schrie er außer sich vor Zorn und traf Ava mit einigen Spucketropfen im Gesicht.

»Bitte beruhige dich«, flehte Ava mit einem ängstlichen Blick auf die immer noch schlafende Cosima. Die Arme hielt sie abwehrend vor sich, da sie befürchtete, dass Michael sie jeden Moment angreifen würde. Sein Gesicht hatte sich vor Wut dunkelrot gefärbt; seine Augen funkelten irre.

»Ich werde mich nicht beruhigen. Jetzt wirst du meinen Teil der Geschichte ertragen müssen, und danach bist du dran. Das wird dich das Leben kosten, und jeder wird erfahren, was du getan hast. Vor allem mein Kind«, sagte er erbost. Einen Moment lang betrachtete er Cosima, welche ihn jedoch nicht hören konnte.

»Bitte nicht«, flehte Ava und ging einen Schritt auf Michael zu, um ihn zu umarmen, doch er stieß sie von sich, sodass sie hinfiel und sich keuchend den Rücken rieb.

»Du hörst mir jetzt zu, verstanden?«, schrie Michael sie an, und sie nickte eingeschüchtert.

»Ich hatte meine Frau Enja erst zwei Jahre zuvor geheiratet. Es war eine Hochzeit aus Liebe. Ich habe diese gutmütige Frau von ganzem Herzen geliebt. Auch wir hatten Pläne. Wir haben uns dieses kleine Haus gekauft. Mehr konnten wir uns für den Anfang nicht leisten. Doch wir wussten, dass wir uns eines Tages würden vergrößern müssen, da wir vorhatten, mehrere Kinder zu bekommen. ›Eine eigene Fußballmannschaft‹, hatte Enja immer gesagt. Das war alles, was sie sich gewünscht hatte. Wir waren kaum fertig damit, das Haus zu renovieren und gemütlich einzurichten, da war auch schon meine kleine Amalia unterwegs. Wir haben uns so sehr auf unser Kind gefreut. Vor allem Enja war außer sich vor Glück. Sie hat ihr winziges Mädchen schon im Mutterleib geliebt. Ich wusste, sie würde unserem Kind alles geben, was es brauchte. Liebe, Fürsorge und ein warmes, sauberes Zuhause.«

Michaels Gesicht wies bei der Erinnerung an diese wundervolle Zeit ein verklärtes Lächeln auf, doch schnell wurde sein Blick abermals ernst, wirkte geradezu eingefroren. Böse schaute er auf Ava herunter, die noch immer auf dem Boden saß und sich aufzurappeln versuchte.

»Doch dann hat Enja einen einzigen Fehler gemacht. Sie war zu gutgläubig, das war sie schon immer gewesen. Selbst in den schlechtesten Menschen hat sie immer nur das Gute gesehen. Sie war zu vertrauensselig.«

»Michael, ich bin kein schlechter Mensch«, setzte Ava an, doch er unterbrach sie harsch.

»Ich habe dich auch aussprechen lassen, jetzt bin ich an der Reihe.«

Ava nickte.

»Sie ging ins Haus. Ich war das damals am Telefon. Ich hatte sie angerufen, um zu fragen, wie es unserer Kleinen geht, und habe sie damit davon abgehalten, nach ihr zu sehen. Das Schicksal kann ein verdammtes Arschloch sein.«

Bitter lachte er auf.

»Du hast die Gelegenheit ergriffen und uns unser Kind in diesem kurzen unbeobachteten Moment entrissen. Ich weiß nicht, wie du das angestellt hast, aber auch die Polizei konnte uns nicht helfen. Du hast dir wohl alle Mühe gegeben, nicht gefunden zu werden. Niemand hat etwas davon mitbekommen. Es gab keine Augenzeugen. Für eine vermeintliche Spontantat bist du ziemlich gerissen vorgegangen. Nach und nach wurden die Bemühungen der Polizei weniger. Sie waren der Meinung, man hätte unsere kleine Amalia längst ins Ausland verschleppt. Doch das ganze Fahndungsprozedere würde dich sicher nur langweilen«, sagte er zynisch. »Beschränken wir uns lieber aufs Wesentliche. Nicht nur dir hat man ein Kind weggenommen. Gerade du solltest nach deiner Geschichte wissen, wie unfassbar schmerzhaft so was ist, wenn einem das eigene Baby geraubt wird. Enja ist fast wahnsinnig geworden. Sie hatte Angst, dass unsere Tochter skrupellosen Menschenhändlern in die Fänge geraten ist. Dass man dem Kind Schreckliches an Leid und Qualen zufügen würde. Auch mir hat es das Herz herausgerissen, der Verlust meiner Tochter. Doch Enja hat die Sache noch sehr viel schlimmer zugesetzt. Vor allem plagten sie bohrende Schuldgefühle, weil sie einen kurzen Augenblick lang unachtsam gewesen war und unser Baby auf diese Weise überhaupt erst einer solchen Gefahr ausgesetzt hatte.

Du kannst dir nicht vorstellen, wie sehr sie darunter gelitten hatte. Sie gab sich allein die Schuld daran, dass unsere Tochter gestohlen worden war. Natürlich war das naiv und zu gutgläubig, sie einen Augenblick draußen allein in der Wiege zu lassen, aber wer konnte denn auch mit einer Kindesentführung in ebendiesem kurzen Moment rechnen? Ich habe mich nach Kräften bemüht, Enja wieder auf die Beine zu helfen, doch seit diesem Tag war sie nur noch ein Schatten ihrer selbst.«

Michael tigerte unruhig durch die Höhle und raufte sich die Haare bei dieser schrecklichen Erinnerung, wie sehr seine geliebte Frau unter dem Verlust ihres Kindes gelitten hatte.

»Sie lachte nicht mehr, ich habe sie nie wieder lachen gesehen. Sie aß nichts mehr, und sie sprach kaum noch mit mir, geschweige denn mit jemand anderem. Selbst bei einer Psychologin war sie nicht dazu in der Lage, sich zu öffnen. Niemand, wirklich niemand, konnte zu ihr durchdringen. Sie war tieftraurig und verzweifelt über den Verlust unserer Tochter. Ich nahm unbezahlten Urlaub, um ihr Halt und Stabilität zu geben. Doch auch ich hatte keine Chance. Erstens hatte ich selbst noch unglaublich heftig mit diesem schlimmen Verlust zu kämpfen, und zweitens hat Enja eine solche Mauer um sich herum errichtet, dass ich nicht dazu in der Lage war, diese einzureißen und zu ihr vorzudringen. Sie hat einfach dichtgemacht und ist immer tiefer in ihrer Trauer und in ihren Schuldgefühlen versunken. Selbst ihre Mutter vermochte nicht, ihr da wieder rauszuhelfen. Niemand schaffte das.

Viele Monate später musste ich einige Tage beruflich verreisen. Man hatte vorher viel Verständnis für mein zu häufiges Fehlen dort aufgebracht, aber nun war auch ich wieder an der Reihe, mehr Einsatz zu zeigen. Ich war damals Versicherungsmakler. Ich hätte auf die Arbeit scheißen sollen, aber ich Idiot musste ja unbedingt auf Geschäftsreise gehen. Ich habe Enja allein gelassen und ihre Mutter ins Haus geholt, damit sie sich in diesen paar Tagen statt meiner um ihre Tochter kümmern solle. Das war der größte Fehler meines Lebens. Enja hat scheinbar nur auf diese Gelegenheit gelauert und sich in der ersten Nacht meiner Abwesenheit mit starken, verschreibungspflichtigen Schlaftabletten vergiftet. Meine Schwiegermutter hat ihre eigene Tochter am nächsten Morgen leblos in unserem Bett aufgefunden. In ihrer Panik rief sie den Notarzt, doch der konnte nur noch Enjas Tod feststellen. Du bist daran schuld, du Mörderin.«

Michael wies anklagend mit dem ausgestreckten Zeigefinger auf Ava, dann seufzte er schwer und zittrig. Ava hielt sich bestürzt eine Hand vor den Mund.

»Das habe ich nicht gewollt«, wimmerte sie schuldbewusst.

»Du hast das nicht gewollt?«, brüllte Michael fassungslos. »Was hast du dir denn gedacht? Dass wir den Verlust unserer einzigen Tochter nicht so schlimm finden und eben ein neues Kind zeugen würden? War es das, was du gedacht hast?«, schrie er ihr hemmungslos ins Gesicht.

Dann blickten beide erschrocken zu Cosima, weil diese sich unter der Decke regte. Sie schlief noch immer, aber allmählich schien sie aus ihrem tiefen Dämmerzustand aufzutauchen.

Michael wandte sich Ava erneut mit einem unversöhnlichen Gesichtsausdruck zu. Seine Augen funkelten sie böse an. »Das hast du also nicht gewollt? Du hast doch selbst so sehr unter dem Verlust deines ungeborenen Kindes gelitten und sagst mir, dir war nicht bewusst, wie viel Leid du uns damit zufügen würdest, wenn du uns unsere Tochter einfach wegnimmst?«

»Natürlich hätte ich das mit gesundem Menschenverstand wissen können, aber ich stand doch völlig neben mir. Ich habe mich von diesem Trauma einfach niemals richtig erholt, verstehst du das denn nicht?«, fragte Ava voller Verzweiflung.

»Das gab dir nicht das Recht, uns unsere Tochter wegzunehmen. Weißt du, wie sehr ich Enja geliebt habe? Ich habe sie mindestens genauso sehr geliebt wie du deinen Adoptivbruder. Sie war mein Ein und Alles, sie war mein Leben. Und Amalia war die Tochter, die unsere Liebe gekrönt hatte. Du hast mir mein gesamtes Leben zerstört. Nach dem Selbstmord meiner Frau kam auch ich lange nicht mehr auf die Beine. Ich begann zu trinken, verlor meine gut bezahlte Stelle, weil ich einfach geistig nicht mehr anwesend war, sofern ich überhaupt mal dort erschien. Mit dem Verlust meiner Arbeit ging der Verlust unseres Hauses einher, denn die Raten konnte ich einfach nicht mehr stemmen. Ich habe viele Jahre lang wie ein Vagabund gelebt und mich mit Gelegenheitsjobs über Wasser gehalten, wenn ich nicht gerade zu besoffen dafür war. Mich wie ein Tagelöhner durch die Welt geschlagen, bevor ich hier wieder Fuß gefasst und im örtlichen Supermarkt als Hilfskraft angefangen habe. Bis zu diesem Punkt hat es Jahre gedauert, und ständig hatte ich die Frage im Hinterkopf, wo mein Kind wohl sein könnte und ob es ihm gutginge; oder ob man es längst umgebracht hatte ... Diese schreckliche Ungewissheit war es, die mich all die Jahre so gequält hat.«

Michael starrte Ava wütend und vorwurfsvoll an. Sie blickte bestürzt zurück. Sie hatte die letzten vierzehn Jahre damit zugebracht, das mögliche Leid der Eltern des von ihr entführten Kindes weit von sich zu schieben und so tief in einem verwinkelten Gang ihrer Erinnerungen zu vergraben, dass sie selbst nicht mehr darüber nachdenken musste; im Verdrängen schien sie eine wahre Meisterin zu sein.

»Ich wollte damals niemandem Leid zufügen«, versicherte sie leise. Sie stand auf und ging einen Schritt auf Michael zu, doch der hob abwehrend die Hände.

»Darüber hättest du in der Sekunde nachdenken sollen, als du Amalia aus ihrer Wiege genommen hast. Wenn ich dich richtig verstanden habe, warst du zu dem Zeitpunkt immerhin schon lange volljährig. Du wusstest genau, was du da tust. Du hast mit deinem Handeln meine Familie und mein gesamtes Leben zerstört«, schrie Michael die letzten Worte.

Dann schwiegen beide und starrten sich eine Weile gegenseitig an, bis Ava mit brüchiger Stimme ihre drängendste Frage stellte: »Wie konntest du uns finden … Woher wusstest du, wer wir sind?«

Sie verstand es nicht. Wenn Michael Cosima das letzte Mal als Baby gesehen hatte, wie zur Hölle konnte er sie dann ausfindig gemacht haben?

»Ich wusste, dass du diese Fragen stellen würdest. Da staunst du, was? Dass deine dreckigen Lügen nach all diesen Jahren doch noch ans Licht gekommen sind. Aber ich kann es dir gerne beantworten, bevor ich dein jämmerliches Dasein beende. Nenn es einen riesigen Zufall, oder auch Schicksal – denn an einen Gott glaube ich nicht mehr, nachdem du mir mein Kind genommen hast. Ich habe mir damals, nachdem ich alles verloren hatte, hier im Ort ein neues Leben aufgebaut, sofern man das ›Leben‹ nennen konnte. Ich wollte nicht weg von der Stadt, in der mir mein Kind gestohlen worden war, weil ich tief im Herzen immer noch eine ganz kleine Chance sah, mein Mädchen eines Tages wiederzuerkennen. Die Hoffnung stirbt bekanntlich zuletzt. Natürlich war die Chance, dass dies geschehen würde, verschwindend gering. Du weißt selbst, wie drastisch sich Babys über die Jahre verändern, und dennoch habe ich an irgendein spezielles Vatergen oder was auch immer geglaubt, an einen Sensor, der mich mein Kind erkennen lassen würde, wenn ich ihm jemals über den Weg laufen sollte. Und weißt du was? Genau das ist passiert.«

Michael stieß ein hartes, zynisches Lachen aus. Er kam Ava gefährlich nahe und funkelte sie böse an.

»Ich habe mein Kind wiedergefunden und es sofort erkannt. In dem gleichen Augenblick, als ich sie sah, wusste ich, dass das nur meine Tochter sein kann.«

Ava schüttelte verwirrt den Kopf. »Aber wie …? Und wo …?«

Sosehr sie sich auch bemühte, sie konnte ihm nicht folgen.

»Ich blieb wie gesagt hier im Ort wohnen, für den Fall der Fälle. Nachdem ich meine Karriere aus Trauer an die Wand gefahren hatte, arbeitete ich hier im örtlichen Supermarkt. So lernte ich auch deine Mutter kennen, die für mich nichts weiter war als eine nette, alte Kundin, die gut Trinkgeld gab, wenn man ihr half. Auch wenn ich Cäcilia notgedrungen aus dem Weg räumen musste – ich mochte sie wirklich sehr. Ich fing an, ihr ihre Einkäufe und die schweren Getränkekisten nach Hause zu bringen. Alte Leute sind einsam und reden gerne. Ich habe mich oft mit ihr unterhalten über dies und das. Es war eine Zufallsbekanntschaft durch die Arbeit, nicht mehr und nicht weniger. Kannst du mir folgen?«

Ava nickte, doch sie war immer noch sehr verwirrt, was er ihr damit sagen wollte.

»Eines Tages stand ich gerade in der Küche deiner Mutter. Sie hat mir einen Kaffee angeboten, während ich ihr half, die Lebensmittel aus der Tasche zu räumen. Ich hielt mich länger auf als gewöhnlich, obwohl ich nicht ahnen konnte, was mir im nächsten Moment widerfahren würde. Die ganze Situation war wie fremdgesteuert, so als hätte jemand gewollt, dass passiert, was dann passierte.« Fast schon triumphierend sah Michael Ava an und wartete auf deren Rückfrage.

»Und was passierte?«, wollte Ava wissen und hatte plötzlich so eine Ahnung.

»Es klingelte. Und jetzt rate mal, wer vor der Tür stand und seine liebe Omi besuchen wollte?«, fragte Michael zynisch.

»Cosima?«

»Genau, nur dass sie immer noch Amalia heißt. Deine Mutter hat sie mir voller Stolz als ihre Enkeltochter präsentiert. Ich habe sie weniger als eine Minute betrachten können, sie schien etwas in Eile zu sein, hat mich kaum registriert, aber ich wusste sofort, dass das mein Kind ist. Schon in der ersten Sekunde wusste ich Bescheid.«

»Aber wie … woher konntest du das wissen?«, fragte Ava verwirrt.

»Gegenfrage: Kannst du dich an meine Ehefrau Enja noch richtig erinnern?« Michael sah Ava herausfordernd an.

Ava durchforstete ihr Gedächtnis. Während sie sich noch an jede Mimik von Cosima als Baby erinnern konnte, lag das Gesicht von Enja völlig im Schatten. Nicht mal ihre Haarfarbe hätte Ava benennen können.

»Nein«, gab sie ehrlich zu.

»Das dachte ich mir, du warst nur auf das Baby fixiert. Amalia – oder Cosima, wie du sie zu nennen pflegst – ist ihrer Mutter wie aus dem Gesicht geschnitten. Und nicht nur das, sie hat zudem exakt die gleiche Stimme wie meine Frau.« Michael holte sein Portemonnaie aus seiner Jeanstasche und zog ein vergilbtes Foto daraus hervor. Triumphierend hielt er dieses Ava vor die Nase. Geschockt griff sie danach, und er ließ sie es in Ruhe betrachten.

»Das ist doch nicht möglich«, stammelte Ava. Die Aufnahme musste nach der Qualität zu urteilen über zwanzig Jahre alt sein und zeigte Enja in ihren Teenagerjahren. Sie kannte dieses Gesicht in- und auswendig – von Cosima. Die gleichen Augen, die Haarfarbe wie der Naturton ihrer Tochter, dieselben Grübchen. Die geschwungenen, vollen Lippen mit dem charakteristischen Herzchen auf der Oberlippe. Exakt das gleiche Lächeln. Cosima war ein Abbild ihrer verstorbenen Mutter. Ava kamen erneut die Tränen. Zum ersten Mal im Leben wurde ihr bewusst, dass sie dieser sympathischen jungen Frau alles weggenommen hatte, wie man ihr einst alles weggenommen hatte. Und jetzt war Enja ihretwegen tot.

»Du dreckige, elende Mörderin«, zischte Michael hasserfüllt, so als hätte er Avas Gedanken gelesen. »Ich habe mich an jenem Tag draußen vor dem Haus deiner Mutter versteckt, bis Amalia gegangen ist, und sie dann heimlich verfolgt, um eure Adresse herauszufinden. Sogar in ihren Bus bin ich unbemerkt eingestiegen. Für sie war ich unsichtbar, nur der Getränkelieferant deiner Mutter. Ich hatte Cäcilia beim nächsten Mal unauffällig zu der Kleinen ausgefragt, da ich nicht sicher sein konnte, ob wirklich du mein Mädchen entführt hattest. Stolz versicherte sie mir, dass es ihre leibliche Enkeltochter sei. Eine Frage brennt mir unter den Nägeln: Wusste deine Mutter von der Entführung des Kindes? Hat sie das alles aus ihren Schuldgefühlen heraus mitgetragen?«

»Nein. Nachdem ich Jahre nach der Tat über viele Ecken erfahren hatte, dass mein Vater gestorben war, nahm ich erst wieder Kontakt zu meiner Mutter auf. Sie hatte schlimme Schuldgefühle mir gegenüber. Ich habe ihr mein Baby als Kind ohne Vater präsentiert, und sie hat es so hingenommen, ohne Fragen zu stellen. Dass Cosima gar nicht mein leibliches Kind sein könnte, hat sie niemals auch nur geahnt. Warum also hast du sie umgebracht?«, fragte Ava vorwurfsvoll. In den Augenwinkeln erkannte sie, dass Cosima langsam erwachte und sich benommen aufsetzte.

»Weil ich das Gefühl hatte – was auch immer da zwischen euch vorgefallen sein musste –, dass es wieder gut zwischen euch wäre. Und das habe ich dir nicht gegönnt. Ich mochte Cäcilia wirklich, aber ich wollte dir alles wegnehmen, was dir guttut. Du musst leiden.« Mit einem Seitenblick auf Cosima registrierte nun auch Michael, dass das Mädchen wieder zu sich gekommen war.

»Mama? Was ist passiert? Mein Kopf tut weh«, flüsterte Cosima und versuchte sich aufzurichten.

»Ich kann dir mal ein paar nette Dinge über deine ›Mutter‹ erzählen.« Michael schnaubte zynisch und wollte zu Cosima, doch Ava war schneller.

»Fass sie nicht an!«, schrie sie erbost und stieß ihn von ihrer Tochter weg. Sie reichte Cosima eine Hand und zog sie auf die wackligen Beine.

Michael packte Ava bei den Schultern und schob sie nach

hinten, bis sie mit dem Rücken an einer der felsigen Wände gepresst dastand. Aggressiv starrte er ihr in die Augen und spuckte ihr ins Gesicht. Ava hob ein Knie und rammte es ihm, so fest sie konnte, zwischen die Beine. Dabei schrie und keuchte sie vor Anstrengung.

»Lass Mama in Ruhe!«, brüllte Cosima, während sich Michael schmerzerfüllt zusammenkrümmte. Avas Knie hatte sein Ziel nicht verfehlt.

»Lauf, Cosima«, rief Ava und packte ihre Tochter am Handgelenk. »Wir müssen hier raus, bevor er rennen kann.« Sie zog Cosima mit sich.

Die beiden liefen, so schnell sie konnten, in Richtung des Ausgangs der Höhle. Mittlerweile stand draußen die Sonne hoch am Himmel. In blinder Panik drehte sich Ava um, um zu sehen, ob Michael sie verfolgte, da trat sie auf einen Stein und knickte um. Sie schlug hart auf den Boden auf. Ihr Knöchel brannte wie Feuer.

»Mama, steh auf, er kommt«, rief Cosima panisch und zog Ava wieder auf die Beine. Diese unterdrückte einen Schmerzensschrei und konnte nicht mehr mit dem Fuß auftreten. Hinkend und sich auf ihre Tochter stützend verließen die beiden die Höhle, dicht gefolgt von Michael.

Draußen vor dem Eingang holte er sie ein und verpasste Ava einen Faustschlag mitten ins Gesicht.

»Cosima, renn weg, schick jemanden zur Hilfe. Lauf weg, so weit du kannst«, schrie Ava, während sie mit Michael rang. Sie hatte keine Chance gegen diesen großen starken Mann.

Cosima zögerte einen Moment, ihre Mutter in diesem Kampf alleinzulassen, doch dann wurde ihr bewusst, wie dringend sie Unterstützung brauchte, und sie lief davon, schrie dabei laut um Hilfe. Sie rannte um das Leben ihrer Mutter, doch so früh am Morgen fand sie keine Passanten.

Michael schlug Ava immer wieder brutal ins Gesicht. Sie versuchte, seine Arme festzuhalten, doch sie hatte keine Kraft mehr.

»Bitte nicht«, wimmerte sie, nachdem sie erneut von einem

Faustschlag getroffen worden war, diesmal mitten in die Magengrube.

»Ich schlag dich tot, du Dreckstück. Du hast es nicht verdient zu leben. Jeder wird erfahren, was du getan hast.«

Ava versuchte ihn zu treten, doch sie traf ihn nicht ernsthaft. Dann blickte er sich um und entdeckte den kleinen Bach, welcher vor den Sandsteinhöhlen durch die Wiese floss. Blind vor Wut schleppte er Ava, die von den Schlägen benommen war, mit sich an das Wasser, stieß sie nieder auf die Knie, packte mit der Hand grob in ihre Haare am Hinterkopf und drückte ihr Gesicht erbarmungslos in das kalte, dünne Rinnsal.

Ava versuchte um sich zu schlagen. Sie bekam keine Luft mehr, und Panik tobte in ihrem Geist und ihrem Leib. Sie musste atmen, doch alles, was sie spürte, waren die Schmerzen am ganzen Körper und das Wasser, welches ihr in Ohren, Mund und Nase eindrang … und schließlich auch in ihre Lunge. Sie hörte auf, sich zu wehren, ihre Gliedmaßen wollten ihr ohne Sauerstoff nicht mehr gehorchen. Ihre Arme und Beine begannen unter dem Sauerstoffmangel heftig zu zucken. Das Letzte, was sie vor ihrem geistigen Auge sah, war das Gesicht ihrer über alles geliebten Tochter Cosima …

Dann schwanden ihr die Sinne, und die Welt um sie herum wurde schwarz. Ihr Körper war unter Michaels hartem, unnachgiebigem Griff vollständig erschlafft.

KAPITEL ACHTUNDVIERZIG

»MAMA? Mama? Mamaaaaaa!!!«

Cosima schrie und weinte, während der Notarzt ihre Mutter reanimierte, bis Avas Herzschlag plötzlich wieder einsetzte. Sie hörte Cosima am Rande ihres Verstandes nach ihr rufen, während sie das brackige Wasser aus dem Bach keuchend und prustend aus ihren Lungen heraushustete und endlich ausspuckte. Sie konzentrierte sich unter Sirenengeheul und einigen Gesprächsfetzen nur auf die liebliche Stimme ihrer Tochter, von der sie geglaubt hatte, sie niemals wieder zu sehen.

»Notwehr … Der Typ stalkt die beiden wohl schon eine ganze Weile … Glück, dass ihre Tochter so mutig war … Der Kerl ist mausetot …«

»Frau Lubitsch, können Sie mich hören?«, drang eine sanfte Männerstimme an ihr Ohr.

Ava versuchte mühselig die Augen zu öffnen.

»Wo … ist meine Tochter?« In ihren eigenen Ohren klangen ihre Worte fremd und unverständlich, sie hörte schlecht wegen des Wassers in ihren Gehörgängen. Aus ihrer Nase lief schlammige Brühe. Ihr fehlte die Kraft, sie wegzuwischen.

»Ich bin hier, Mama. Du hast überlebt«, flüsterte Cosima unter Tränen.

Ava schloss erschöpft die Augen. Sie drückte erleichtert die eine Hand ihrer Tochter, während diese ihr mit der anderen liebevoll die Nase mit einem Taschentuch abwischte.

»Ihre Tochter hat Sie gerettet.«

Ava spürte, wie sie auf eine Trage gehievt wurde. Den letzten Rest an Kraft, welcher ihr verblieben war, nutzte sie, um die Hand ihrer Tochter unerbittlich festzuhalten. Sie hielt sie im Krankenwagen fest, genauso wie im Krankenhaus und Stunden später bei der einfühlsamen Befragung durch eine Polizistin ebenso. Diese erklärte Ava auch, wie heldenhaft Cosima sie beschützt hatte. Das Mädchen hatte zwar Hilfe holen wollen, doch um die frühe Uhrzeit keine Menschenseele angetroffen, nicht mal einen Spaziergänger mit Hund.

»Sie wusste, dass sie Sie nicht wieder lebendig vorfinden würde, wenn sie sich noch weiter entfernen würde«, sagte die Polizistin. »Sie kam zurück und hat diesen Verrückten dabei erwischt, wie er Sie zu ertränken versuchte. Sie hat an ihm gezerrt und versucht, ihn zur Vernunft zu bringen, doch er hat Ihren Kopf wie im Wahn immer weiter unter Wasser gedrückt. Dann hat ihm Cosima in ihrer Verzweiflung von hinten mit einem massiven Felsbrocken auf den Kopf geschlagen. Er muss sofort tot gewesen sein. Den Rest der Geschichte kennen Sie. Ein Passant mit Hund, der zufällig an der Unglücksstelle vorbeispazierte, hat die Rettungsleitstelle und die Polizei informiert. Ihre Tochter ist eine Heldin, Sie können stolz auf sie sein«, meinte die Polizistin anerkennend. »Der Notarzt hat bestätigt, dass Sie bereits tot waren. Eine Minute länger unter Wasser und es wäre nicht mehr möglich gewesen, Sie zu reanimieren. Das war Rettung in letzter Sekunde.«

»Sie ahnen nicht, wie stolz ich auf mein Mädchen bin. Hat Cosima jetzt irgendwelche rechtlichen Konsequenzen zu erwarten, weil der Kerl tot ist?«, fragte Ava unsicher.

Die Polizistin schüttelte lächelnd den Kopf. »Nicht die geringsten. Der Mann war verrückt. Er hat Ihre alte Mutter getötet, Sie um ein Haar umgebracht und Ihre Tochter entführt. Die Spurenlage hat ihn eindeutig als Täter identifiziert. Das Kissen, mit welchem Ihre Mutter erstickt worden ist, wies sogar Hautpartikel von ihm auf. Ihre Tochter hat in Notwehr gehandelt. Ohne ihr Eingreifen wären Sie nicht mehr am Leben. Stalking ist gefährlich. Nicht immer begnügt sich der Täter damit, sein Opfer nur zu verfolgen, wie man es in Ihrem traurigen Fall sieht.« Dann wandte sie sich an Cosima. »Wärst du so lieb und würdest mich einen Moment mit deiner Mutter allein lassen? Du kannst vor der Tür warten, ich brauche nicht lange.«

Das Mädchen nickte und verließ das Krankenzimmer. Ava fiel das Schlucken plötzlich schwer. Ihre Hände fühlten sich feucht an, ihr Herz hämmerte gegen ihre Rippen.

»So, da wir beide jetzt allein sind … Uns sind bei den Ermittlungen zu Michael Andreas Brunner gewisse Ungereimtheiten aufgefallen. Ganz merkwürdige Zufälle. Wussten Sie zum Beispiel, dass er selbst vor vierzehn Jahren Opfer einer Kindesentführung wurde? Er hatte eine kleine Tochter; diese wurde niemals gefunden. Daraufhin hat seine Frau sich das Leben genommen.« Sie sah Ava durchdringend an.

Du bist geliefert. Nach so vielen Jahren ist alles aufgeflogen. Jetzt werden sie dir Cosima für immer wegnehmen und dich ins Gefängnis sperren. Ava brachte ein klägliches Wimmern zustande, zu mehr war sie nicht in der Lage. Heiße Tränen rannen ihr aus den Augenwinkeln.

»Ich …«, brachte sie mühsam hervor, doch die Beamtin hob eine Hand, um sie zum Schweigen zu bringen.

»Schonen Sie Ihre Stimme, Sie haben genug durchgemacht. Ich wollte Ihnen nur mitteilen, dass wir die Akte geschlossen haben. Es wird in diesem Fall nicht weiter ermittelt. Und jetzt kümmern Sie sich um Ihre Tochter, ich schicke sie Ihnen rein.« In stillem Einvernehmen nickte sie ihrem Gegenüber entschlossen zu.

Ava atmete spürbar erleichtert aus und versuchte, das Zittern ihrer Hände unter Kontrolle zu bringen. Mit verschleiertem Blick bedankte sie sich so herzlich bei der Polizistin, wie ihre malträtierte Stimme es zuließ. Kurz darauf war sie wieder mit Cosima allein.

»Ich hab dich so lieb, Mama. Jag mir bitte nie wieder einen

solchen Schrecken ein. Ich dachte wirklich, du wärst tot.« Cosima schluchzte und umarmte Ava herzlich. Auch die musste weinen und nahm ihre Tochter fest in beide Arme. Sie sog den süßen Duft ihres geliebten Kindes ein, doch gleichzeitig überkamen sie Schuldgefühle wegen Enja. Cosima hatte von dem Gespräch in der Höhle zwischen ihr und Michael nichts mitbekommen, doch Ava wollte Schluss machen mit all den Lügen.

»Fangen wir irgendwo ganz neu an, wenn ich hier rauskomme? Nur du und ich?«, fragte Ava und sah Cosima noch immer mit Tränen in den Augen an.

Cosima nickte überglücklich. »Nichts lieber als das, Mama. Am besten im Ausland, irgendwo am Meer.«

»Das ist eine großartige Idee. Wir sind jetzt endlich wieder frei und können tun, was auch immer wir wollen.« Ava drückte liebevoll die Hände ihrer Tochter und blickte sie ernst an. »Cosima …«, setzte sie hilflos an.

»Was ist, Mama?«, wollte das Mädchen wissen.

»Ich habe in der Vergangenheit schreckliche Fehler gemacht. Eines Tages, wenn du noch etwas älter bist als heute, werde ich dir alles erzählen. Möglicherweise wirst du mir niemals vergeben, was ich getan habe. Aber nicht heute, lass mir noch Zeit, bitte«, sagte Ava vorsichtig. Ihre Augen füllten sich erneut mit Tränen. Dann umarmte sie ihre Tochter schluchzend. Auch Cosima klammerte sich weinend an sie.

»Egal was es ist, ich würde dir immer verzeihen, Mama. Das verspreche ich dir. Ich gebe dir mein Wort darauf.« Cosima sah Ava fest in die Augen, und beide wussten, dass sie sich von ganzem Herzen liebten und für immer zusammengehörten.

Sie waren Mutter und Tochter, komme, was da wolle …

EPILOG

VIELE JAHRE später hörte Ava das sanfte Rauschen der Wellen in der Ferne. Von ihrem Fenster aus konnte sie das Meer sehen, während sie weiter an ihrem dritten Roman tüftelte.

Die Tätigkeit als Schriftstellerin erfüllte sie so viel mehr als das Aufsetzen stumpfsinniger Auftragstexte. Sie hatte einfach nur eine Weile gebraucht, um ihre wahre Leidenschaft zu entdecken. Schon Konfuzius hatte das früh erkannt, wie sie gerne zitierte: ›Wähle einen Beruf, den du liebst, und du brauchst keinen Tag in deinem Leben mehr zu arbeiten.‹ Genau das hatte sie geschafft.

Es war ein wundervolles Leben hier an der Küste. Sie schob sich die Brille auf der Nase zurück und wandte sich wieder ihrem Bildschirm zu, nachdem sie einen letzten Blick auf die unendliche Weite des Meeres geworfen hatte. Später würde sie barfuß am Strand spazieren gehen.

Ein lautes Klopfen riss sie aus ihren Gedanken.

»Komm rein, Schatz«, rief Ava und stand von ihrem Schreibtischstuhl auf. Ihre Brille zog sie vorsorglich ab, da ihr diese beim letzten Mal verbogen worden war.

Cosima stand lachend vor ihr und drückte ihr ihren wohlgenährten, pausbäckigen Wonneproppen in den Arm.

»So, ich bin dann mal mit meinem Schatz weg«, sagte Cosima

und warf einen verliebten Blick zu ihrem Mann hin, der lässig grinsend am Türrahmen lehnte.

»Viel Spaß, ihr beiden, und lasst euch ruhig Zeit. Der kleine Mann hier und die Omi werden eine Menge Freude zusammen haben.« Liebevoll drückte Ava ihr Enkelkind an sich.

»Danke fürs Aufpassen, Mama, ich hab dich lieb.« Cosima hauchte Ava einen dicken Kuss auf die Wange. Dann strich sie ihrem Jungen zum Abschied zart übers weiche, blonde Haar und küsste sein gerötetes Gesicht. Das Baby quietschte vergnügt.

»Bis später, mein kleiner Schatz Kiran«, sagte Cosima und verließ mit ihrem Mann glücklich das Haus.

ALS SICH AVA an diesem Abend hinlegte, nahm sie sich noch einen Augenblick Zeit, um darüber zu staunen, wie sich die letzten Jahre alles zum Guten gewendet hatte.

Sie war unglaublich dankbar dafür, dass Cosima und sie die Schwierigkeiten der Vergangenheit in einer gemeinsamen Therapie hatten verarbeiten können. Es gab keine Geheimnisse mehr zwischen ihnen, und obwohl Cosima nun die ganze Geschichte kannte, waren Mutter und Tochter weiterhin ein eingeschworenes Team. Ihre Liebe hatte diese Belastung nicht nur ausgehalten, sondern dazu geführt, dass sie noch enger zusammengewachsen waren. Das Mädchen hatte lange gebraucht, um darüber hinwegzukommen, dass es unwissentlich seinen eigenen Vater erschlagen hatte. Aber gemeinsam konnten sie auch diese Hürde überwinden.

Ehe Ava es bemerkte, war sie eingedöst.

UNRUHIG WARF sie sich im Bett hin und her.

Noch einmal wankte sie über die Straße, bis sie eine hölzerne Wiege in einem Garten stehen sah. Sie beugte sich darüber und erkannte Cosimas liebliches Gesicht, als diese noch ein Baby war. Ava streckte die Hände nach der Kleinen aus.

Du darfst das nicht, lass sie liegen. Sie ist nicht dein Kind.

Sie nahm es aus seiner Wiege und drückte es fest an ihre Brust.

Plötzlich standen viele Menschen um sie herum und zeigten anklagend mit den Fingern auf sie. Sie erhoben ihre Stimmen zu einem einheitlichen Chor, aber sie verstand deren Worte nicht.

Ava blickte sich panisch um, das Baby immer noch an sich gepresst, und konnte ein paar bekannte Gesichter ausmachen.

Michael war dabei, ihr Vater und der Metzger, aber auch Kiran stand da und schüttelte traurig den Kopf. Ihre Mutter flehte sie stumm an, das Kind wieder zurückzulegen. Dann fiel sie jedoch in den Sprechgesang der anderen mit ein.

Ein Murmeln und Raunen ging durch die Menge, als sich Enja ihren Weg zu Ava bahnte. Sie wies ebenfalls anklagend mit dem Finger auf sie, und endlich konnte Ava die Worte des Chores verstehen.

»Du bist schuld, du bist schuld, du bist schuld …«

ENDE

DANKSAGUNG

Ich danke dem großartigen Team des Zeilenfluss Verlags von ganzem Herzen für seine Unterstützung. Allen voran der Produkt- und Projektmanagerin Jenny Spanier, welche mir mit ihrer Zusage eine der schönsten Nachrichten meines Lebens überbracht hat.

Mein besonderer Dank geht auch an meinen Lektor Dr. Andreas Fischer. Lieber Andi, mit Deinem feinen Gespür für Spannung und Deinen Adleraugen hast Du wirklich das Beste aus meiner Geschichte herausgeholt. Ich konnte unglaublich viel von Dir lernen. Danke für die großartige Arbeit.

Des Weiteren danke ich meiner besten Freundin Vera, welche mir während des gesamten Entstehungsprozesses dieser Geschichte mit Rat und Tat zur Seite gestanden hat. Sie hat sich als Erste dazu bereiterklärt, meinen Roman zu lesen – und das noch vor der Überarbeitung. Du bist für mich ein Fels in der Brandung; danke, dass es Dich gibt.

Ich danke meiner Tochter Samira von Herzen dafür, dass sie mir jederzeit für sinnführende Brainstorming-Sessions zur Verfügung stand und damit zum Entstehen manch inspirierender Ideen beigetragen hat. Danke, dass Du meine Liebe zum Lesen und Schreiben mit mir teilst, ich bin wahnsinnig stolz auf Dich.

Ich danke meinen Beta-Leserinnen Bianca und Dagmar für ihre Mühe und ihre wertvolle Rückmeldung.

Doch allen voran danke ich meinen Leserinnen und Lesern, ohne die all dies überhaupt nicht möglich wäre. Nur für sie mache ich all das. Denn was taugt die beste Geschichte, wenn niemand sie liest? – **Herzlichen Dank**

ÜBER DIE AUTORIN

Andrea Schorn wurde 1980 im wunderschönen Saarland geboren. Schon im Kindesalter liebte sie Bücher über alles und verbrachte ab der Grundschule jede freie Minute mit dem Lesen spannender Geschichten.

Privat lebt die gelernte Krankenschwester glücklich mit ihren drei Kindern zusammen, denen sie die große Liebe zu Büchern und den Spaß am Schreiben bereits in die Wiege gelegt hat.